CW01082279

读客彩条外国文学文库

熊猫君激发个人成长

萨拉马戈作品

失明症漫记

[葡] 若泽·萨拉马戈 著　范维信 译

河南文艺出版社
·郑州·

中文版权 © 2022读客文化股份有限公司
经授权，读客文化股份有限公司拥有本书的中文（简体）版权
豫著许可备字：2022-A-0033

图书在版编目（CIP）数据

失明症漫记 / (葡)若泽·萨拉马戈著；范维信译
.— 郑州：河南文艺出版社，2022.8（2025.1重印）
（读客彩条外国文学文库）
ISBN 978-7-5559-1368-9

I. ①失… II. ①若… ②范… III. ①长篇小说 – 葡
萄牙 – 现代 IV. ①I552.45

中国版本图书馆CIP数据核字（2022）第111088号

著　　者　［葡］若泽·萨拉马戈
译　　者　范维信
责任编辑　王　宁
责任校对　李亚楠
特约编辑　孙宁霞　夏文彦　王　品
策　　划　读客文化　021-33608320
版　　权　读客文化
封面设计　陈艳丽
出版发行　河南文艺出版社
印　　刷　河北中科印刷科技发展有限公司
开　　本　880mm×1230mm 1/32
印　　张　10
字　　数　215千
版　　次　2022年8月第1版　2025年1月第11次印刷
定　　价　66.00元

ENSAIO SOBRE
A CEGUEIRA

献给皮拉尔[*]

献给我的女儿维奥兰特

如果你能看，就要看见，

如果你能看见，就要仔细观察。

——《箴言书》

目录

失明症漫记

1

　　黄灯亮了。前面两辆汽车抢在信号灯变成红色以前加速冲了过去。人行横道边出现了绿色的人像。正在等候的人们开始踩着画在黑色沥青上的白线穿过马路，没有比它更不像斑马的了，人们却称之为斑马线。司机们个个急不可耐，脚踩离合器，使汽车保持紧张状态，进一进，退一退，像一匹匹感到鞭子即将从空中抽下来的马一样躁动不安。行人刚刚过去，给汽车放行的信号还要迟几秒钟，有人说被拖延的这点时间表面看来微不足道，但如果我们用它乘以全城数以千计的信号灯，再乘以三种颜色不断变化的次数，那么它便成为交通堵塞，现在常用的说法是塞车，最为重要的原因了。

　　绿灯终于亮了，汽车猛地启动，但人们马上发现并非所有的汽车都一样。中间一行的头一辆还停在那里，大概是出了什么机械故障，离合器松动，变速箱操纵杆不能入位，液压系统出了毛病，制动器不能复位，电路出了什么问题，要么事情简单一些，汽油用完了，这种情况不会是头一次出现。人行道上又聚集了一群行人，他们看见一动不动的汽车里的驾驶员在挡风玻璃后面挥动着手臂，他后面的汽车都在歇斯底里地鸣喇叭。几位驾驶员已经跳到路上，准备把出了毛病的汽车推到不阻碍交通的地方，他们气势汹汹地敲打关得严严实实的车窗，车里那个人把头转向他们。转向一边，又转向另一边，看得出来，他正在呼喊什么，从口形判断，他在重复一个字，不，不是一个字，而是三个字。确实如此，等到终于有人把一扇车门打开之后才知道他在喊，我瞎了。

没有人会相信。从此刻匆匆一瞥能观察到的情况来看，那个人的眼睛似乎是正常的，虹膜清晰明亮，巩膜像瓷器一样洁白致密。但他双目圆睁，面部肌肉抽搐着，忽然间眉头紧锁，任何人都能看出来，这一切是因为他痛苦得失态了。在一刹那间，刚才看到的一切都消失了，他用攥得紧紧的拳头遮住眼睛，仿佛还想把最后一刻的影像，信号灯上那圆圆的红色光亮留在脑子里。人们扶他下车的时候，他还一再绝望地喊着，我瞎了，我瞎了；泪水涌出来，使那双他自称瞎了的眼睛更加明亮。会好的，看着吧，会好的，有时候是神经问题，一个女人说。信号灯已经变了颜色，一些好奇的行人围过来，后面的驾驶员们不知道出了什么事，还以为是普通的交通事故，他们大声抗议着，车灯碰碎了，挡泥板撞瘪了，都不至于造成这么大的混乱。叫警察来，他们喊道，把这堆破铜烂铁挪走。这时盲人哀求说，劳驾了，你们当中谁把我送回家去吧。刚才说是神经问题的那个女人认为，应当叫一辆急救车，把这个可怜的人送到医院去。但盲人说不要这样，他不想如此麻烦别人，只求把他领到他住的那栋楼的门口就行。我家离这里很近，你们这样就是帮我大忙了。那么，汽车呢，有人问道。另一个声音回答说，钥匙在车上，把车停到人行道上吧。没必要，第三个声音说，车由我来管，我陪这位先生回家。人群里发出一阵表示同意的低语。盲人感到有人扶着他的手臂，来吧，跟我来，刚才那个声音说。人们把盲人安置在副驾驶座位上，给他系上安全带。我看不见，看不见，他一边哭一边小声说；告诉我你住在什么地方，那个人问道。车窗外面，一张张好奇的面孔朝里张望，焦急地想知道究竟是怎么回事。盲人举起双手在眼前晃了晃，我什么都看不见了，好像在浓雾里，好像掉进了牛奶海里；可是失明症不是这么回事，那个人说，听人说失明症看什么都是黑的；可我看一切都是白的，也许刚才那个女人说得对，可能是神经的问题，神经这个鬼东西；我知道是怎么回事，是一场灾难，对，就是一场灾难；请告诉我你住在什么地方。就在这时响起了发动机启动的声音。仿佛失去视力有损于记忆力，盲人结结巴巴地说出地址，之后又补充道，我不知道该怎样感谢你才好；那个人回答说，哎呀，这算不了什么，今天我帮助你，明天你帮助我，我们都不知道以后会遇到什么事情呢；说得对，我今天早晨出门的时候，哪能想到会遭遇这么一场劫难呢。他感到奇怪，怎么他们还停在原地不动。为什么我们还不走，他问；现在是红灯，对方回答；盲人啊了一声，又哭起来。从现在开始，他再也无法知道什么时候是红灯了。

　　正如刚才盲人所说，他的家确实很近。但是，人行道都被汽车占了，找不到一块停车的地方，于是他们不得不到一条横向的小街上去找个车位。那里人行道太窄，副驾驶那边的车门离墙只有一掌多宽，为了避免从这个座位艰难地挪到另一个座位，还有变速箱操纵杆和方向盘阻挡，盲人只得先下了车。他站在街道中央，没有任何依靠，只觉得地面在脚下滑动。他竭力控制住涌到喉头的焦急。现在，他伸出双手在自己面前神经质地舞动，仿佛正在他刚才所说的牛奶海里游泳。就在他已经张开嘴要高喊救命的时候，就在这最后一刻，那人用手轻轻拍了拍他的胳膊，镇静，我领着你走。两人走得很慢，盲人唯恐跌倒，拖着两只脚往前挪，但还是不时绊在人行道上的高低不平之处。别着急，我们就要到了，那个人低声说，走了几步以后又问道，现在家里有人能照顾你吗；盲人说，不知道，我妻子大概还没下班，我今天出门早了点，然后就出了这种事；你等着瞧吧，不会出什么事，我从来没听说过有谁这样突然双目失明；我甚至还曾自吹自擂地说永远不用戴眼镜，确实我也从来没有需要过眼镜；你看，我说得对吧。他们到了楼门口，两个女邻居好奇地看着这个场面，我们那个邻居被一个人搀着过来了，但她们当中谁也没有想到问一声你眼里进了什么东西吗，她们都没有想到，所以他也就不能回答说，对，一个牛奶海进到我眼里来了。已经到了楼里边，盲人说，非常感谢，很抱歉，给你添麻烦了，现在，到了这里，我自己来吧；这怎么行，我跟你一起上去，把你留在这里我会不放心的。两个人艰难地走进狭小的电梯。你住在几楼；三楼，你无法想象我心里多么感激你；不用感谢，今天我帮助你；对，说得对，明天我帮助你。电梯停下来，两个人走进楼道。想让我帮你把门打开吗；谢谢，这事我觉得我能做。他从口袋里掏出一小串钥匙，一个一个地摸索形状，最后说，大概是这一把，然后又用左手指尖摸索门上的锁孔，试着开门，啊，不是这把；让我看看，我来帮助你。试到第三把钥匙时门终于被打开了。这时盲人朝屋里问道，你在里边吗。没有人回答，他说，正像我刚刚说的，她还没有回来呢。他伸出手向前摸索着走进门廊，然后小心翼翼地转过身来，面对着他估计的那个人所在的方向说，我该怎样感谢你呢；我只不过做了应该做的事，那个好心人说，不用感谢，接着又补充一句，想让我帮助你安顿下来吗，或者在你妻子回来以前陪陪你。盲人突然觉得对方的热心十分可疑，显然不能让一个陌生人到家里来，说不定此时此刻这个人正谋划着怎样制服毫无还手之力的他，捆住他，用什么东西堵住他的嘴，然后下手把找到的一切值钱物件通通拿走。不用了，不麻烦你了，他说，我没什么事了，慢慢把门关上的时候，他还一再说，不用了，不用了。

听到电梯下降的声音，他如释重负地叹了一口气。此时，他忘了自己的境遇，机械地抬手推开门镜的挡盖向外张望。外面仿佛是一堵白墙。他分明感到眼睛触到了门镜突出的金属圈，睫毛扫在小小的目镜上，却什么也看不见，一片深不可测的白色遮蔽了一切。他知道自己已经在家里了，从屋里的气味氛围和宁静的环境就可以辨别出来，只要用手摸一摸，就能知道是什么家具或其他东西。他用手指轻触它们的表面，确实如此，但一切似乎也都融于一种奇特的维度中，没有方向，没有参照点，没有东西南北，没有上下高低。大概所有人小时候都和自己玩过几次装瞎子的游戏，把眼睛蒙上五分钟之后就会得出结论，虽然失明无疑是可怕的灾难，但是，如果这不幸的受害者还保存着足够的记忆力，不仅记得各种颜色，还记得各种物件的形状和样式，记得它们的平面和轮廓，那么失明症还算是可以忍受的缺陷。当然，这里指的不是先天失明。人们甚至会想，不错，盲人生活在黑暗之中，但这种黑暗只不过是缺少光亮，我们所说的失明症只不过是遮住了人和物的外表，而这些人和物还完整无缺地存在于那层黑色面纱后面。现在，他的情况却相反，他被淹没在一片白色之中。这白色如此明亮，如此浓密，不仅吸收了一切，还吞没了一切，不仅吞没了颜色，还把一切人和物本身都完全吞没了，这样它们就变得双倍无形。

他向客厅挪动的时候，尽管小心翼翼，走得很慢，用哆哆嗦嗦的手扶着墙壁，但还是把一个花瓶碰倒在地板上。他没有想到那里会摆着花瓶，也许是忘记了，也许是妻子出去上班时把它放在那里，准备回来以后再放到一个适当的地方。他弯下腰，估量了一下闯下的这个祸有多严重。水洒在了打蜡的地板上。他想把花捡起来，没有顾及玻璃花瓶破了，一个十足细长的玻璃片扎进手指里，他顿时又像个孩子似的流下泪水，一方面是因为钻心的疼痛，另一方面是因为孤独无依的感觉。是啊，一个眼前白茫茫一片的盲人站在屋子中间，已近傍晚，天开始暗下来。他没有把花放下，由于感到血在流，他扭着身子从口袋里掏出手绢，草草把手指包上。接着，他摸索着磕磕绊绊地往前挪动，绕过家具，脚每次落地时都提心吊胆，唯恐会绊倒在地毯上，最后终于找到了经常和妻子坐着看电视的沙发。他坐下来，把花放在腿上，非常小心地解开手绢。摸摸手上的血，黏糊糊的，他有些心烦意乱，以为大概是因为看不见才这样，他的血变成了无色的黏稠物，变成了某种与他无关的东西，但又毕竟是他身上的东西，仿佛是自己恐吓自己。他慢慢抬起那只没受伤的手，轻轻地摸索，找到了那个像把微型宝剑一样的细细的玻璃碎片，用大拇指和食指的指甲当镊子，终于把它完全拔了出来，然后重新把手绢包在受伤的手指上，缠得很紧，以止住一直在流的血，这时他已经筋疲力尽，斜靠在沙发上。一分钟以后，出现了极为常见的身体松垮下来的情况，这种情况往往在痛苦或绝望得打算放弃时出现，尽管单从逻辑上看，这种时候神经应该是紧张和机敏的，但一种疲惫和瘫软钻入了他全身，这种感觉与其说是真正的困倦，还不如说是昏昏欲睡，但同样沉重。他立刻梦见自己正在玩装瞎子的游戏，一次又一次地合上又睁开眼睛，每次都仿佛是旅行归来，等待他的依然是那个熟悉的世界，颜色和形状都清清楚楚，丝毫不变。但是，他发现一个无声的疑问刺穿了令他心安的确信，这也许是场骗人的梦，一场迟早要醒来的梦，他不知道醒后等待他的是什么样的现实。还有，既然那种疲惫和瘫软转瞬即逝，既然他已处于准备醒来的半清醒状态，他认真地认为不应当继续这样犹豫不决，醒，还是不醒，醒，还是不醒，人总会经历这样别无他法只能冒险的时刻。闭着眼，把这些花放在腿上，我这是在干什么呢，好像是惧怕睁开眼；把那些花放在腿上睡觉，你这是干什么呀，妻子问他。

妻子本来就没有指望他回答。显然，她已经开始收拾花瓶的碎片，擦干地板，嘴里嘟嘟嚷嚷，不想掩饰心中的怒火，这事你能干得了，可偏偏躺到那里睡觉，好像与你毫不相干似的。他没有说话，紧紧闭着眼皮保护眼睛，突然间他产生了一个念头，心里惴惴不安，充满了急切的希望，要是我睁开眼睛，能看见东西吗，他问自己。妻子走过来，看见了带血的手绢，怒火顷刻间消失得无影无踪，我可怜的人儿，你这是怎么啦，她一边解开临时绷带，一边怜爱地问。这时，他竭力想看看跪在脚边的妻子，他知道妻子在那里，过了一会儿，认定看不见妻子了，他才把眼睛睁开。我的瞌睡虫，你终于醒了，她笑着说。一阵沉默之后，他说，我瞎了，看不见你。妻子责备他，不要开这种愚蠢的玩笑，有些事情是不能开玩笑的；我倒愿意这是玩笑，真的，我真的瞎了，什么也看不见；劳驾，不要吓唬我，你看看我，这里，我在这里，已经开灯了；我知道你在那里，我听得见你说话，摸得着你，也猜到你已经把灯打开了，但是我瞎了。她哭起来，抓住丈夫的胳膊，这不是真的，告诉我，这不是真的。花滑到地上，落在弄脏的手绢上，伤了的手指又开始滴血，他仿佛想换个说法，把大事化小，于是低声说，我眼前一片白，一切都是白的，随后脸上露出凄凉的笑容。妻子坐到他身边，一次又一次地拥抱他，小心翼翼地亲吻他的前额，亲吻他的脸，又轻轻亲吻他的眼睛，你很快就会好的，你没有病，谁也不会转眼之间失明；也许是吧；告诉我，告诉我是怎么回事，你感觉怎么样，什么时候，在哪儿，不，现在先别说，等一等，我们先找个眼科医生看看，你认识眼科医生吗；不认识，你和我都不戴眼镜；把你送到医院看看好吗；我这种病症，没有急诊；说得对，最好直接去找个医生，我查一查电话簿，看看在我们附近有没有诊所。她站起身，又问道，发现什么变化吗；一点儿都没有，他说；注意，我去把灯关掉，好，现在怎么样；一点儿都没有；什么一点儿都没有；一点儿都看不见，像原来一样，还是一片白，我觉得好像没有黑夜。

　　他听见妻子快速地翻动着电话簿，吸着鼻子以忍住泪水，接着叹息了一声，最后终于开口了，这位可能行，但愿他能接待我们。说完她拨了个号码，问是不是诊所，医生先生在不在，能不能和他说句话，不，不，医生先生不认识我，是因为情况非常紧急，好，谢谢，我明白，那么我跟你解释，但请一定转告医生先生，我丈夫突然间双目失明了，对，对，正像我刚才说的，突然失明，不，不是医生先生的病人，我丈夫不戴眼镜，从来没有戴过，对，视力非常好，像我一样，我也看得非常清楚，啊，非常感谢，我等一会儿，好，我等一会儿，医生先生，对，突然，他说看一切都是白的，我不知道怎么回事，甚至还来不及问他，我刚进家门就发现他这样子了，要我问问他吗，啊，医生先生，非常感谢，我们马上就去，马上就去。失明者站起身。等一等，妻子说，我先把你的手指处理一下，说完就走了，过了一会儿拿着一瓶双氧水，一瓶碘酒，一些药棉和一盒外伤膏回来了。她一边给丈夫处理伤口一边问，你把汽车停在哪里了，但突然又说，可是，你当时那个样子，不能开车呀，要么就是在家里的时候失明的；不，是在街上，遇上了红灯，车停在街上，有个人帮忙把我送回来，车停在路边了；好，我们下楼吧，你在楼门口等着，我去把车开过来，你把车钥匙放在哪里了；不知道，他没有还给我；他，他是谁；就是把我送回家的那个人，是个男人，大概放在家里了；我看看；不用找，他没有进来；可是，钥匙总该放在个什么地方吧；很可能忘记了，没有注意，带走了；但愿如此；先用你的钥匙吧，以后再找；好，走吧，把手伸给我。盲人说，要是我好不了，成了这个样子，就不活了；劳驾，不要胡说八道，现在遇到的不幸已经够我们受的了；我瞎了，但你没有瞎，你不知道我多么难受；医生会治好的，你瞧着吧；好吧。

两个人出了门，来到一楼楼道，妻子把灯打开，凑到他耳边小声说，你在这里等我，如果有邻居来了，说话要自然，就说在等我，任何人看到你都不会以为你看不见，免得人们对咱们的生活说三道四；好吧，你不要耽搁。妻子快步走了。没有一个邻居进来或者出去。根据经验，盲人知道自动计时器仍有响声时楼道里的灯就会亮着，所以每当响声停下来时他就按一下按钮。光亮，这个光亮，对他来说成了声音。他不明白，妻子为什么耽搁了这么长时间，就在旁边那条街上，大概八十米，一百米。如果我们去迟了，医生会离开诊所，他想。他未能避免一个习惯性动作，抬起左手手腕，垂下眼睛要看看几点钟。他紧紧咬住嘴唇，仿佛一阵突然的疼痛刺穿全身，还要感谢命运，那个时刻没有邻居出现，否则，说第一句话的时候他就会泪如泉涌。一辆汽车在街上停下，终于来了，他想，但随即对发动机的声音感到奇怪，这是柴油机，是出租车，他自言自语地说，又按了一下电灯按钮。妻子回来了，慌里慌张，十分焦急，你那个保护神，那个好心人，把我们的车开走了；不会，大概你没有好好找；我当然好好找了，我看得很清楚，这最后几个字是无意间说出来的，你不是说汽车在旁边那条街上吗，她又补充道，那里没有，说不定在另一条街上；不会，不会，就在那条街，我敢肯定；那就是车不见了；那么，钥匙呢；他趁你晕头转向心急如焚的时候把我们的车偷走了；我连家都没敢让他进，要是他留在家里陪着我等你回来，就偷不了汽车了；走吧，出租车等着呢，我跟你赌咒，只要这个坏蛋也瞎了眼，我情愿少活一年；不要说得这么大声；让人们把他的所有东西都偷光；也许他会回来；啊，对，明天来敲我们的门，说他一时粗心，请求原谅，还问你是不是好些了。

在去诊所的路上两个人都没有说话。她尽量从头脑中驱走汽车被盗的阴影，温情脉脉地紧紧攥着丈夫的手，而他则低着头，不让司机从后视镜里看到他的眼睛，心里不住地问自己，怎么这样大的灾难竟会落到我头上，落到我头上，这是为什么呢。耳边传来街上车辆来来往往的声音，出租车停下来的时候还能听到一两个人高声说话。有时候会出现这种情况，我们睡着了，而外界的声响仍能慢慢穿透像白色床单一样裹着我们潜意识的帷幔。像一条白色床单。他摇摇头，叹息一声，妻子轻轻摸摸他的脸，好像在说，放心，我在你身边。他把头歪到妻子肩上，并不在意司机会怎么想。要是你也像我一样，就不能开车带我们来了，他像个孩子似的想，而并没有注意到这种想法有多么荒唐，还暗自庆幸自己在绝望中仍能进行逻辑推理。被妻子小心搀扶着走下出租车的时候，他看上去还算镇静，但到了将获知自己命运的诊所门口，他就像那些毫无指望的人一样，一边摇着头，一边用颤抖的声音悄悄问妻子，我从这里出去的时候会怎么样呢。

妻子告诉女接待员，她是半个小时前为丈夫打来电话的那个人。女接待员把他们带到病人候诊的一个小厅里。那里已有一位戴黑眼罩的老人，一个大概是由他母亲陪着的斜眼小男孩，一个戴墨镜的年轻姑娘，另外两个人没有什么突出特点，不过他们中间没有一个盲人，盲人是不去看眼科医生的。妻子把丈夫领到一张空着的椅子前坐下，由于没有椅子了，她就站在丈夫旁边。我们得等一等，她伏在丈夫耳边说。他知道为什么，他已经听见那些人说话，现在令他焦急的是另一件事，他担心医生为他检查得越晚，他的失明程度会越严重，可能会因此无药可救。他在椅子上不安地动来动去，正要把自己的担心告诉妻子，就在这时门开了，女接待员说，你们两位请来一下，然后又转向其他病人道，医生先生有吩咐，这位先生病情紧急。斜眼小男孩的母亲表示不满，说权利就是权利，还说她排在头一个，已经等了一个多小时。其他病人低声对她表示支持，但他们，包括斜眼小男孩的母亲本人在内，都认为继续表示抗议的做法不够慎重，要是惹得医生不高兴，他们就不得不为这种不合适的做法付出代价，极有可能要再等更长的时间。戴黑眼罩的老人宽宏大量，让他去吧，太可怜了，他比我们任何人都病得厉害。盲人没有听见他的话，两个人走进了医生的诊室，妻子说，医生先生，非常感谢您的善心，我的丈夫；说到这里停住了，实际上她并不知道究竟发生了什么，只知道丈夫瞎了，他们的汽车被人偷走了。医生说，请坐，并亲自扶患者坐下，摸摸他的手，直接对他说，好，讲讲你的情况吧。盲人说，当时他正在汽车里等着红灯，突然间就看不见了，一些人过去帮助他，一位老太太，从声音听出来大概是位老太太，说可能是神经方面出了毛病，后来一个男人陪他回了家，因为他一个人回不去；医生先生，我看到的一切都是白的。他没有提汽车被盗的事。

医生问他，您从来没有遇到过，我的意思是说，没有经历过和现在相同或相似的事吗；医生先生，从来没有，我甚至从来没有戴过眼镜；您对我说是突然间发生的；医生先生，是这样的；像灯光灭了一样吗；更像灯光亮了；最近您曾感到视力有什么变化吗；医生先生，没有；现在或者过去您家中有失明的病例吗；我认识的和听说过的亲戚中一个也没有；您有糖尿病吗；医生先生，没有；高血压和颅脑病呢；颅脑病我不懂，只知道没有得过其他病，公司给我们做过体检；头部受过猛烈撞击吗，我是指今天和昨天；医生先生，没有；多大岁数；三十八岁；好，我们来检查检查眼睛。仿佛为了协助检查，盲人马上把眼睛睁得大大的，但医生拉着他的胳膊，让他坐在一台设备后面，有想象力的人会把它看作一种新型的忏悔室，只不过眼睛代替了话语，忏悔神父直接看进悔罪者的灵魂。把下巴放在这里，医生说，一直睁着眼睛，不要动。妻子走到丈夫旁边，把手放到他的肩上说，你马上会知道，一切都将解决。医生上下调整着他那边的目镜系统，转动极细的螺旋状调节钮，然后开始检查。角膜没有发现任何异常，巩膜没有任何异常，虹膜没有任何异常，视网膜没有任何异常，晶状体没有任何异常，黄斑没有任何异常，视神经没有任何异常，没有任何部位发现异常。医生离开仪器，揉揉眼睛，然后一句话也没有说，又从头开始检查，第二遍检查完的时候，他脸上浮现出一种茫然的表情，我没有发现任何损伤，您的眼睛完全正常。妻子高兴地把两只手握在一起，喊道，我早就说过，早就说过，一切都会没事的。盲人没有理会妻子的话，问道，医生先生，我的下巴可以挪开了吗；当然，对不起；如果我的眼睛像您说的那样完全正常，那么我为什么瞎了呢；我暂时还说不清，必须要做更细致的检查，分析，回声实验，脑电图；您认为与大脑有关系吗；有这种可能，但我不太相信；可是，医生先生您说没有发现我的眼睛有任何毛病；是这样；我不明白；我的意思是说，如果先生确实失明了，那么您的失明症现在还无法解释；您怀疑我假装失明吗；这怎么可能呢，问题在于这种病例的罕见性，就我本人来说，在整个从医生涯中从来没有遇到过，我甚至敢断言，在整个眼科医学史上也是如此；您认为我还能治好吗；原则上说，因为没有发现任何类型的先天性恶变，所以我的回答应当是肯定的；可是，看起来并非如此；只是出于谨慎，我不想让您产生以后被证明为没有根据的希望；我明白；这就好；我应当进行什么治疗，服什么药吗；目前我不会开任何药，如果开的话也是瞎开；瞎开，这个词用得恰当，盲人评论说。医生装作没有听见，离开检查时坐的转椅，站着在处方单上写下了他认为必要的检查和分析，把单子递给盲人的妻子。太太，请拿着，检查结果出来后请和您丈夫再来一趟，如果他的病情有什么变化请打电话告诉我；医生先生，诊费呢；付给女接待员。医生把他们送到门口，吞吞吐吐地说了句要有信心之类的话，会好的，会好的，没有必要失望；之后他走到诊室旁的小卫生间，对着镜子站了整整一分钟，嘟嘟囔囔地说，这是怎么回事呢，后来他返回诊室，叫了声女接待员，让下一个病人进来。

那天夜里，盲人梦见自己失明了。

2

　　后来偷汽车的那个人挺身而出主动帮助盲人的时候，并没有任何邪恶的企图，恰恰相反，他那样做完全是出于慷慨和利他。众所周知，慷慨和利他是人类最优秀的两个品质，这些品质甚至在最冥顽不化的罪犯身上也能找到，与他们相比，这个小小偷车贼在此种行当上没有任何长进的希望，只能受真正大权在握的头目们的剥削，那些人才算得上是乘人之危的巧取豪夺之辈。说到底，为了日后施窃而帮助一个盲人和因为觊觎遗产而照顾一个风烛残年的老人，两者之间没有多大差别。只是到了盲人家附近他才自然而然地产生了那种念头，这就好比他只因为看到卖彩票的人才买了一张彩票，当时并没有动心，仅仅是买了张彩票，看看里边有什么，至于反复无常的运气能给他带来点什么或者什么也带不来，他事先都准备泰然处之，有些人还会说他这样做是出于人格的条件反射。在人类本性问题上，怀疑论者人数众多并且非常固执，他们一直认为，如果环境未必能造就窃贼，那么同样不容否认，环境在这方面助力不小。至于我们，让我们这样来想一想，假设盲人接受了后来成为虚伪慈善家的人第二次提出的建议，在最后时刻伪善之人的善心还可能占上风，我们这里指的是他主动向盲人提出在其妻子回来以前陪伴他，那么，谁知道这样给予的信任带来的道德责任感能不能阻止他的犯罪企图，能不能让那些甚至在最堕落的灵魂中也能找到的光辉和崇高在他身上显现呢。或许我们能从一直谆谆教诲我们的古语中得出个庸常的结论，盲人在胸口画十字的时候却碰断了鼻子。

被众多自私的人背弃，被更多人抵制的道德感其实古已有之，今天依然存在，并非灵魂尚处于混沌状态的新生代哲学家们的发明。随着时代的推移，社会的进化和基因的置换，我们最后把道德感与血液的颜色和眼泪的咸淡混为一谈，仿佛这还不够，我们还把眼睛变成了朝向灵魂的镜子，结果它往往毫无保留地展示出我们嘴上试图否认的东西。此外，还有一种特殊情况，即在一些头脑简单的人身上，因做了某件坏事而产生的内疚常常与各种古已有之的恐惧混杂在一起，其结果是他们受到的惩罚无形中比应得的增加了一倍。而在这一案件中，人们无从知道，偷车贼在开动汽车时受到了哪些恐惧和哪部分道德感的煎熬。一个人手握方向盘的时候失明了，从挡风玻璃往外看的瞬间突然什么也看不到了，毫无疑问，另一个人坐在同一个位子上握着同一个方向盘开车绝不会心安理得，无须有多么丰富的想象力就能知道，他的思绪必将唤醒惊恐那条肮脏的爬虫，那不，爬虫正在抬起头来。但是，内疚也是道德感的一种加重了的表述方法，这在前面已经说过，如果我们想用暗示性词语来描述，可以称之为有牙齿能咬人的道德感，现在这种道德感正把盲人关门时无依无靠的形象展现在他眼前，不用了，不用了，可怜的人说，从此以后，没有别人的帮助，他将寸步难行。

偷车贼加倍注意遵守交通规则，不让如此可怕的思绪占据整个头脑，他很清楚，不能让自己有丝毫分心，不能让自己出任何微小的差错，警察就在那里巡视，只要他们当中某个人命令他停车，出示驾驶证，他就会被投入监狱，受铁窗之苦。他谨慎小心地遵守交通规则，绝对不闯红灯，见黄灯也不敢启动，耐心地等待绿灯出现。这时，他发现自己开始着了魔似的关注信号灯的变化，于是改为调整车速，尽量总是遇上绿灯，虽然为了做到这一点有时不得不提高车速，或者降低车速，惹得后面的司机们大为光火。终于，他紧张到了极点，晕头转向，不得不把汽车开进一条岔路，他知道那里没有信号灯。他毕竟是个技术高超的司机，几乎不用看就把车停好了。现在，他感觉自己处于神经病发作的边缘，那时闪过他脑海的确实是这几个字，我要得神经病了。汽车里越来越憋闷，他把两边的玻璃都摇下来，但是，即使外面的空气还在流动也没能让车里清爽一些。我该怎么办，他问道。本应把车开到城外一个村庄的车库里去的，但还有很远的路要走，以他现在的精神状态永远也到不了那里。如果被那边的警察抓住，或者酿成一场车祸，那就更糟了，他自言自语地说。这时他想到，最好是从车里走出去，在外面待一会儿，让头脑清醒清醒，也许能清除脑袋里乱七八糟的东西，那个家伙失明并不能说明我也会得同样的病，这不是会传染的感冒，围着街区转一圈就好了。他下了车，用不着锁车门，马上就回来，于是他离开了。还没有走到三十步，他就看不见了。

在诊所里，最后一个就诊的是好脾气的老头，就是那个替突然失明的可怜虫说了些好话的老人。他来诊所只是为仅剩的那只眼睛预约白内障手术的日期，黑色眼罩遮住的另一只眼睛是空的，所以与失明症无关。这种病是随年龄来的，不久前医生对他说，等白内障成熟了就摘下来，然后他就能重新认识所生活的世界了。戴黑眼罩的老人走后，女接待员说候诊室里没有患者了，医生拿起突然失明的那个人的病历，读了一遍，又读了一遍，思考了几分钟，最后拨通电话，与一位同事进行了如下的交谈。你知道吗，今天我遇到一个非常稀奇的病例，一个男人顷刻间完全失明，检查没有发现任何可见的损伤和先天性恶变的迹象，他说眼前都是白的，一片浓浓的乳白色附在眼睛上，我正在尽量清楚地表达他对病情的描述，对，当然是主观的，不，那人还年轻，三十八岁，你读过或听说过类似的情况吗，我也认为是这样，现在我没有什么办法，为了争取时间，我让他去做一些化验，好，这几天我们一起给他检查一下，晚饭后我再翻翻书，查查文献，也许能找到线索，对，我明白，失认症，即心理失明，可能是，但这可能是头一个具有这些特点的病例，因为，毫无疑问，那个人失明了，而失认症，我们知道，是缺乏认出所看到的东西的能力，是啊，我也想到过全盲的可能性，但你该记得我开头跟你说的，白色失明，与全盲恰恰相反，全盲即黑蒙，是完全的黑暗，除非存在一种白色黑蒙，姑且这么说，白的黑色，对，我知道，从来没有见过，我同意，明天给他打电话，告诉他我们两个人愿意为他检查。打完电话，医生斜靠在椅子上，一动不动地待了几分钟，之后他脱下白大褂，动作疲惫而缓慢。他到卫生间洗手，但这一次没有对着镜子寓意深长地问一声，那是什么。他已经恢复了科学精神，确实，失认症和全盲或黑蒙在书上都有准确的定义与界定，但在实际生活中并不意味着不会出现异种或者变异，如果这里用词得当，好像出现异种或变异的这一天已经来临。有千万条理由让大脑封闭起来，对，就这样，也只能这样，就像一位迟到的病人在他这里吃了闭门羹。这位眼科医生喜欢文学，善于引用适当的典故。

晚上吃过饭后，他对妻子说，今天我在诊所遇到一个奇怪的病例，可能是心理失明或者黑蒙的变异，但这种情况从未出现过；黑蒙和另一种都是什么病呀，妻子问道。医生以稍有医疗知识的人能听懂的语言解释了几句，满足了妻子的好奇心，然后从书架上取下一些专业书籍，有些是从前他在医学院读书时候的，有些是最近的，还有几本出版物是最新的，还没来得及阅读。他先查找目录，接着按部就班地阅读查到的关于失认症和全盲的一切资料，读得越多越是不安，他觉得自己闯入了一个不属于他的学科，闯入了神经外科那个神秘的领域，对于这一领域他仅有一些粗浅的了解。夜深了，他推开正在查阅的书籍，揉揉疲劳的眼睛，斜躺在椅子上。这时，他所面临的选择一条一条地呈现在脑海之中。如果是失认症，患者现在会看到他原先一直看得到的东西，也就是说，他的视觉敏锐程度不会有任何降低，只不过大脑失去了认出椅子是一把椅子的能力，或者说，大脑仍然能对视神经传递过来的光源刺激做出正确的反应，换种外行人也能明白的说法，即大脑不再认识它曾经认识的东西，更别说将它表述出来了。至于全盲或者黑蒙，则没有什么疑难之处，如果患的确实是这种病，那么患者眼前看到的应该是漆黑一片，人们知道，这里保留了看这个动词，说患者看到的是绝对的黑暗。那位盲人斩钉截铁地说，这里仍然保留同样的动词，他看到的是一片浓浓的白色，仿佛睁着眼睛沉入了牛奶海中。一种白色的黑蒙，这不但在词源学上自相矛盾，而且在神经学上也不可能，因为一旦大脑不能辨别现实中的形象形状和颜色，同样也就不可能给正常视力在同一个现实中看到的形象形状和颜色蒙上一层白色，绵密的白色，仿佛一幅没有色调的白色图画，不论要精确地定义正常视力有多么困难。医生非常清楚地意识到，他陷入了一个看来无路可走的死胡同，他沮丧地摇摇头，环顾一下四周。妻子已经离开了，他恍恍惚惚地记得她曾来到身边，待了一会儿，轻轻吻了吻他的头发，我去睡觉了，她大概这样说了一句，现在屋里寂静无声，书还散乱地摆在桌子上，这是怎么回事呢，他想，这时他突然感到害怕，仿佛自己马上就要失明，而且事先已经知道。他屏住呼吸，等了一会儿，什么事也没有发生。事情是在一分钟以后发生的，当时他正把书收到一起，准备往书架上放。他先是发现看不见自己的手，接着就知道自己失明了。

戴墨镜的姑娘患的病不严重，不过是轻度的结膜炎，用点医生开的局部外用药几天就可治愈。您知道，在这段时间里只有睡觉的时候才能摘眼镜，医生对她说。这句风趣的话已经说了多年，甚至可以设想眼科医生们说了一代又一代，但每次都有效果，医生笑着说，病人笑着听，这一次更没有白说，因为姑娘长着一口漂亮的牙齿，并且知道怎样展示它们。出于天生的厌世或者对生活过度的绝望，任何了解这个女人生活细节的平庸的怀疑论者都会转弯抹角地说，她美丽的微笑不过是她所操职业的花招而已，这是毫无根据的恶意指控。因为它，这里指的是她的微笑，在不久以前她还是个小女孩的时候已然如此，当然小女孩这个词已经过时，那时候她的未来还是个谜，而试图解开这个谜的好奇心尚未降生。好，简而言之，人们也许会把这个女人划入所谓的妓女的类别，但是，考虑到这里描写的时代中社会关系网络的复杂性，无论是夜间的还是白天的，无论是水平的还是垂直的社会关系，其复杂性要求人们避免仓促决断的倾向。可惜，由于过分自负，我们也许永远不能摆脱这个毛病。尽管人人知道由天后赫拉而得名的婚神星里云雾缭绕，但把这位希腊女神与大气中飘浮的水滴组成的大块云团混为一谈就不对了。无疑，这个女人会为了得到钱而与别人上床，这可能使人不过多思考便把她划入事实上的娼妓之列，但是，如果可以肯定她与愿意跟她上床的人上床时也是愿意的，那么就不该忽视这样的可能性，即这种事实上的差别会让人们小心翼翼地把她排除在那个行业之外，当然这里把那个行业视为一个整体。她像正常人一样，有一个职业，也像正常人一样，利用剩余的时间使肉体得到某些欢乐，使需要得到满足，包括一般需要和特殊需要。如果人们不想简单地给她下个定义，那么最后会说，就广义而言，她在以自己喜爱的方式生活，并且从中得到一切可能得到的欢娱。

离开诊所时天已经黑了。她没有摘下眼镜，街上的灯光照得她不舒服，尤其是霓虹灯。她走进一家药店买医生给她开的处方药，接待她的药店伙计说有些人的眼睛不应当用暗色玻璃遮住，她装作没有听见，这些话本不该说，况且是出自一个药店伙计之口，请想一想，他怎能反对一个姑娘的信条呢，墨镜赋予她的醉人的神秘感足以引起身旁经过的男人们的兴趣。若不是今天有人在等她，她也许会对他们的兴趣投以回报，但现在，她有种种理由希望从幽会中得到好处，物质方面的满足和其他方面的满足。和她相会的男人是老相识，对于她事先说不能摘下眼镜并不在意，其实医生并没有给出这种建议，但那个男人甚至觉得这样蛮有趣，标新立异。姑娘在药店门口叫住了一辆出租车，说了个酒店的名字。斜靠在出租车座位上，她已经开始品味，不知道这个词用得是否贴切，已经开始品味性爱的种种感受，从头一次嘴唇贴着嘴唇，到头一次抚摩私处，再到性高潮的一次次爆发，她像被钉在令人头晕目眩的旋转火柱上一样，最后精疲力竭，心满意足。因此，我们有理由得出结论，如果男伴能够在时间和技术上完全履行义务，那么戴墨镜的姑娘一定会提前双倍报答以后收取的东西。想到这儿的时候，无疑是因为刚刚付了一笔诊费，她暗暗问自己，往常面带笑容地称为公平交易的价格从今天起提高，是否是个好机会呢。

她让出租车在一个街区前停下，自己融入往同一个方向去的人群之中，好像是被那些人拥着往前走，无名无姓，无罪恶感，也无羞耻心。她神态自若地进了酒店，穿过前厅，来到酒吧间，提前到了几分钟，应当等到事先约好的准确时间。她要了一杯清凉饮料，不动声色地喝完，眼睛不看任何人，她不想被误认为一个猎取男人的庸俗女人。过了一会儿，她像个在博物馆转了整整一下午要上楼回房间休息的游客一样朝电梯走去。还有谁不知道呢，美德在通往完美的艰辛道路上总是遇到困难，而罪孽和恶习很受好运垂青，于是她刚刚走到，电梯的门就开了。里边出来两位客人，是一对老年夫妇，她进了电梯，按下三楼的按钮，三一二号房间在等着她，是这个房间，她轻轻敲了敲门，十分钟后她已经一丝不挂，十五分钟时开始呻吟，十八分钟时毫不掩饰地低声说着做爱说的话，二十分钟时开始失去理智，二十一分钟时感到快活得浑身酥软，二十二分钟时喊了起来，现在，现在，等到重新清醒过来时，她筋疲力尽，心满意足地说，现在我眼前还一片白呢。

3

至于偷车贼，是一个警察把他送回家的。这位谨慎严肃并且富
有同情心的权力的代表人根本不会想到，他送的是个冷酷无情的违
法分子，他之所以拉着此人的胳膊，只是因为怕那可怜的人绊倒和
跌跤，而不是像在其他情况下那样为阻止其逃跑。作为报应，我们
不难想象偷车贼的妻子把门打开时吓成了什么样，眼前一名身着制
服的警察揪着一个在她看来失魂落魄的犯人，从犯人脸上那悲伤的
表情来看，他遇到了比被捕更可怕的事情。在这一刹那，妻子首先
想到的是丈夫在犯罪现场被抓，警察到家里来搜查；不论看来多么
有悖情理，这个念头倒使她大大放下心来，因为她想到丈夫只偷汽
车，而汽车这么大的物件是不能藏在床底下的。她的疑惑没有持续
多久，警察说，这位先生双目失明了，您来照顾他吧；警察只是陪
丈夫回家的，妻子本该松一口气，但是，当泪流满面的丈夫扑到她
的怀里，说出我们已经知道的那些话的时候，她才明白遭到了灭顶
之灾。

戴墨镜的姑娘也是被一名警察送回她父母家里的。试想一下当时的情况，她说自己瞎了，赤裸着身子在酒店里大喊大叫，其他客人惊慌失措，和她在一起的男人企图逃走，手忙脚乱地穿着裤子，显然，这种场面的讽刺性在一定程度上减轻了她失明带来的悲剧色彩。失明的姑娘羞得无地自容，毕竟羞耻之心人皆有之；不论那些虚伪的卫道者对她从事的有偿性爱怎样嘀嘀咕咕，说三道四。在撕心裂肺的喊叫之后，她明白了失明不是刚才的快感带来的出人意料的结果，所以当胡乱穿上衣服，被连推带搡地带出酒店的时候，她不敢再继续哭闹了。警察问了她的住址之后，以粗鲁并带有讥讽的口气问她是不是有钱付出租车车费，在这种情况下，国家不会付，他说；请注意，这种说法不无道理，因为这个姑娘属于不为其不道德的营利纳税的那类人。她点点头，但是，因为已经失明，她以为警察可能没有看到她的动作，就小声说，有，我有钱，接着又自言自语，还不如没有呢。我们一定会觉得这句话出乎意料，但是，只要注意到人类思想的盘绕曲折，在其中没有捷径可走，那么就不难理解这句话了，她想说的是，她因为自己的不检点行为和不道德举止受到了惩罚，这就是后果。她曾对母亲说不回家吃晚饭，而现在却要准时到家，比父亲还早。

眼科医生的遭遇却不相同，这不仅由于他患上失明症时正在家里，还因为，作为医生，他不会像那些只有在疼痛时才意识到自己身体出问题的人一样束手就擒，惊慌失措，歇斯底里。即使在现在的情况下，内心痛苦不堪，要面临难熬的一夜，他还能想起荷马在《伊利亚特》中写的那句话，在诸多诗篇中，它以描写死亡和痛苦著称。一位医生本身胜过好几个男子，对这句话，我们不该单单从数量上理解，应该主要从质量上理解，这一点不久就会得到证明。他表现出足够的勇气，躺到床上，没有叫醒妻子，甚至妻子在半睡眠中嘟囔了句什么，在床上向他身边挪近些时也没有叫醒她。他整小时整小时地醒着，即便偶尔睡一会儿也纯粹是因为筋疲力尽。他的职业是为别人治疗眼病，所以他希望夜晚不要结束，免得自己被迫说，我失明了。但同时他又希望白天的光线快些到来，想到的正是这些话，白天的光线，他知道自己再也看不见了。实际上，一位失明的眼科医生不会有多少作为，但他有义务通知卫生局，告诉他们这可能发展成一场全国性的灾难，这大概是一种以前从未见过的失明症，种种迹象表明它具有极强的传染性，从他知道的病例来看，病前没有炎症感染或病变之类的症状，他从接待的第一个失明症患者身上发现了这一点，他本人的情况也证实了这一点。他轻度近视，轻度屈光不正，一切都是轻度的，因此决定不用戴眼镜矫正。眼睛看不见了，完全失明，而实际上它们状态良好，没有任何原有的或者最近的，先天的或者后天的损伤。他回忆起为前来就诊的那位患者所做的详细检查，检眼镜能看到的眼睛的各个部位都很正常，没有任何病变迹象。那人说他三十八岁，看上去还不到这个年龄，这种情况着实罕见。那个人不该失明，他想，此时却忘了他本人也已经失明，可见人能够达到怎样忘我的境界。这种事不只现在才有，我们记得荷马曾经说过，不过他的用词似乎有所不同罢了。

　　妻子起床的时候他假装还在睡觉，他感到她吻了一下他的前额，非常轻地吻了一下，仿佛以为他还在沉睡，不想惊醒他，也许妻子在想，真可怜，为了研究那个盲人的奇怪病症睡得太晚了。卧室里只剩下医生独自一人，他觉得好像有一团浓密的云渐渐地把他捆住，压迫他的胸膛，钻进他的鼻孔，让他的五脏六腑全部失明，这时他忍不住发出一声短短的叹息，两滴眼泪流了出来，是白色的眼泪，他想，白色眼泪浸湿了眼眶，溢出来顺着太阳穴往下流，两边脸颊各有一滴，这时候他理解了他的病人们的恐惧，医生先生，我觉得快要瞎了。家里轻轻的响动传进卧室，妻子很快就会进来看看他是不是还在睡觉，是去医院的时候了。他小心翼翼地起了床，摸索着找到睡袍，穿在身上，走进洗漱间，小便之后转过身，面对着他知道挂着镜子的地方，但这一次没有问，这是怎么回事呢，他没有说，有千万条理由让大脑封闭起来。他只是伸出双手，摸到玻璃，他知道自己的影像正在里面望着他，他的影像看得见他，而他却看不见自己的影像。他听见妻子进了卧室，啊，你已经起来了，她说；他回答说，起来了。接着，他感觉妻子来到了身边，你好，亲爱的。结婚多年，两个人还这样亲切地问候。这时，他们像是在演一出戏，妻子的话在给他提示台词，于是他说，我觉得不太好，眼睛里有个什么东西。妻子只注意到了后半句，于是对丈夫说，我来给你看看。她仔细察看了丈夫的眼睛之后说，我什么也看不见，这句话显然角色颠倒了，不是她的台词，而应当由丈夫说，丈夫的确说了，但比妻子说得更简单，我看不见，接着又补充一句，估计我被昨天那个病人传染了。

由于长时间的耳濡目染，医生的妻子们往往也对医学略知一二，而这位妻子在一切事情上都跟丈夫如影随形。她凭借学到的知识足以知道失明症不像时疫那样会传染蔓延，一个不瞎的人不会仅仅因为看了一个瞎子一眼就染上失明症，失明症是人自身和与生俱来的眼睛之间的私密问题，与别人无关。无论如何，一位医生有义务知道他说的话的含义，正是因此他才会去读医学院，而这位医生不仅宣称自己患了失明症，还公开承认是被传染上的，那么，这位妻子，不管她如何熟知病理，又有什么理由怀疑他呢。因此，人们可以理解，面对不可否认的证据，这位可怜的太太和任何普通人的妻子一样，这样的妻子我们已经认识两位了，她们搂住丈夫，自然而然地表示出心中的焦急。现在我们该怎么办呢，她哭哭啼啼地问；通知卫生局，通知卫生部，十万火急，如果确实是时疫，必须采取措施；可是，失明症时疫，这种事人们从来没有见过，妻子说，心中还抓住最后一线希望不放；人们也从来没有见过无缘无故失明的，而到此刻为止至少已经有两个了。最后一个字还没有说完，医生的脸色突然变了。他近乎粗暴地把妻子推开，自己后退了一步，离开，不要靠近我，我会传染你，接着又用双拳敲着脑袋说，愚蠢，愚蠢，白痴医生，怎么就没有想到呢，一整夜和你在一起，本该留在书房里，关上门；尽管如此，妻子还是说，请你不要这样说，该发生的总会发生，走吧，跟我来，我去给你做早点；放开我，放开我；我就是不放开，妻子大声喊，你想怎么样，你跌跌撞撞地走来走去，摸索着找电话，碰翻家具，就是找到电话簿也看不见需要的号码，而我却要钻到防传染的玻璃罩里静静地看你的笑话吗。她用力抓住丈夫的胳膊说，走吧，亲爱的。

医生刚刚吃完妻子执意给他准备的烤面包片和咖啡，我们可以想象他吃到嘴里是什么滋味，时间还早，他要通知的人还没有上班。理智和效率要求他以最快的速度把正在发生的事情直接告诉卫生部的高级负责人，但他很快改变了主意，因为他发现，仅以一个医生的名义说有紧急的重要情况报告，不足以说服电话那头的公务人员，况且还是在他一再恳求之后女接线员才接通电话的。那人说在向顶头上司报告之前先要知道究竟是怎么回事，但显然，任何有责任感的医生都不肯向头一个接待他的下层官员宣布出现了失明症时疫，若果真如此，会立即引起恐慌。官员在电话中说，阁下自称是医生，如果阁下非让我相信这一点，那好吧，我相信，但我要听上司的命令，要么你说清楚是怎么回事，要么我不予报告；是秘密问题；秘密问题不能通过电话处理，你最好亲自来这里一趟；我无法出门；这么说你病了；对，我病了，医生稍稍犹豫了一下说；既然如此，你应当去请一位医生，一位真正的医生，对方反驳说，她显然对自己的幽默感扬扬自得，把电话挂断了。

　　这傲慢无理的态度无异于打在医生脸上的一记耳光。几分钟之后他才平静下来，向妻子讲述受到的粗暴对待。又过了一会儿，他仿佛刚刚发现早就应当知道的什么事一样，凄然地小声说，我们都是这样的混合物，一半是冷漠无情，一半是卑鄙邪恶。他正要犹疑地问，现在怎么办呢，却突然间明白了，这样做一直是在浪费时间，要把这个消息传递到有关部门，唯一可靠的办法是与他所属医院的医疗部主任谈一谈，医生对医生，中间不隔着官僚体制，应该由主任负责让那个该死的官方齿轮运转起来。妻子记得医院的电话号码，接通了电话。医生通报了姓名，之后很快就说，很好，谢谢你，显然女接线员刚才问他，医生先生，你今天好吗。我们在不想告诉对方不好的时候就会说，很好，即便我们正在走向死亡，这被俗称为把肠子当作心脏，这种颠倒内脏的现象只有在人类中间才能看到。主任来接电话了，有什么事吗，医生问他是不是独自一人，旁边有没有人能听见，对女接线员倒不用担心，她顾不上听关于眼科问题的谈话，她只对妇科感兴趣。医生的讲述简短而又全面，完全是医学学术报告式的干巴巴的风格，直截了当，不转弯抹角，没有一句多余的话。鉴于这种特殊的形势，主任吃了一惊，这么说你也失明了，他问；完全失明了；不过，还可能是巧合，可能实际上并非严格意义上的传染；我同意，还没有证实确有传染，但现在的情况不是我和他分别在自己家里失明，我们并不是没有见过面，他失明了，来到我的诊所，我几个小时以后也失明了；我们怎样才能找到那个人呢；诊所里有他的姓名和地址；我立即派人去；派一位医生；对，一位同事，当然；你不觉得我们应当把正在发生的情况向卫生部报告吗；我觉得目前时机还不成熟，你想想，这个消息会在公众中造成多么大的恐慌，活见鬼，失明症是不传染的呀；死亡也不传染，但我们所有人都会死；好，你先留在家里，这事由我来处理，之后我派人去接你，我想为你检查一下；不要忘记，我是为一个失明症患者做了检查而得了失明症的；还不能肯定；可以肯定，至少是相当可靠的因果关系的设想；不错，但是，现在下结论还为时过早，两个孤立的病例在统计学上没有意义；如果现在患者人数已多于两个呢；你的精神状态我理解，但我们不应当被事后可能证明为毫无根据的悲观情绪所左右；谢谢；我会再和你谈的；再见。

半小时以后，医生刚刚在妻子的帮助下笨拙地刮完脸，电话铃响了，是医疗部主任打来的，但现在他的声音变了，我们这里有个小男孩，也是突然失明，说眼前一片白色，他母亲说昨天带儿子到你的诊所去过；我猜那个男孩左眼斜视；对；毫无疑问，就是他；我现在开始担心，情况确实严重；卫生部呢；对，当然，我立即与医院领导谈话。三个多小时以后，医生和妻子正在默默不语地吃着午饭，医生用餐叉摸索着被妻子切成小块的肉，这时电话铃又响起来。妻子走过去接，马上又回来了，得你去接，卫生部打来的。妻子扶着他站起身，把他领到书房，把话筒递到他手里。交谈时间很短。卫生部想知道头一天到他的诊所看过病的患者都是哪些人，医生回答说，病历上有那些人的姓名，年龄，婚姻状况，职业，住址等全部资料，最后他还表示愿意陪同有关人员去取病历。对方的回答非常刺耳，我们不需要。接着，对方换了人，电话里的声音变了，下午好，是部长在说话，我代表政府感谢你的热心帮助，我相信，由于你及时提供了信息，我们能控制局势，但请你留在家里。最后这几个字的口气表面听来很客气，但显然是在下达命令，不容置疑。医生回答说，好，部长先生，可是对方已经把电话挂了。

　　几分钟以后，电话又响了。是医疗部主任打来的，他说话的声音有些紧张，结结巴巴，我刚刚知道，警察得到消息，有两个人突然失明；是警察失明吗；不是，是一个男人和一个女人，警察在街上遇到那个男人时他正大声喊着他瞎了，女人是在一家酒店失明的，好像与床上的风流事有关；应当了解一下他们是否也是我的病人，你知道他们的名字吗；警察没有告诉我；卫生部已经和我谈过了，他们要去我的诊所取病历；情况真复杂；谁说不是呢。医生放下电话，举起手捂住眼睛，仿佛想保护它们不受更厉害的疾病侵袭，最后他瓮声瓮气地叹息一声，我真累啊；睡一会儿吧，我带你到床上去，妻子说；没有用，我睡不着，再说，今天还没有结束，一定还会出事。

　　快到六点钟的时候，电话铃最后一次响了。医生正坐在旁边，他拿起话筒，喂，是我，他聚精会神地听着对方说话，直到挂断电话时才轻轻点了点头。是谁呀，妻子问道；卫生部，半小时之内有辆救护车来接我；你已经料到会这样吧；对，大概如此；他们要把你送到哪里去呢；不知道，估计是医院吧；我去给你准备箱子，挑出要带的衣服和内衣；这不是去旅行；我们还不知道去干什么。妻子小心地把他扶到卧室，让他坐在床上，你安静一会儿，其他事我来做。他能听见妻子在房间里走来走去的声音，打开又关上抽屉和衣柜的声音，拿出衣服叠好装进放在地板上的箱子里的声音，但他看不见，除了他的衣服，妻子还往箱子里装了几条裙子和几件女式衬衫，两条裤子，一件连衣裙和一双女鞋。医生曾模模糊糊地想到，用不着带那么多东西，但他没有说什么，因为现在不是谈这些鸡毛蒜皮的小事的时候。传来锁箱子的声音，随后妻子说，准备好了，救护车该来了。她把箱子搬到靠近楼梯的门口，丈夫要帮忙，说，让我来帮你搬，这事我还做得了，还没有残废到那种程度，但妻子不让他动手。之后两个人就坐到沙发上等着。他们手拉着手，医生说，不知道我们要分开多长时间；她回答说，你不用担心。

等了近一个小时，门铃响了，妻子站起来去开门，但楼道里一个人也没有。她又去接楼内对讲机，很好，他马上下去；接着她转身对丈夫说，他们在楼下等着，得到明确命令不准上楼；看样子卫生部真的害怕了；走吧。两人乘电梯下去以后，她帮助丈夫走下最后几级台阶，把他扶上救护车，又回到台阶上把箱子取来，独自搬上救护车，往里边推了推，最后自己也上了车，坐在丈夫旁边。坐在驾驶座上的救护车司机表示不满，我只能把他带走，这是命令，请太太下车。妻子不动声色地回答说，把我也带走吧，我刚刚失明了。

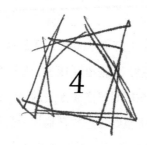

4

　　这个建议是由卫生部部长本人提出的。虽说它并非无可挑剔，但从各个方面来看都是个好主意，既考虑到了单纯的卫生问题，也考虑到了复杂的社会影响和政治后果。在没有弄清原因之前，或者更恰当地说，在没有弄清白色眼疾的病理学原理之前，多亏一位助手以其丰富的想象力用白色眼疾的说法代替了难听的失明症，在找到处理和治疗方法之前，但愿有一种疫苗能防止这种病例继续出现，在这之前，把所有失明者，包括与其有肉体接触或直接联系的人，通通收容起来并加以隔离，以防进一步传染，而传染一旦出现，病例就会成倍增加，类似于数学上常说的，按几何级数递增。Quod erat demonstrandum[1]，卫生部部长总结说。用所有人都能听懂的话来说，就是对那些人强制执行隔离检疫，这是从霍乱和黄热病时代流传下来的古老做法，即感染者或者感染者的船只必须远离

1　拉丁语，意为证明完毕。

海岸四十天，以观后效。以观后效，这是部长的原话，听起来用意深刻，其实是因为一时找不到其他托词而故弄玄虚，后来他更准确地解释了自己的想法。他的意思是说，既可以是四十天，也可以是四十个星期，或者四十个月，甚或四十年，重要的是那些人不得从隔离区离开。部长先生，现在该决定把他们关在什么地方了，为此事专门任命的后勤及安保委员会主席说；这个委员会负责运输和隔离那些患者并为他们提供给养；眼下我们有哪些地方可供选择，部长问道；有一所精神病院空着，正好派上用场，有几座军事设施因为最近的军队整编而弃置不用，有一个工业品市场已经提前竣工，还有一个不知道什么原因正处于破产清算的超市；你的意见呢，这之中哪一个更符合我们的需要；就安全性而言，兵营条件最好；那当然了；但有一点不合适，就是军营太大，看管关进去的人既困难又费钱；我注意到了这一点；至于超市，可能会出现种种法律方面的障碍，有合法不合法的问题需要考虑；那么，工业品市场呢；部长先生，至于这个市场，我认为最好不予考虑；为什么；因为工业界肯定会不高兴，他们在那里的投资数以百万计；这么说就只有精神病院了；对，部长先生，精神病院；那么，就定在精神病院吧；另外，从各方面看，精神病院条件最好，除四周有围墙围得水泄不通之外，还有一个有利之处，就是它由两排房子组成，一排供真正的失明者居住，另一排可以住疑似感染者，两排房子中间有块地方，姑且称为无人地带，那些在被看管期间失明的人可以穿过无人地带和已经失明的人住到一起；我看这里有个问题；什么问题，部长先生；那样的话我们必须派人指挥他们转移，而我想我们难以找到志愿者去做这种事；部长先生，我想没有这个必要；你说说看；

如果一个疑似感染者失明了，当然，这迟早会发生，那么请部长先生相信，其他人，就是那些还能看得见的人，马上就会把他赶出去；说得对；同样，如果一个已经失明的人想换地方，他们也绝不会让他进去；说得好；谢谢，部长先生，那么我们可以开始行动了吗；好，你可以放手去干了。

委员会立即全速高效地运作起来。天黑之前，他们已经找到了已知的全部失明者，还有一些疑似感染者，至少是在这次特别对失明者所在家庭和行业进行跟踪调查的闪电行动中确定并找到的疑似感染者。首先被送到闲置的精神病院的是医生和他的妻子。精神病院由士兵守卫，大门开了一条缝，放他们进去之后立即关上。从院子的大门到房子的正门拉上了一条粗绳子作为扶手。你们往右边走走，那里有条绳子，用手扶着绳子往前走，一直往前，走到台阶，台阶共六级，一位士兵告诉他们。进了建筑物内之后绳子一分为二，一股往左，另一股往右，军士大声喊着，注意，你们在右边。医生的妻子一面拖着箱子一面领着丈夫朝离门口最近的那间集体宿舍走去。这间屋子很长，像古代的病房一样，里边放着两排床，床本来上了一层灰色油漆，但早已开始剥落。被子，床单和毯子也是灰色的。妻子把丈夫领到宿舍最里边的一张床上坐下，对他说，你不要离开，我出去看一看。还有几间宿舍，又窄又长的走廊，大概是原来医生们用的一些办公室，一间劣等饭食的气味尚未散尽的厨房，一个摆放着锌面桌子的大食堂，另外还有三个单人间，离地两米高的墙面从下及上塞了一层棉絮，再往上直到屋顶钉上了一层软木板。房子后面有一道废弃的围栅，围栅旁边的树木早已无人照料，树干的皮仿佛被人剥掉了。到处垃圾狼藉。医生的妻子回到宿舍里，看到一个半敞着的衣柜中有几件精神病患者穿的拘束衣。她来到丈夫身边，问道，你能想象他们把我们带到什么地方来了吗；我想象不出来；她刚要说是一座精神病院，丈夫却先开口了，你没有失明，我不能让你留在这里；对，说得对，我没有失明；我要请求他们把你送回家，告诉他们你欺骗了他们，为了和我在一起而欺骗了他们；没有用，他们听不见你说话，即便听到了也不会理你；可是你看得见呀；暂时看得见，但你完全可以相信，说不定哪一天我也会失明，也许在一分钟之内；你走吧，求求你了；不要再固执己见了，再说，士兵们也不会让我迈下台阶一步；我不能强迫你；是啊，亲爱的，不能强迫我，我留下来帮助你，帮助以后进来的其他人，可是你不能告诉他们我看得见；其他人，什么其他人；你不会认为只有我们是这样的吧；这简直太疯狂了；大概是吧，我们这不是在精神病院嘛。

　　其他失明者是一起到的。他们在各自的家里一个接一个地被抓，头一个是丢了汽车的人，随后是偷汽车的人，还有戴墨镜的姑娘，斜眼男孩有所不同，母亲带他去医院，他是从医院被带走的。母亲没有和他一起来，因为那个女人不像医生的妻子那样机灵，没有失明也说自己瞎了，她是个普普通通的女人，不会说谎，即便谎话对自己有利。他们跌跌撞撞地走进宿舍，这里没有绳子可扶，手便在空中摸索着，他们必须以痛苦为代价来学会生活。小男孩一边哭一边喊妈妈，戴墨镜的姑娘在安慰他，你妈妈很快就来，很快就来。因为戴着墨镜，那姑娘可能失明了，也可能没有。其他人的眼睛东张西望，但什么也看不见，而姑娘戴着那副眼镜，嘴里还说着很快就来，很快就来，仿佛她真的看见那个失魂落魄的母亲正从门外走进来。医生的妻子把嘴凑到丈夫耳边小声说，进来了四个人，一个女人，两个男人，还有一个小男孩；两个男人长什么样子，医生低声问；妻子把他们描绘了一番；医生说，这个我不认识，另一个嘛，根据你说的长相，完全像到诊所去过的失明者；小男孩是斜眼，那个女人戴着墨镜，好像长得还算漂亮；这两个都去过诊所。因为各自都在忙着寻找自己认为安全的地方，盲人们没有听见医生夫妇的谈话，大概以为除了他们便没有别人，再说刚刚失明不久，听觉还没有灵敏到超过正常人的程度。最后，好像谁都不肯舍弃一个有把握的地方而另找一个心里没有底的地方，于是都坐到自己撞到的床上，结果两个男人挨得很近，但他们并不知道。姑娘还在小声安慰男孩，不要哭，你会看到的，妈妈不会耽搁太久。随后是一阵寂静，这时医生的妻子说话了，声音很大，在宿舍最外边的大门旁也能听到，我们这里是两个人，你们呢，几个人。忽然冒出的喊声把刚到的人们吓了一跳，但两个男人都没有吱声，那个姑娘答话了，我想我们一共是四个，这里有我和这个小男孩；还有谁，其他人为什么不说话呀，医生的妻子问道；我在这儿，一个男人嘟嘟囔囔的声音，好像费了很大劲才说出口；还有我，又是个男声，满心不快的样子；医生的妻子心里暗想，看样子他们似乎害怕互相认识。她看到此时这两个人眉头紧皱，神情紧张，伸长了脖子，好像在闻什么气味，但奇怪的是，他们的表情相似，威胁中都带有恐惧，只是一个人的恐惧和另一个人的不同，威胁的神色也各异。他们之间发生过什么事情吗，她想。

　　这时传来一个响亮而生硬的声音，听口气出自惯于发号施令的人之口。原来声音来自他们进屋时经过的门上的一个扩音器。

注意，这个词一连重复了三遍，然后开始讲话，政府为不得不强行行使自己的权力履行自己的义务感到遗憾，此举是为了全面保护公众，因为眼下我们似乎正在经历一场类似失明症的瘟疫，我们暂且称之为白色眼疾，鉴于它可能是一种传染病，鉴于我们遇到的不仅仅是一系列无法解释的巧合，为了防止传染蔓延，政府希望所有公民表现出爱国之心，与政府配合。已经患病的人住在一起，与患病者有过接触的人住在另一个地方，虽然分开来住，但相距很近，这一决定是经过慎重考虑之后才做出的。政府完全意识到所负的责任，也希望这一通知的受众都是守法的公民，同样担负起应负的责任，抛弃一切个人考虑，你们要认识到自己被隔离是一种支援全国的行动。现在，我们要求大家注意听以下规定。第一，电灯会一直开着，任何按开关的企图都无济于事，开关不起任何作用。第二，在事先未获允许的情况下离开所在的大楼意味着会被立即击毙。第三，每个宿舍都有一部电话，只用于向外面要求补充卫生和清洁用品。第四，住宿者手洗各自的衣物。第五，建议每个宿舍选举其负责人，这一项只是建议，不是命令，住宿者可以按其认为最好的方式组织起来，只要遵守以上规定和我们以后陆续公布的规定。第六，每天三次我们会把饭盒送到门口，放在门的左右两边，分别给患者和感染者。第七，所有剩余物品应通通焚烧，除剩饭之外，这里所说的剩余物品包括饭盒盘子和刀叉勺等餐具，这些都是用可燃材料制造的。第八，焚烧应在该大楼的天井或者围栅旁边进行。第九，焚烧产生的一切不良后果由住宿者自行承担。第十，若发生火灾，无论是偶然起火还是有人故意纵火，消防人员皆不予救援。第十一，若内部出现疾病骚乱或者殴斗，住宿者不应指望任何外界介入。第十二，若有人死亡，不论死因为何，均由住宿者在围栅旁掩埋尸体，不举行任何仪式。第十三，患者们所住房子与感染者们所住房子之间的联系必须在大楼中间地带进行，就是你们进去时走过的地方。第十四，感染者一旦失明，必须立即转移到失明者所住的房子里去。第十五，本通告在每天同一时间播送一遍，以便让新来的人知道。政府和全体国民都希望你们履行自己的义务。晚安。

刚刚安静下来，就听到小男孩那清脆的声音，我要妈妈，但这句话说得毫无感情，活像一台自动复读机一句话说了一半后停止运转，现在剩下的又不合时宜地冒了出来。医生说，我们刚才听到的命令说得清楚明白，我们被隔离了，可能谁也不曾遇到过这样严格的隔离，在发现治疗这种病的药物之前我们没有离开这里的希望；我熟悉你的声音，戴墨镜的姑娘说；我是医生，眼科医生；昨天我让你看过病，听得出是你的声音；对，您呢，您是谁；我得了结膜炎，估计还没有好，不过现在既然已经双目失明，结膜炎就无关紧要了；和你在一起的小男孩是谁；不是我的儿子，我没有孩子；昨天我为一个斜视的小男孩做过检查，是你吗，医生问；是我，先生，小男孩回答的口气显得很不高兴，人们都不喜欢别人提及自己的生理缺陷，他完全有理由不高兴，因为这样或那样的生理缺陷一旦被提及，立即由难以察觉变得显而易见。还有我认识的人吗，医生又问道，昨天由妻子陪着到我诊所的那个人在这里吗，他是在汽车里突然失明的；是我，第一个失明的人回答说；还有一个人呢，请说一说您是谁，既然他们迫使我们一起生活，并且不知道要持续多久，我们必须相互认识。偷车贼从牙缝里挤出一个声音，对，对，他以为这样表示一下自己的存在就能过关；但医生不肯放过，这个人的声音我不熟悉，您不是那位上了年纪的白内障患者吧；医生先生，不是，我不是他；您是怎么失明的；在街上；请说详细点；没有什么可说的，在街上走着走着就瞎了；医生正要问他的失明症是否也是白色的，但没有说出口，何必呢，问了也没有用，不论他如何回答，是白色失明还是黑色失明，反正谁也出不去。他抬起手，颤抖着伸向妻子，伸到一半碰到了妻子的手。妻子吻了吻他的脸颊，没有别人能看到他那憔悴的前额，那紧闭的嘴，没有别人能看到那双死亡的眼睛，像玻璃球一样，好像能看见却又看不见，着实吓人。也会轮到我的，她想，也许就在此刻，这句话没说完就失明了，随时都可能像他们一样，也许醒来就失明了，也许睡觉的时候刚合上眼睛就失明了，还以为只不过是睡着了呢。

她看了看那四个失明者，他们都坐在床上，脚边放着能带来的很少的行李，小男孩带的是他的书包，其他人带的是小箱子，仿佛是来度周末。戴墨镜的姑娘还在小声地和男孩谈着话，第一个失明者和偷车贼在另外一排，相距很近，只隔着一张空床，并且面对面坐着，但彼此并不知道。医生说，我们都听到了刚才下达的命令，不论将来发生什么事情，有一件事我们必须清楚，就是不会有任何人来帮助我们，所以我们最好现在就开始组织起来，因为过不了多久这个宿舍就会住满人，我是说这个宿舍和其他宿舍；您怎么知道还有别的宿舍呢，姑娘问；进这个宿舍以前我们转了转，这间离大门最近，医生的妻子一边说一边捏了捏丈夫的胳膊，让他说话时小心一些。于是姑娘说，最好由医生先生担任负责人，毕竟您是位医生；一个既没有眼睛又没有药的医生顶什么用呢；但是您有权威。医生的妻子笑了，她说，如果大家同意，我觉得你当然应该同意；

我倒觉得这不是什么好主意；为什么；眼下我们共六个人，但是明天人数会更多，每天都会有人住进来，我敢肯定，不是所有人都会接受不是由他们选举出来的权威，还有，就算他们服从，我以什么回报他们呢，况且他们还不一定承认什么权威或者规矩；这么说在这里生活下去会很困难；如果仅仅是困难那我们就太幸运了。戴墨镜的姑娘说，我是出于好意，不过医生先生说的也确实有理，那我们每个人就自己照顾自己吧。

要么是受了这些话的刺激，要么是再也忍不住心中的怒火，其中一个男人猛地站起来说，我们的不幸全怪这个家伙，要是我的眼睛看得见，现在就让他完蛋，他大声吼着，用手指着他认为那个人所在的方向。他指的方向并没有偏多少，但这个戏剧性的动作产生了喜剧性效果，因为他气势汹汹用手指指着的是个无辜的床头柜。请冷静些，医生说，在一场瘟疫中不会有肇事者，我们都是受害者；要是我心眼不那么好，要是我没有送他回家，我这双宝贵的眼睛还好着呢；您是谁，医生问道，但这个控诉者没有回答，好像为刚才说的话而感到后悔。这时人们听到了另一个男人的声音，不错，您是把我送回家了，但是后来您利用我当时的处境偷了我的汽车；胡说，我什么也没有偷；偷了，先生，您偷了；就算有人偷了您的汽车，那也不是我，我好心帮您，得到的报答却是瞎了眼睛，再说，您说我偷车有什么证据，我倒想看看；争吵解决不了任何问题，医生的妻子说，汽车在外边，我们在这里面，你们还是和解为好，不要忘了，我们还要在这里一起生活呢；我知道有人不会跟他一起生活，第一个失明者说，先生们，你们愿意怎么做就怎么做，反正我要到别的宿舍去，不能跟这个混账东西在一起住，他竟然偷一个双目失明的人的汽车，还抱怨说因为我他才瞎了，瞎了，活该，至少这个世界上还有公理。他一只手抓起箱子，为了不绊倒，拖着两只脚在地上挪步，空着的那只手扶着床，来到了两排床中间的夹道。那些宿舍在什么地方，他问，不过，即使有人回答他也不会听见，因为有个人连胳膊带腿一齐扑到他身上，原来是偷车贼说到做到，来报复让他患上病的人了。一会儿这个人在上边，一会儿那个人在上边，两个人在狭窄的空间里滚来滚去，不时撞在床腿上。就在这个时候，斜眼小男孩吓得又哭起来，不停地喊妈妈。医生的妻子抓住丈夫的胳膊，她知道自己一个人制止不了这场斗殴，就拉着丈夫沿夹道走到两位愤怒的斗士喘着粗气较量的地方。她拉着丈夫的手，让他拽住其中一个，自己拽住看起来更易制伏的另一个，费了好大劲总算把他们分开了。你们俩太愚蠢了，医生训斥说，如果你们想把这里变成地狱，那么继续打下去好了，但我要提醒你们，我们要完全靠自己，指望外面来救，休想，刚才的广播你们也听到了；他偷了我的汽车，第一个失明者带着哭腔，他挨的打比对手多；算啦，现在有没有都一样，医生的妻子说，反正您的汽车被偷的时候您也不能用它了；是这样，但汽车是我的呀，让那个贼偷走了，我不知道他弄到哪里去了；最大的可能是，医生说，最大的可能是您的汽车在这个人失明的地方；医生先生倒挺精明，对，先生，说得对，偷车贼说。第一个失明的人动了一下，好像要从按住他的手中挣脱出来，但没有太用力，似乎他已经明白，愤怒，即便是合情合理的愤怒，也不能让汽车失而复得，汽车也不能让眼睛盲而复明。但是，偷车贼威胁说，如果你以为以后没事了，那你就完全错了，不错，我偷了你的汽车，汽车是我偷的，可是你偷了我的眼睛，让我瞎了，想想看，我们两个人当中谁更称得上是贼；算了，医生不满地说，我们这里的人都失明了，谁也不要再抱怨，谁也不要再指责别人；我对别人的不幸不感兴趣，偷车贼轻蔑地说；如果您想搬到其他房间，医生对第一个失明者说，我妻子可以领您去，她识别方向的能力比我强；我改变主意了，愿意留在这个宿舍。偷车贼讥讽道，这孩子害怕独自一人待在什么地方，可据我所知那里没有妖怪；住口，医生忍不住喊道；噢，你这个小医生，偷车贼哼哼唧唧地说，你该知道，在这里我们人人平等，你不能给我下命令；我不是给您下命令，而是告诉您，让那个人安生安生；那好吧，好吧，可是，你也小心点儿，要是给我找麻烦，我可不是好惹的，对朋友，我比谁都好，对仇人，很少有人比得上我。偷车贼做了个要和人拼命的手势，找到刚才坐的床，把箱子推到床下边，然后大声说，我要睡觉了，那口气好像是在通知大家，转过脸去，我要脱衣服。戴墨镜的姑娘对小男孩说，你也上床去吧，在这边，如果晚上有什么需要就叫我；我想撒尿，小男孩说。听小男孩这么一说，所有人都突然急不可耐地想撒尿，虽然心中使用的词各不相同，但都在想，现在这个问题可怎么解决呀，第一个失明者在床下面摸了摸，看那里有没有便盆，不过同时又希望没有，因为当着其他人的面撒尿会感到难为情，当然，他们看不见，但撒尿的声音毕竟难以掩盖，男人们还稍好一点，可以耍个手腕，不让女人们听见，在这方面男人们是幸运的。偷车贼已经坐在床上，这时他说话了，他妈的，在这房子里往哪儿撒尿呀；嘴巴放干净点，这里有个孩子，戴墨镜的姑娘表示不满；可是，亲爱的姑娘，那你就找个地方吧，不然那孩子迟早要尿在裤裆里了。医生的妻子说，也许我能找到厕所，记得好像闻到过气味；我跟你一起去，戴墨镜的姑娘说，她已经拉住了小男孩的手；我看最好还是大家一起去，医生说，那样我们需要的时候就认识路了；我知道你为什么出这个主意，偷车贼心里想，但没敢说出口，你不愿意让你的女人在我每次有需要的时候领着我去撒尿。这一想法背后未能言明的东西使他那玩意儿稍稍勃起，这倒让他吃了一惊，看来瞎子的性欲并不一定会丧失或者降低。还好，他想，总算没有把一切全都丢光，在众多死伤当中还有一样东西幸免于难。他不再听别人谈些什么，自己胡思乱想起来。大家没有给他多少时间，因为医生说话了，我们排成一队，我妻子在前面，每个人都把手搭在前面人的肩上，这样我们不会有走散的危险。第一个失明的人说，我可不跟那个人走在一起，他显然是指偷了他汽车的人。

不是因为互相寻找就是因为互相躲避，他们挤在窄窄的过道里难以动弹，况且医生的妻子也要像盲人一样行动。队终于排好了，医生的妻子后面是戴墨镜的姑娘，她拉着斜眼小男孩，再后面是穿裤衩背心的偷车贼，接着是医生，排在最后的是第一个失明者，这次他可以免遭对手殴打了。队伍前进得非常慢，好像每个人都不相信领路人，抬起空着的那只手在空中胡乱摸索，仿佛在寻找路上的什么坚固的支撑物，如墙壁或门框。跟在戴墨镜的姑娘后边，偷车贼闻到她身上散发出的香水气味，又想起了刚才的勃起，决定充分利用自己的两只手，一只摸着她的后脑勺，另一只径直往前，毫不客气地摸起她的乳房来。姑娘晃动身子，想摆脱对方放肆的动作，但偷车贼紧紧搂住了她。这时，姑娘抬起一条腿用力往后一踹，尖尖的鞋后跟像一把匕首一样刺进偷车贼光着的粗大腿里，他大吃一惊，疼得发出一声号叫。出了什么事，医生的妻子回头问道；是我绊了一下，戴墨镜的姑娘回答说，好像碰到了我后边的人。偷车贼手指上沾着鲜血，一边呻吟一边咒骂，想表明这次攻击的后果有多么严重，我被扎伤了，这个臭女人不看看她的脚踩在什么地方；你呢，你不看看你把手放在什么地方，姑娘也不示弱，马上回敬说。医生的妻子明白了是怎么回事，先是微微一笑，但马上看到那可怜的家伙伤得很厉害，鲜血顺着腿往下流，这里没有双氧水，没有碘酒，没有止血剂，也没有绷带和消毒剂，什么也没有。队伍已经散了，医生问，伤在什么地方；这里；这里，究竟在什么地方；腿上，你没看见吗，那个臭女人把鞋跟扎进我腿里了；我绊了一下，我没有过错，姑娘又说了一遍，但马上又怒气冲冲地说，这个混账东西摸我，他把我当成什么人了。医生的妻子赶紧劝解，现在紧要的是清洗伤口，包扎一下；可哪里有水呀，偷车贼问；厨房里，厨房里有水，不过用不着大家都去，我丈夫和我带这位先生去，其他人在这里等着，不会耽搁很长时间；我想撒尿，小男孩说；忍一会儿，我们马上就回来。医生的妻子知道，应当先往右拐，再往左拐，然后沿一条有一个直拐角的长廊往前，走到尽头就是厨房。几分钟之后她发现走错了，于是停下来又往回走，叹了一声，啊，我想起来了，从那里可以直接走到厨房，不能再耽误时间，伤口在不住地流血呢。一开始流出的水很脏，必须等水干净了才行。水是温的，有股臭味，仿佛在水管里腐烂了，不过，用这样的水一洗，偷车贼还是立刻如释重负般叹了口气。伤口看上去有些吓人。现在怎么办，怎样才能把腿包扎起来呢，医生的妻子问。在一张桌子下倒是有几块破布，大概曾用来当抹布，用这么肮脏的布包扎伤口太不慎重。这里好像什么都没有，她装作摸索的样子说；可是，医生先生，这样下去我受不了了，血不停地流，劳驾了，帮帮我吧，请原谅我没教养，刚才对你那样，偷车贼伤心地说；我们这不是正在帮助你吗，正在想办法，医生说，过了一会儿，他又说，没有别的办法，把背心脱下来。偷车贼嘟嘟囔囔地说这样他就没有背心穿了，不过还是脱了下来。医生的妻子很快将背心撕开，把他的大腿紧紧包扎起来，并且用背心上边的肩带草草打了个结。这不是一个盲人能轻而易举做到的，但她不想为此再浪费时间，佯装瞎子已经让她浪费了不少时间。偷车贼好像也发现这其中有什么不正常之处，按照常理，本应由医生，虽然只是个眼科医生，来为他包扎伤口，不过伤口得到处置而感到的安慰远远胜过了心中的怀疑，况且那只不过是模模糊糊的闪念。他一瘸一拐地跟他们回到原处，其他人还在那里等着。医生的妻子立即看到，斜眼小男孩忍不住尿在裤子里了，第一个失明者和戴墨镜的姑娘都没有察觉。小男孩脚下有一摊尿，他的裤脚还在往下滴水。但是，医生的妻子若无其事地说，现在我们去找厕所吧。盲人们都伸出胳膊在面前晃动，相互寻找，只有戴墨镜的姑娘立即宣布，她不想再排在那个摸过她的无耻的男人前面。队伍终于又排好了，偷车贼和第一个失明者交换位置，医生在他们两人中间。偷车贼拖着伤腿，瘸得更厉害了。临时止血带妨碍他走路，伤口疼痛难忍，好像心脏搬了家，搬到了被鞋跟扎到的那个窟窿深处。戴墨镜的姑娘又拉住小男孩的手，但小男孩尽量往一边躲，唯恐有人发现他干的事，因为这时医生使劲吸了吸气说，这里有股尿味；妻子觉得应当证实丈夫的印象，对呀，真的有股气味。她既不能说这气味来自厕所，因为离厕所还很远，而又必须装得像盲人一样，不能挑明尿味其实来自小男孩湿漉漉的裤子。

来到厕所，本来不论女人还是男人都同意小男孩头一个进去，但男人们最后却不分紧迫程度，不论年龄大小一股脑儿挤进去了，里边是集体小便池，这种地方也只能有集体小便池，大便池也一样。女人们留在门口，据说她们的忍受能力比男人强，但一切都有限度，所以过了一会儿医生的妻子说，也许还有别的厕所吧；但是戴墨镜的姑娘说，我倒是可以等；我也一样，医生的妻子说。一阵沉默之后，两个女人开始交谈起来。您是怎么失明的呢；和大家一样，突然间看不见了；在家里吗；不是；要不就是刚从我丈夫的诊所出去的时候；差不多吧；差不多，这是什么意思；是说刚出去不久；感到疼了吗；疼倒是没觉得，一睁开眼睛就瞎了；我不是；不是什么；不是闭着眼睛的时候失明的，我丈夫上救护车的时候我失明了；好运气；谁好运气；你丈夫，这样你们就可以在一起了；这样，我也算有运气；是啊，有运气；您结婚了吗；没有，依我看从今往后再没有人结婚了；可是，这失明症太不正常了，不符合人们所知的科学，不会永远继续下去；假设我们的余生都将这样度过；你是说谁；我们所有的人；一个盲人世界，太可怕了；我连想都不愿意想。

斜眼男孩是头一个从厕所走出来的，其实他根本不需要进去。他的裤脚卷到了腿肚上，袜子脱下来了。他说，我在这里。戴墨镜的姑娘伸出手向声音传来的方向摸去，第一次没有摸到，第二次也没有摸到，第三次才抓住男孩那犹犹豫豫向前伸着的手。不一会儿，医生出来了，接着是第一个失明者，他们当中一个人问，你们在哪里呢。这时医生的妻子已经拉住丈夫的一只胳膊，戴墨镜的姑娘摸了摸，抓住了医生的另一只胳膊。在几秒钟的时间里，第一个失明的人没有任何人搀扶，后来才有个人把手搭在他的肩上。我们全都在这里吗，医生的妻子问道；腿上受伤的那个人还没有出来，他大便呢，丈夫回答说。这时戴墨镜的姑娘说，也许还有别的厕所吧，我开始着急了；我们去找找，医生的妻子说，两个女人手拉着手走了。十来分钟以后她们回来了，原来是找到了一个诊室，里边有个附属的卫生间。偷车贼已经从厕所里出来了，不停地嚷着天气太冷，腿上的伤口疼。他们按来时的次序重新排好队，现在比原来省事多了，没有出什么事故就回到了宿舍。医生的妻子巧妙地帮助他们找到了各自的床。还在宿舍外边的时候，她就像在谈一件大家都清楚的事一样提醒他们，找到各自床位最简便的方法是从入口开始数床。比如我们的床，她说，是右边最后两张，就是十九号和二十号。第一个走进夹道的人是偷车贼，他几乎光着身子，瑟瑟发抖，腿上还有伤，这个理由足以使人们让他先进去。他从一张床前走到另一张床前，手在每张床下摸索着箱子，等终于认出了自己的行李，便大声喊道，我在这里，接着又补充一句，十四号。哪一边，医生的妻子问；左边，偷车贼回答，他再一次隐约感到奇怪，好像医生的妻子没有问以前就知道了答案。第一个失明者接着进来了，他知道他的床在同一边，与偷车贼的床只隔一张。现在他已经不怕在离偷车贼很近的床上睡觉了，从对方的连连叫苦和叹气声中可以判断出他的腿伤势不轻，简直难以动弹。走到床边，他说，十六号，左边，说完就和衣躺下了。这时，戴墨镜的姑娘低声请求说，帮帮我们，让我们离你们近一些，在另一边，你们对面，这样我们会好过一些。四个人一齐往前走，很快便安顿下来。几分钟以后，斜眼男孩说，我饿了；戴墨镜的姑娘小声说，明天，明天我们吃饭，现在你睡觉吧。说完，她打开箱子，找出在药店买的那一小瓶药水，摘下眼镜，把头向后一扬，眼睛睁得大大的，一只手扶着另一只手，开始点眼药水，并不是每滴药水都落到了眼里，但是，如此精心治疗，相信她的结膜炎很快就会痊愈。

5

　　我必须睁开眼睛，医生的妻子想。她在夜里曾几次醒来，透过合着的眼皮发现这间宿舍半明不亮的昏暗灯光，但现在似乎看到一点变化，是另一种光亮，可能是似有若无的晨曦，也可能是牛奶般的海水浸没了眼睛。她对自己说，数到十，数完后就睁开眼睛，这样说了两次，两次都数完了，可还是没有睁开。旁边床上传来丈夫深沉的呼吸声，还有不知道谁在打鼾。那个人的腿现在怎么样了，她心里问，但她明白，此时并不是什么真正的同情和怜悯，而是想掩饰另一种担心，想不必睁开眼睛。过了一会儿，眼睛睁开了，就这么简单地睁开了，她本人并没有下决心。窗户从墙半腰开始到离屋顶一拃的地方结束，天要亮了，泛蓝的模糊光线通过窗户钻进屋里，我没有失明，但说完她吃了一惊，从床上半直起身子，对面床上戴墨镜的姑娘可以听到她讲话。但姑娘还在睡觉。她旁边靠墙的那张床上，小男孩也在睡。她像我一样，医生的妻子想，把最安全的地方让给他，我们可能是最不堪一击的屏障，只不过是路上的一块石头，甚至都不能指望让敌人绊一跤，敌人，什么敌人，这里任何人都不会攻击我们，即便我们在外边杀人越货，也不会有人来抓我们，那个偷车贼从来不像在这里这般安全和自由，我们离开世界太远了，过不了多久就会不知道自己是谁，连叫什么名字也记不清楚说不出来了，对我们来说，名字有什么用呢，有什么用呢，没有哪一条狗是通过人们给起的名字认出和认识另一条狗的，它们通过气味确认自己和其他狗的身份。在这里，我们是另一种狗，通过吠叫和说话声相互认识，而其他方面，长相，眼睛，头发和皮肤的颜色，通通没有用，仿佛不存在，现在我还看得见，可是，能到什么时候呢。光线有了点变化，不会是夜晚又回来，可能是天空被云彩遮住了，推迟了白天的到来。偷车贼的床上传来一声呻吟，莫非是伤口发炎，医生的妻子想，我们没有任何东西能为他治疗，什么也没有，在这种条件下，任何一起小小的事故都可能酿成悲剧，这可能正是他们所希望的，让我们在这里一个接一个地完蛋，虫子死后，毒素也会消失。医生的妻子从床上下来，伏到丈夫身边，想叫醒他，但又没有勇气把他拖出梦境，让他知道自己仍然失明。她赤着脚，踮着脚走到偷车贼的床前。偷车贼正睁着眼睛盯着什么地方。你觉得怎么样，医生的妻子小声说。他把头转向传来声音的一边说，不好，腿疼得厉害。她刚想说，让我来看看，但及时闭上了嘴，这太冒失了，倒是偷车贼没有想到这里除盲人以外没有别的人，像几个小时以前在外边一样，仿佛有位医生在对他说让我看看这个地方，他不假思索便把毯子撩了起来。即使在昏暗中，眼睛稍稍能看到点东西的人也能发现毯子被血浸湿了，伤口像个黑洞，四周已经肿起来，绷带也松开了。医生的妻子小心地把毯子放下，然后摸了摸那人的前额，动作又轻又快。他干巴巴的皮肤热得烫手。光线又变了，是云彩飘走了。医生的妻子回到自己的床上，但没有躺下。望着正在咕咕哝哝说梦话的丈夫，望着灰色毯子下面一个个模糊的人影，望着肮脏的墙壁，望着等人来住的空床，她心情平静，希望自己也同样失明，穿过这些东西可见的表象，深入其中，深入闪着白色的永远失明的世界。

突然，从宿舍外面，可能是从这座精神病院两排房子中间的天井中，传来激烈的吵嚷声，滚出去，滚出去，离开这里，滚，不能留在这里，必须服从命令。嘈杂声时高时低，一扇门咣当一声关上了，现在只能听到悲伤的抽泣和有人因绊倒发出的不难辨别的响声。宿舍里的人全都醒了。他们把头转向入口那边，不用看就知道是失明者们要进来了。医生的妻子站起来，若按自己的意愿行事，她会去帮助那些新来的人，对他们说句安慰的话，并把他们领到床边，告诉他们，请记住，这是左侧七号，这是右侧四号，不要弄错，对，我们这里一共六个人，昨天来的，对，我们是第一批，名字，名字有什么要紧，其中一个，我觉得是偷了东西的，另外一个，是被偷的，有个戴墨镜的神秘的姑娘，不时往眼里点治结膜炎的眼药水，我都失明了，怎么知道她戴着墨镜呢，你瞧，我丈夫是眼科医生，她到他的诊所去看过病，对，我丈夫也在这里，谁都逃不过，啊，对了，还有一个斜眼的小男孩。但实际上她没有动弹，只是对丈夫说，他们来了。医生下了床，妻子帮他穿上裤子，没有关系，谁也看不见，这时候失明者们开始进屋了。医生提高嗓门说，不要着急，不要慌张，我们这里有六个人，你们一共多少人，不要着急，大家都会有地方。他们不知道一共多少人，可以肯定，从左侧的宿舍被推到这里的时候他们互相摸到过，有的还碰撞过，但还是不知道一共有多少人。他们都没有带行李。他们在那边的宿舍醒来发现自己失明并因此而叹息的时候，屋里的其他人连想都没想就立即把他们赶了出来，甚至没有给他们时间与一起前来的亲友告别。医生的妻子说，你们最好报报数，每个人说说自己是谁。新来的失明者们站在那里，犹豫不决，不过总得有人开头，这时两个男人同时说话了，这种事经常发生，两个人又同时停下来，结果第三个男人先开始了，第一个，他停了一下，似乎要报出名字，嘴里说出的却是，我是警察。医生的妻子想，他没有说叫什么名字，也知道名字在这里没有任何意义。另一个男人开始自我介绍，第二个，他也照第一个的样子说，我是出租车司机。第三个男人说，第三个，我是药店伙计。接着是个女人，第四个，我是酒店佣人。最后一个也是女人，第五个，我是办公室雇员。她是我妻子，我妻子，第一个失明者喊起来，你在哪儿呢，告诉我你在哪儿；在这儿，我在这儿，她一边哭着回答，一边颤颤巍巍地沿着两排床之间的夹道往前走，眼睛瞪得很大，两只手在空中与流进眼里的牛奶色的大海搏斗着。男人倒比较有把握，朝着妻子的方向走过去，你在哪儿，在哪儿，现在声音很低，像是在祈祷。一只手碰到了另一只手，两个人立刻拥抱在一起，成了一个人，亲吻寻找亲吻，有时候吻空了，因为不知道对方的脸，眼睛或者嘴在哪里。医生的妻子搂着丈夫哭泣起来，仿佛她也刚刚和丈夫重逢一样，嘴里却说着，我们多么不幸啊，真是灭顶之灾。这时人们听见斜眼小男孩说话了，他问，我妈妈也来了吗。戴墨镜的姑娘坐在他的床上，赶紧小声说，她会来的，不用担心，一定会来的。

在这里，每个人真正的家就是睡觉的那块地方，因此，人们不应当感到奇怪，新来的人关心的第一件事像他们在另一个宿舍眼睛还看得见的时候一样，就是挑选床位。毫无疑问，第一个失明者的妻子最合适的地方是在丈夫旁边，第十七号床，有第十八号床把她和戴墨镜的姑娘隔开。同样，大家都设法尽量在一起，这也不会令人吃惊，因为这里的人相互之间有许多关系，其中一些人已经知道，另外一些正要挑明，如药店伙计就是卖给戴墨镜的姑娘眼药水的那个人，自称是警察的人在街上遇到了失明的偷车贼，当时他正像个迷了路的孩子一样啼哭，至于酒店女佣，戴墨镜的姑娘大喊大叫的时候是她头一个进入房间的。但是，可以肯定，所有这些关系并非都会大白于天下，要么是因为还没有机会，要么是由于人们想象不到它们的存在，也许问题更简单，只不过取决于人们的敏感度和触觉。酒店女佣做梦也不会想到她看见的那个赤身裸体的女人就在这里；关于药店伙计，人们知道，他接待过别的戴着墨镜去买眼药水的顾客；任何人都不肯莽撞地向这位警察检举在这里的偷车贼；司机会发誓赌咒说，最近几天他从来没有载过一个失明的人。当然，第一个失明的人已经小声告诉妻子，宿舍里有一个人是偷了他们汽车的浑蛋，你想想，事情就这么巧，但他已经知道那个可怜虫腿上的伤势很重，便宽容大量地说，对他的惩罚足够了。而他的妻子呢，因为失明而十分伤心，又因为找到了丈夫而大喜过望，一时间悲喜交加，看来这两者不像油和水一样不相溶，现在她竟然想不起前几天说过的话，只要这坏蛋也瞎了眼，我情愿少活一年，这是她的原话。如果说心中还残留一点火气搅乱她的心境，那么，在听见受伤的人痛苦地呻吟说，医生先生，请帮帮我吧，她那点火气也就完全消散了。医生让妻子拉着手小心地摸了摸伤口的边缘，没有任何办法，就是冲洗也无济于事，伤口发炎既可能是因为被鞋后跟刺得太深，而鞋跟曾与街上和此处的地面接触，也可能是由于这里的腐水，从年久失修的水管里流出的几乎是死水，浑浊不堪。听到呻吟声，戴墨镜的姑娘已经站起身，她数着一张张床走过来，向前探着身子，伸出手，摸到了医生的妻子脸上，后来又不知道怎么摸到了受伤者那烫人的手，她沉痛地说，请原谅，全怪我，我本不该那样做；算了吧，那人回答说，生活中会有这种事，我也做了不该做的。

扩音器里又传来那严厉的声音，盖过了偷车贼说的最后几个字，注意，注意，现在通知，饭以及卫生清洁用品已经放在门口，盲人们先出去拿，感染者等待通知，注意，注意，饭已放在门口，盲人先拿。受伤的男人发烧烧糊涂了，没有听清所有的话，以为囚禁已经结束，现在命令他们出去，于是身子动了动想站起来，但医生的妻子制止了他，您要到哪里去呀；没有听见吗，他答道，说让我们盲人出去；不错，是让我们出去，但是是去拿饭。受伤的人泄气地啊了一声，觉得腿上的伤口又钻心地疼起来。医生说，你们留在这里，我去；我也去，他的妻子说。他们正要走出宿舍，刚刚从另一排房子里来的一个男人问，这个人是谁；第一个失明者回答说，是位医生，治眼睛的医生；这是我一生中听到的最有趣的事，出租车司机说，凑巧让我们碰上了唯一一个一点儿用都没有的医生；凑巧也让我们碰上了一个把我们拉不到任何地方去的司机，戴墨镜的姑娘讥讽地回敬了一句。

盛饭的盒子放在天井里。医生请妻子把他带到门口去；干什么；我要告诉他们这里有个人的伤口发炎了，情况严重，而这里没有药；你不记得那个通知吗；记得，不过，也许面对这种具体情况会不一样；我不觉得会有什么不同；我也一样，可是，我们有义务试一试。在大楼外面的平台上，白天的光亮照得医生的妻子头昏脑涨，倒不是因为光线太强，天上乌云滚滚，也许要下雨了，在这么短的时间里就不习惯光亮了，她想。就在此刻，大门那边一个士兵对他们喊道，站住，向后转，往回走，我得到命令，可以开枪，他马上用枪瞄准他们，用同样大的声音喊道，中士先生，这里有两个家伙想走出来；我们不是想出去，医生赶紧否认；我劝你们真的不要这么想，中士边说边走过来，出现在大门的铁栅后面，问道，出了什么事；一个人腿上受了伤，有明显的发炎症状，我们急需抗生素和其他药品；我得到的命令非常清楚，出，任何人都不准出，进，只让食物进；如果炎症恶化，可以肯定一定会恶化，他很快就会有生命危险；这与我无关；那么请您通知您的上司；听着，瞎子，现在是我通知你，你和那个女人要么现在立即回到原来的地方，要么挨枪子儿；我们回去吧，妻子说，没有任何办法，他们也没有过错，害怕得要死，还要服从命令；我不相信会发生这种事，这违反人道主义原则；你还是相信为好，因为事实再明显不过了；你们怎么还在那里，中士喊道，现在我数三下，如果数到三你们还没有从我眼前消失，可以肯定的是，你们想回也回不去了，一，二，三，这就对了，我是出于好意，接着他对士兵们说，就是对我的亲兄弟也一样。但他没有说清指的是谁，是指来要药品的人呢还是指腿上伤口发炎的人。宿舍里，受伤的人想知道他们是不是去要药品了；你怎么知道呢，医生问；我估计是，先生您是医生；非常遗憾；您是说他们不会送药来；对，啊，就是这样。

食物正好是五个人的量，有瓶装牛奶和饼干，但计算份数的人忘记了杯子和盘子，也没有刀叉和勺子，可能午饭才带餐具吧。医生的妻子把牛奶送给受伤的人，但他呕吐了。司机表示不满，说不喜欢喝牛奶，问是不是有咖啡。几个人吃完以后就上床睡觉去了，第一个失明者准备带妻子去各个地方走走，认认路，宿舍里只有他们两人出去。药店伙计请医生先生和他谈谈，希望医生先生说出对这种疾病的成熟的看法。我不认为可以称之为真正意义上的疾病，医生一开始便准确地说出了自己的意见，然后非常简单扼要地谈了谈他失明之前所做的研究。隔着几张床，司机也聚精会神地听着，等医生介绍完毕，他说，我敢打赌，这是因为从眼睛到脑子的通道堵塞了；真愚蠢，药店伙计气愤地嘟囔着说；谁知道呢，医生忍不住微微一笑，实际上眼睛只不过是透镜，或者说是摄像镜头，真正看到东西的是大脑，和放映电影是一个道理，如果真像那位先生说的通道堵塞了；就和汽化器一模一样，如果汽油到不了那里，发动机就不能工作，车就不能开走；您瞧，再简单不过了，医生对药店伙计说。医生先生认为我们还要在这里待多长时间呢，酒店女佣问道；至少要到我们看得见的时候；这会是多长时间呢；坦率地说，我认为没有人知道；是暂时的呢，还是永远的；要是我知道就好了。女佣叹了口气，过了一会儿才说，我还想知道那个姑娘后来怎么样了；什么姑娘，药店伙计问；酒店里那个，给我的印象太深了，她像刚来到这个世界时那样，一丝不挂，站在房间中间，只戴着一副墨镜，大声喊着说她瞎了，一定是她把这瞎病传染给我的。医生的妻子抬头一望，看见姑娘慢慢把眼镜摘了下来，尽量不让别人发现她这个动作，然后，一边把眼镜塞到枕头下面，一边问斜眼小男孩是不是想再吃块饼干。自从来到这里后，医生的妻子头一次感到她像是在显微镜后面观察几个生物的行为，而这些生物根本没料想过她的存在，她突然觉得这种做法卑鄙无耻。既然别人不能看见我，我也没有权利看他们，她想。姑娘用颤抖的手往眼里滴了几滴眼药水。这样她就可以说，眼里流出来的不是泪水。

几个小时以后，扩音器又通知可以去取午饭时，第一个失明者和司机自告奋勇去执行这一使命，确实，干这种事眼睛并非必不可少，有触觉就够了。饭盒离连接天井和走廊的门很远，要拿到食物不得不在地上爬着前行，伸出一只胳膊，另一只胳膊则成了第三条腿，回宿舍时没有遇到困难，多亏了医生的妻子想出的主意，她费心示范证明其行之有效，把一条毯子撕成条，系成绳子状，一头绑在宿舍门外边的把手上，另一头拴在出去取食物的人的脚踝上。两个人去了，带回了盘子刀叉和勺子，但食物依然是供五个人吃的，最有可能的情况是指挥警卫小分队的中士不知道这里多了五个人。因为身处大门外，即便是警惕地注视着大楼里面的动静，也只能偶然看到阴暗的天井里有人从一侧转到了另一侧。司机主动提出去索要缺少的食物，他独自去了，不想让别人陪伴。我们不止五个人，是十一个，他朝士兵们喊；那个中士回答说，你们放心吧，以后还会多得多。司机大概觉得中士说话的口气粗鲁，我们留意一下他回到宿舍以后说的话就会明白，他说，那个人好像在嘲笑我。众人把食物分了，五个人的饭分成了十份，因为受伤的人还是不吃，只是要水喝，请给我点水，润一润嘴唇。他的皮肤烫得灼手。由于不能让毯子长时间接触和压迫伤口，他不时掀开毯子，露出伤腿，但宿舍里寒冷的空气又迫使他立刻把腿盖上，一连几个小时这样周而复始。他还不时呻吟一阵，像是积蓄力量之后定时启动，仿佛一直在顽强地折磨他的疼痛突然增强，超过了他忍耐的极限。

半下午时，又进来三个从对面房子里被赶出来的盲人。其中一个是诊所的女接待员，医生的妻子马上就认出来了。另外两个，真是命中注定，是在酒店里跟戴墨镜的姑娘上床的男人和把姑娘送回家的粗鲁的警察。刚刚找到各自的床位坐下，诊所女接待员就绝望地大哭起来，两个男人则一声不吭，好像还弄不明白究竟出了什么事。突然间，外面街上传来乱哄哄的喊声和下达命令的吼叫，一片怒气冲冲的喧哗。宿舍里的盲人全都把脸转向门口，等待着。他们看不见，但知道几分钟之内将有事发生。医生的妻子坐在床上，紧挨着丈夫，小声说，必然这样，预想中的地狱生活就要开始了；他紧握她的手，小声说，你不要离开，从现在开始你什么都别做。喊叫声小了，天井里响起杂乱的脚步声，那是一群从外面被赶进来的盲人，他们你碰我，我撞你，挤在过道里，几个人迷失了方向，走进其他宿舍，但大部分人还是磕磕绊绊，相互拉扯着排成一串，或者零星地散开，双手焦急地比比画画，一副落入水中就要被淹死的样子，终于他们乱糟糟地拥进这间宿舍，酷似被一台卷扬机从外面甩进屋来。有几个人跌倒了，被踩在脚下。他们挤在两排床中间的夹道里，渐渐游走到床与床之间的空当，仿佛一条船在风暴中终于驶进港口，人人都为自己抢占停泊地，而这里的停泊地就是一张床。有人表示不满，说这里再也容不下一个人了，让后边的人到其他地方去找找。医生在屋子最里边大声说，还有别的宿舍，但还没有找到床位的几个人害怕在他们想象中的迷宫里走失，一间间屋子，一扇扇关着的门，一道道走廊，还有直到最后一刻才能发现的楼梯。最后他们总算明白了，不能继续留在这里，只得艰难地找到进来时通过的屋门，到陌生的世界去冒险。第二批盲人，就是那五个人，好像为了寻找最后一个还算安全的栖身之处，早已占据了他们与第一批人之间的那几张空床。只有受伤的那个人孤立无援，他的床是左边十四号。

　　一刻钟以后，除了哭泣声叹息声和小心翼翼地整理床铺的声音，宿舍总算又安静下来，但并非真正的心灵的安静。现在，所有的床都被占满了。下午正在结束，昏暗的灯光好像亮了一些。这时扩音器里又传来那生硬的声音。正如第一天宣布的那样，他们要重播对各宿舍的指示和住宿者必须遵守的规矩，注意，政府为不得不强行行使自己的权力履行自己的义务感到遗憾，此举是为了全面保护公众，等等。扩音器里的话音刚落，宿舍里就响起一片愤怒的抗议声，我们被关起来了；全都会死在这里；没有任何权利；他们许诺的医生在哪里，这事新鲜，他们答应过这里有医生，给我们看病，也许还能完全治好。医生没有说，如果他们需要医生，这里有一个，有他在。他绝不会说这种话。对于一个医生来说，只有手是不够的，医生治病必须开方子，用药片，麻醉剂，化合物，用这种那种手段配合治疗，而这里连这些东西的影子都没有，更没有得到它们的希望。甚至没有一双眼睛去检查患者的脸色是否苍白，观察循环系统引起的潮红，有多少次，无须再仔细检查，凭这些外部症候就能确诊，或者判断黏膜和色素的色度，可能性极高，就是这种病，你跑不了。现在旁边的床都被占满了，妻子已经不能随时给他讲正在发生什么事情，但他能察觉到，自从第三批盲人来了以后，气氛变得沉重紧张，已经出现了激烈冲突的苗头。宿舍里的空气好像变得浓密起来，恶臭在其中缓慢地滚动，不时突然袭来，令人作呕。一个星期后，这里会是什么样子呢，他暗暗自问，不敢想象今后的一个星期里他们仍然被关在里面。我猜在食物供应上不会出现困难，当然也不能肯定，例如，我怀疑外面的人是否能及时知道我们这里一共有多少人，主要是如何解决卫生方面的问题，现在我指的已经不是我们这些刚刚失明几天的人，在没有人帮助的情况下如何洗澡，也不是淋浴器能不能用，还能用多长时间。我指的是废物如何处理，包括各种废物，只要大便池堵塞，只这一项就能让这里污秽横流。他用手摸了摸脸，摸到了三天没有刮的胡子。最好就这样，希望他们不要有什么给我们送刀片或者剪刀来的糟糕念头。他有刮脸所需要的一切，装在箱子里，但他意识到刮脸将是一个错误。在哪里刮呢，在哪里，不能在这宿舍里，在所有这些人中间，当然妻子会给我刮，但用不了多久别人就会发现，对我们当中有人能做这种需要小心的事感到诧异。在淋浴室里，乱糟糟的，我的上帝，我们多么需要眼睛，需要看，需要看见，即使只是一些模糊的影子，站在镜子前面，望着一个边缘模糊不清的阴影，可以说，我的脸在那里，亮的地方不属于我。

抗议声渐渐平息下来，从另外一个宿舍来了几个人，问有没有剩下的食物，回答他们的是出租车司机，连面包渣也没有；为了表示善意，药店伙计设法缓和了一下这种断然否决的口气，可能还会送来吧。不会了。天完全黑了。外面，既没有食物也没有人说话。旁边的宿舍里有人大喊大叫，随后安静下来，即便有人哭，声音也很低，哭声是穿不透墙壁的。医生的妻子走到病人旁边，看看情况怎么样，是我，她说，随后小心翼翼地掀起毯子。那条腿现在样子吓人，臀部以下全都肿了，伤口成了一个黑色的圆洞，比原来大了许多，里边有紫色血污，好像里面的肉被拉了出来，散发出一阵阵甜腥的臭味。您感觉怎么样，医生的妻子问；谢谢您来看我；告诉我，您感觉怎么样；不好；疼吗；疼，也不疼；说清楚一点；我觉得疼，但是，好像这条腿不是我的，好像离开了我的身体，我说不清楚，一种奇怪的感觉，我好像躺在这里看着我的腿疼；这是因为发烧；是吗；现在尽量让自己睡着。医生的妻子把手从他的前额上拿开，正转身要走，晚安二字也还没说出口，病人就一把抓住了她的胳膊，往自己身边拽，迫使她靠近自己的脸，我知道太太您看得见，他的声音非常低。医生的妻子大吃一惊，颤抖了一下，嘟嘟囔囔地说，您弄错了，您从哪里冒出这么个想法呢，我和这里所有人一样，看不见；太太，您别想骗我，我清楚地知道您看得见，不过，请您放心，我不对任何人说；睡吧，睡吧；您不相信我；我相信；您不相信一个小偷的话；我已经说过，相信您；那为什么不对我说实话呢；我们明天再谈，现在睡觉吧；好吧，明天，如果我能活到明天；我们不应当往坏处想；我是这样想，或者是发烧让我这样想的。医生的妻子回到丈夫身旁，凑到他耳边小声说，伤口的样子非常可怕，会是坏死吗；时间这么短，我看不大可能；无论如何，情况很糟糕；我们在这里，医生故意提高声音，让别人听见，我们不但双目失明，而且好像被捆住了手脚。病人从左边十四号床上说，医生先生，谁也不会来捆我。

　　时间一小时一小时地过去，盲人们一个接一个睡着了。有的用毯子把脑袋捂得严严实实，仿佛想让黑暗，一种真正的黑暗，黑色的黑暗，彻底熄灭他们的眼睛变成两个模模糊糊的太阳。高高的屋顶上挂着三盏灯，它们把肮脏的黄色光亮洒在一张张床上，因为距离太远，甚至投不下一点影子。四十个人正在睡觉或者拼命想睡着，有几个人在梦中长吁短叹，喁喁私语，也许在梦中看见了梦想的东西，也许在说，如果这是一场梦，那么我不想醒过来。所有人的手表都停了，忘了上弦或者认为没有必要上弦，只有医生的妻子的手表还在走。已经过了凌晨三点。前面，偷车贼慢慢用臂肘支撑起上身。他感觉不到伤腿的存在，那里只有疼痛，除了疼痛，那条腿已经不属于他，膝关节早已僵硬。他把身体转到好腿一侧，任凭它耷拉到床外，然后两手垫在臀部下面，试图让伤腿向同一方向转动。这时候，疼痛像一群恶狼突然醒来，向四面八方狂奔，随即又回到那个阴森可怖的养活它们的火山口。他双手撑在床垫上，慢慢把身子移向两排床之间的夹道，当移到床腿挡板外时，他不得不休息一会儿，艰难地喘着气，好像患了哮喘病一样，脑袋在肩上摇来摆去，似乎难以支撑。几分钟之后，呼吸稍稍正常了一些，他开始靠那条好腿慢慢站起来。他知道，伤腿帮不了他任何忙，无论到什么地方去，他都必须把它拖在后面。一阵晕眩感袭来，难以抑制的颤抖传遍全身，寒冷和发烧使他上下牙不停地打战。他扶着床上的金属栏杆，像沿着一条铁链似的经过一张又一张床，在熟睡的人们中间前行，拖着那条伤腿，活像拖着个口袋。没有人发现他，也没有人问，这时候了您到哪里去呀；如果有人问，他知道该怎样回答，我去撒尿，就这样说。他最不愿意让医生的妻子叫他，他不能欺骗医生的妻子，不能对她撒谎，只能把脑子里的想法如实告诉她，我不能继续在这里腐烂下去，我感谢您丈夫做了能做的一切，但是，当我不得不偷汽车的时候不能请求别人替我去偷，现在就是这种情况，应当去的不是别人，是我，他们看到我的伤势如此严重，就会把我塞进救护车送往医院，肯定有只收留瞎子的医院，医院不会在乎多一个人，然后他们会为我处理腿上的伤口，将它彻底治好，我听说过如何对待死刑犯，如果他们患了阑尾炎，就先给他们做阑尾切除手术，做完以后才杀他们，让他们健康地死去，对于我，他们以后可以把我送回来，我不在乎。他又往前走了几步，咬紧牙关，没有呻吟，只是到了那排床的尽头身体失去平衡的时候才忍不住痛苦地叹息了一声。数床的时候出了错，本以为还有一张，结果却没有了。他倒在地上，在确信没有任何人被他倒下的声音吵醒之前一动也没有动。后来他觉得现在的姿势对一个瞎子来说再合适不过了，在地上爬行更容易找到道路。他继续往前爬，到了天井，停下来，想了想下一步该怎样做好，是在门口喊呢，还是利用绳子靠近铁栅门，原先用过的那根绳子还在，扶着它肯定能到大门那里。他清楚地知道，要是在这里喊，请求帮助，他们会立即命令他回去，但是，之前有床作牢固的依靠尚且备受折磨，如今只有一根没有系紧摇摇晃晃的绳子作支撑，他开始怀疑这求救的唯一出路了。几分钟以后，他认为找到了解决办法，我爬着往前走，他想，在绳子下面爬，不时抬起手摸一摸，看是不是走对了，这和偷汽车一样，总会有办法的。突然，良知出乎意料地觉醒了，声色俱厉地斥责他竟然偷一个可怜的瞎子的汽车，我现在处于这种境地，他争辩说，不是因为偷了汽车，而是由于陪他回家，这才是我犯的大错。良知不肯听他诡辩，提出了简单明确的理由，盲人是神圣的，不能偷盲人的东西；从技术上说，我没有偷他的汽车，汽车没有在他的口袋里，我也没有用手枪指着他的脸，被告辩解道；不要再狡辩了，良知咕咕哝哝地说，去你该去的地方。

凌晨的冷空气使他的脸感到清爽。在外面呼吸多么痛快，他想。他好像发现腿上的疼痛轻了许多，但这并不奇怪，因为在此之前同样的情况出现过不止一次。现在他已到了外面的平台，很快就能到台阶上，这会是最麻烦的，他想，要头朝下下台阶。他举起手，确信绳子还在才继续向前。正如预先估计的那样，从一层台阶下到另一层确实不容易，特别是有那条伤腿，帮不了任何忙，这一点马上就会得到证明，身处两层台阶中间，一只手滑到下面一层作支撑，身子翻向一侧，但那条该死的腿却死死拖住他。疼痛立即袭来，像锯子在锯，像钻头在钻，像锤子在敲打，连他自己也不明白怎样忍住了，没有喊出声来。在漫长的几分钟里，他一直趴着，脸伏在地上。一阵疾风贴着地面吹过，他冷得打了个寒战，身上只穿着背心和裤衩。整个伤口挨着地面，他想，这样会感染的，愚蠢的想法，从宿舍开始就是这样拖着伤口过来的。好，没关系，在伤口感染以前他们就会给我治疗，他又想到这一点，为的是让自己放心。他侧过身子，以便抓到绳子，但没有马上找到。他忘记了，从台阶上滚下来的时候身体正好与绳子垂直，但直觉使他以为还处于原来的位置。后来，经过思考，他辨清了方向，坐起身来，慢慢挪动，直到臀部碰到了第一级台阶，抬起手摸到粗糙的绳子时他感到一阵胜利的喜悦。可能正是由于这种情感，他随即发现了既能移动又不让伤口与地面摩擦的方法，坐在地上，背对着大门所在的方向，像从前的下肢残废的人那样以两只胳膊作拐杖一点一点挪动。不错，是向后走，这与其他情况下一样，拉总比推省力。这样，伤腿也不会疼得那么厉害，而且，地面微微向大门那边倾斜，也有利于挪动。至于绳子，几乎就蹭着他的脑袋，没有走丢的危险。他暗暗问自己，离大门还有多远呢，这和用脚走路不同，当然，用两只脚就更好了，现在退着挪，每次只能挪半步甚至更少。一时间他忘记自己眼睛瞎了，转过头去看还有多少路，却发现还是那层厚厚的白色。现在是白天还是黑夜呢，他问自己，嗯，要是白天他们早看见我了，还有，只吃过一次早饭，是好几小时以前的事。他发现自己的思维敏捷准确，符合逻辑，反而吃了一惊，觉得与以前大不相同，几乎成了另一个人，若不是这条倒霉的腿，他一定敢发誓说，自己从来不曾感觉像现在这样好。想着想着，他的脊背碰在大门下方包着的铁皮上。已经到了。因为怕挨冻躲进了岗亭里的哨兵，这时似乎听到了轻轻的响动，但没有弄清是什么声音，他无论如何都没有想到会是里边发出来的，可能是树枝摇动，可能是风让树枝轻拂着铁栏杆。又一声响动忽然传到耳朵里，这一次和上次不同，是碰撞声，准确地说，不可能是风造成的。士兵慌了，扣着自动步枪的扳机从岗亭里走出来，朝大门方向瞭望。什么也没有看到。但是，声音又响了，这一次更大，像是用指甲在抓挠什么粗糙的表面。大门上的铁皮，他想。他朝中士睡觉的行军帐篷走了一步，但马上又停下，因为想到，发出假警报一定会遭到训斥，中士们都不喜欢被人叫醒，无论有没有原因。他又朝大门方向看去，紧张地等着还有什么动静。这时，慢慢地，在两根竖着的铁栏杆之间出现了一张幽灵似的惨白的脸。是盲人的脸。士兵吓得血液都凝固了，正是由于害怕，他举枪瞄准，对着那幽灵射出一排子弹。

听到震耳欲聋的扫射声，看守精神病院和被关盲人的士兵们几乎都立即从帐篷里跑出来，甚至没来得及穿好衣服。中士已经开始指挥，出了什么鬼事；一个瞎子，一个瞎子，哨兵结结巴巴地说；在哪里；在那里，哨兵用枪筒指了指大门；我什么也没有看见；就在那里，我看见了。士兵们已经准备好，手持步枪，排队等候命令。打开探照灯，中士下达命令。一个士兵爬到汽车上。几秒钟以后，刺眼的灯光照亮了大门和建筑物的周围。你这个笨蛋，一个人都没有，中士说，他正要再说上几句军营里的俏皮话，却看见大门下边一摊黑色液体在强烈的探照灯的照耀下正朝四面扩散。你把他结果了，他说。然后，他想起了接到的严格命令，便大声喊道，给我后退，它会传染。士兵们胆战心惊地向后退去，但眼睛都还盯着那摊在人行道的小石子间流动的黑色血污。你认为那家伙死了吗，中士问；肯定死了，一排子弹正打在他脸上，士兵回答说，现在他为出色地表演了好枪法而暗自高兴。这时，一个士兵慌里慌张地喊起来，中士先生，中士先生，您看那边。在台阶上面的平台上，在探照灯的白光下，站着一伙盲人，一共有十多个。不要往前走，中士吼叫一声，如果再迈一步，把你们通通打死。在对面建筑物的窗口，一些被枪声惊醒的人正透过玻璃惊恐地朝这边张望。这时中士喊道，那边过来四个人把尸体抬回去。因为盲人们既看不见又不能数人数，于是六个人开始往前走。我说的是四个人，中士歇斯底里地咆哮。盲人们互相摸了又摸，两个人留下了。其余四个人开始沿着绳子前行。

6

我们必须找一找这里有没有铁锹或者锄头之类能用来刨坑的东西，医生说。此时已是上午，他们费尽力气才把尸体弄到里面的围栅旁边，放在满是垃圾和枯叶的地上。现在需要做的是掩埋他。只有医生的妻子知道死者的惨状，脸和头颅被打烂，脖子和胸部有三个弹孔。她也知道在整栋大楼里没有任何可以用来挖坑的工具，走遍了所有能去的地方只找到一根铁棍。铁棍也许有用，但不足以刨坑。感染者那排房子走廊的窗户比较低，全都关着，她看到里边的人们表情惊恐，在等待着一个难以避免的时刻，要么告诉别人自己瞎了，要么试图掩饰自己已经失明，因为任何一个错误的手势，扭头去寻找一个人影或者在一个有眼睛的人不该绊倒的时候绊倒了都会被识破。医生对这一切一清二楚，他刚才说的话是他们两人约定好的一个伪装办法，现在妻子可以说了，我们能不能请求士兵们扔进一把铁锹呢；好主意，我们试试吧；大家都同意，对呀，是个好主意；只有戴墨镜的姑娘对铁锹或者锄头的问题一言不发，这时，她要说的一切都在眼泪和哀叹之中，这全是我的过错，她抽抽搭搭地哭着；这是事实，不能否认，但同样确定的是，如果这能给她带来安慰，如果在实施任何行为之前我们都能预想到它的一切后果并认真加以考虑，先是眼前的后果，然后是可证明的后果，接着是可能的后果，进而是可以想象到的后果，那么我们根本就不会去做了，即使开始做了，思想也能立即让我们停下来。我们一切言行的好和坏的结果将分布在，假设以一种整饬均衡的形式，未来的每一天当中，包括那些因为我们已不在人世而无从证实也无法表示祝贺或请求原谅的永无止境的日子。有人会说，这就是人们常说的不朽。或许吧，不过这个人已经死了，需要埋葬。所以医生和他的妻子才要去交涉，戴墨镜的姑娘于心不安，出于良心的痛苦，说要跟他们一起去。他们刚刚出现在大楼门口，一个士兵便大声喊，站住。仿佛怕他们不肯听从这口头恐吓，即使是强硬的恐吓，他朝空中开了一枪。他们吓了一跳，退到了敞开的厚厚的木门后面，躲进天井的阴影里。之后医生的妻子独自朝前走了几步，站在一个能看到士兵的一举一动而在必要时又能及时保护自己的地方，我们没有工具掩埋死者，她说，需要一把铁锹。大门那里，盲人死去之处的对面，出现了另一个军人。是个中士，但不是原先那一个，你们想干什么，他大声说；要一把铁锹或者锄头；这里没有，你们回去吧；我们必须掩埋尸体；不用埋，让他在那里腐烂吧；要是让他腐烂，会污染空气；就让他污染吧，你们好好享用；空气不是停止不动的，能流动到我们这里，也能流动到你们那里。面对这个再充分不过的理由，军人不得不考虑一番。他是来接替前一个中士的，那个中士失明了，已被送往为陆军专设的失明者收容所。不消说，空军和海军也有各自的设施，不过这两个兵种人数较少，设施规模也较小，显得不那么重要。这个女人说得有理，中士又考虑了一番，在这样的情况下，毫无疑问，无论多么小心也不过分。作为预防措施，两名戴防毒面具的士兵已经把整整两大瓶氨水倒在那摊血上，现在蒸发出的气体还会让人们泪流不止，刺激着他们的嗓子和鼻黏膜。终于，中士宣布，我去看看能不能找到；食物呢，医生的妻子乘机提醒；食物还没有到；仅我们这一边就有五十多人，我们都在挨饿，你们送的那点食物起不了什么作用；食物的事与军队无关；总得有人解决这个问题，政府答应过向我们提供食物；你们回到里边去吧，我不想看到任何人站在门口；铁锹呢，医生的妻子还喊了一声，但中士已经不见了。上午过了一半的时候，宿舍里的扩音器响起来，注意，注意；住宿者们兴奋起来，以为是通知去取食物，其实不然，是关于铁锹的事，你们当中来一个人取铁锹，不许成群结伙，只来一个人；我去，我已经和他们打过交道，医生的妻子说。刚刚走到外面的平台上她就看见了铁锹，从摆在地上的样子和距离大门较近而距离台阶较远来看，铁锹应该是从外边扔进来的，我不能忘了我是个盲人，医生的妻子想，在哪儿呢，她问；下台阶，我来告诉你怎么走，中士回答说，很好，现在从你所在的地方朝前走，对，对，站住，稍稍往右，不对，是往左，转得少一些，现在往前走，一直走你就能碰着它，往南，再往南，他妈的，我说过让你不要走偏了，往北，往北，过头了，再往南，一直往南，现在向后转，好，现在按我说的做，不要像水车轱辘一样转个不停，好，不要给我停在大门口。你不用担心了，她想，我能直接回去，就算你疑心我没有失明，也没有什么了不起，你总不敢来这里边抓我。她把铁锹扛在肩上，像农夫下地一样径直朝宿舍门口走去，一步也没有走偏。中士先生，您看到了吗，一个士兵叫起来，她好像有眼睛一样；瞎了们学辨别方向快得很，中士十分有把握地说。

刨坑颇费力气。地被踩实了，很硬，挖下几指深就遇到树根。他们轮班挖，先是出租车司机，然后是两名警察，接着是第一个失明的人。面对死神，我们最希望看到仇恨能失去力量和毒性。当然，人们常说旧仇难忘，文学作品和生活中不乏这样的例子，但现在，在这深院里，确切地说，并没有仇恨，更谈不上旧仇，是啊，比起偷车贼失却的生命来讲，偷一辆汽车又算得了什么呢，更何况他这副惨相，无须看见就能知道，这张脸上既没有鼻子也没有嘴。挖到三英尺深时就再也掘不动了。倘若死者是个胖子，肚子必然会露在外面，但偷车贼是个瘦子，简直骨瘦如柴，而且这几天一直没有吃东西，所以现在这个坑足以掩埋两个像他这样的人。没有人为他祈祷。可以给他竖个十字架，戴墨镜的姑娘提醒说，她这样说是因为内疚，但在场的人谁也没有听死者生前说过对上帝和宗教之类的事是怎么想的。虽然她的主意不无道理，但大家认为还是沉默为好，况且应当考虑到，做一个十字架比表面看来要困难得多。还有，就是竖起来也不知道能存在多久，因为所有失明者都看不见自己的脚踩在什么地方。他们回到了宿舍，除围栅那边的旷地以外，盲人们在一切常去的地方都不会迷失方向，他们只要胳膊往前伸，手指像昆虫的触须一样摇动，任何地方都能走到，那些最有才干的盲人甚至很可能过不了多久就会产生我们称之为前向视觉的功能。医生的妻子就是个这样的例子，她能在这让人头痛的房间和走廊里活动，辨别方向，遇到拐弯时能恰好地转身，遇到门时能立即停住脚并且毫不犹豫地开门，无须数床就可以走到自己的床前，真是异乎寻常。现在她正坐在丈夫的床上与他交谈，像往常一样把声音压得很低，看得出来，他们都是受过教育的人，相互之间总是有话可说；而另一对夫妻则不同，这里指的是第一个失明者和他的妻子，重逢的激情过后几乎再也没有说过话，因为在他们那里也许现在的悲伤超越了从前的爱情，随着时间的推移他们会渐渐习惯的。而斜眼小男孩一直在不停地说着肚子饿，虽然戴墨镜的姑娘已把自己的那份食物省下来给他吃了。他一连几个小时没有打听妈妈了，但可以肯定，等到吃过饭，肉体摆脱了简单而紧迫的生存需要产生的自私的躁动之后，他还会想念母亲。不知道是因为上午发生的事还是出于某些我们无从知晓的原因，反正早饭还没有送来。现在快到吃午饭的时间了，医生的妻子偷偷看了看手表，快下午一点了，难怪几个盲人已忍不住胃液的催促，到天井里去等着，那里既有这个宿舍的也有另一个宿舍的人，他们这样做出于两条再好不过的理由，一些人公开说是可以争取时间，另一些人藏在心里的话是谁先到谁就能多吃一点。总共不少于十个盲人在那里聚精会神地听着外边大门的动静，等候着送来众人期盼的饭盒的士兵们。而对面一排房子里的那些感染者，担心靠近在天井里等着的盲人会突然失明，所以不敢出来，但有几个人正从门缝里朝外窥视，焦急地盼望着轮到他们的时刻。时间慢慢过去。几个盲人等得不耐烦，干脆坐到地上，后来有两三个人回到宿舍去了。不一会儿，传来大门清晰可辨的吱呀声。盲人们顿时兴奋起来，朝他们判断是大门的方向拥去，你碰我，我绊你，一片混乱，但突然又都感到模模糊糊的不安，停住脚步，紧接着又乱糟糟地向后退，至于为什么，他们还来不及弄清，更无法解释，就在这时他们又清楚地听到在武装人员的护卫下来送饭的士兵们的脚步声。

夜里那场悲剧产生的印象尚未消除，送食物的士兵们约定，不像原来那样送到各个宿舍门前伸手可及的地方，而是放在天井里。再见，用餐愉快；让那些家伙自己解决吧，士兵们这样说。从外面耀眼的光线下突然进入阴暗的天井，一时间他们没看清那伙盲人。但马上就看见了。随着一声声恐惧的号叫，他们把食物扔在地上，像疯子似的往门外跑。面对突然而至的危险，两个在外面平台上等着的武装人员反应敏捷，堪称典范，只有上帝知道他们如何控制住了心中无可指责的恐惧，他们冲到门槛上，举枪扫射，把子弹打了个精光。盲人们一个接一个倒下，身上中了许多枪弹，纯粹是浪费军火，而这一切又慢得令人难以置信，一个，又一个，好像永远倒不完，就像有时候在电影和电视上看到的画面那样。如果我们仍处于一个士兵需要为自己射出的子弹做出解释的时代，他们会在国旗下发誓说，这样做完全是出于自卫，而且还是为了保卫在执行人道主义任务时遭到一伙人数占优势的盲人威胁的手无寸铁的战友。这时他们也立即朝大门方向仓皇撤退，看守的其他士兵哆哆嗦嗦地在一个个铁栅栏间伸出步枪为其掩护，仿佛那些还活着的盲人要报仇雪恨，向他们发动进攻。一个向盲人们开过枪的士兵吓得脸色煞白，他说，就是杀了我我也不会再到里边去，他确实没有再去，就在同一天傍晚换岗的时候他也成了盲人中的一员，好在他是军队里的人，否则就会与平民盲人在一起，成为那些侥幸没被他开枪打死的人的伙伴，若果真如此，也只有上帝才知道他们会怎样处置他。中士还说，最好让他们饿死，虫子死后，毒素也会消失。我们知道，多次这样说过和这样想过的不乏其人，幸亏残存的一点宝贵人性使他又说，从现在开始我们把食物放在半路上，由他们来取，我们监视着他们，只要发现任何可疑举动就立即开火。他走到指挥部，打开麦克风，搜肠刮肚地寻找着他知道的最好的词汇，苦思冥想在其他类似场合听到过的话，最后才说，军队为不得不用武力镇压一次暴乱行动感到遗憾，这次暴乱导致了极为危险的后果，对此，军队没有直接或间接的过错，现在通知你们，从今天起改为到大楼外面去取食物，如果还像刚才和昨天晚上那样出现企图破坏秩序的情况，一切后果由你们自己承担。他停顿一下，不知道该如何结束才好，结束语肯定是准备过的，但此时他忘得一干二净，只好一再说着，我们没有过错，我们没有过错。

大楼里，激烈的枪声在天井有限的空间里产生雷鸣般的回响，造成一片惊慌。开始的时候人们还以为士兵们要冲进各个宿舍，不分青红皂白地扫射一番，把盲人们一扫而光，以为是政府改变了主意，决定采取从肉体上集体消灭的方法，于是有人钻到了床底下，有些人仅仅由于害怕而一动不动，也许还有一些人认为这样最好，健康不佳还不如没有健康，既然注定要死，那就快点死吧。行动最快的是感染者。枪声一响他们就开始四散逃跑，但后来枪声平息，他们又鼓起勇气返回屋里，凑到朝向天井的门口。他们看见一堆尸体，血像弯弯曲曲的河水在石板地上缓缓流动，仿佛有生命似的，还有那几盒食物。饥饿催促他们往外走，那里有渴望已久的食物，当然，根据规定那是给盲人们送来的，给感染者们的随后送到，但现在，让规矩见鬼去吧，谁也看不见我们，并且，先下手为强，历朝历代五湖四海的古人都这么说，而古人在这类事情上绝不愚蠢。不过，饥饿只给了他们前行三步的力量，理智出现了，告诫他们危险正在那些没有生命的躯体上，尤其是那些血液里等待着鲁莽的人，谁能知道盲人们坏死的肉体正在散发什么蒸气，分泌物和有毒的瘴气呢。他们已经死了，什么事也不会干，一个人说，本意是想让自己和别人放心，但这句话说出来还不如不说，不错，盲人们是死了，你们仔细看看，他们一动不动，也不呼吸，但是，谁能说这种白色眼疾不是一种灵魂疾病呢，既然这样，当然这是假设，那么那些盲人的灵魂从来不曾像现在这样无拘无束，脱离了躯体更能为所欲为，尤其是坏事，尽人皆知，做坏事最容易。不过，食物摆在那里，不可抵御地吸引着他们的目光，胃在陈述它的理由，理由充足，不肯顾及其他，哪怕是对它有利的事。从一个饭盒里流出的白色液体正在慢慢接近那摊血水，从各方面看应该是牛奶，牛奶的颜色一眼就能看出来。感染者当中走出来两个人，两个最勇敢或是最听天由命的人，这两种品质并不总是容易分辨清楚的，他们径直朝前走，就在贪婪的手几乎碰到第一个盒子的时候，另一排房子的门口出现了几个盲人。想象力的能量极大，在这种病态中似乎更是无所不能，因此，那两个深入敌阵的人觉得死者们好像突然从地上站起身来，不错，他们仍然和以前一样瞎，但毒性要大得多，因为复仇之心无疑使他们更加激奋。两个人只得小心翼翼地悄悄撤回他们那边的门口，可能盲人们出于悲悯之心和敬重之情会首先处理死者的后事，如果不是如此，也但愿他们因为看不见而丢下一个饭盒，哪怕是小小的一个。实际上感染者人数不多，也许最好的解决办法是请求盲人们这样做，求求你们啦，发发善心，至少给我们留下一小盒，刚刚出了这种事，说不定他们今天不再送食物。盲人就是盲人，当然是摸索着往前走，拖着两只脚，不时绊一跤，但似乎极有组织，知道如何有效地分工，一些人开始踩着黏糊糊的血和牛奶把尸体拉出来往围栅那边搬运，另一些人则一个一个地拿起饭盒，士兵们共扔下了八盒。盲人当中有个女人，她给人的印象是同时在各处忙碌，既帮助搬运又指挥男人们，对一个瞎眼的女人来说这显然是不可能的。不知是出于偶然还是有意，她不止一次转过脸望望感染者那一边，仿佛能看到他们，或者发现了他们在那里。短短时间里天井就变得空空荡荡，只剩下大片血迹和血迹旁边那一小片溢出的白色牛奶，此外便是红色的或潮湿凌乱的脚印。感染者们无可奈何地关上门，去屋里寻找残留的面包渣，一个个垂头丧气，其中有人说了这样一句足以表明他们绝望程度的话，既然我们总要失明，既然命中注定这样，我们还不如马上到那边去，至少还能吃上点东西；也许士兵们还会给我们送，另一个人说；您当过兵吧，又一个人问；没有，我倒愿意当兵。

鉴于死者们来自两个宿舍，于是两个宿舍的人集合到一起，以决定是先吃饭后掩埋尸体还是先掩埋尸体后吃饭。似乎没有人关心死的是哪些人。其中五个生前住在第二间宿舍，不知道他们从前是否认识，如果不是熟人，也不知道他们是否曾有机会，是否愿意相互介绍或宣泄一番。医生的妻子不记得曾经见过这几个人。其余四个死者她见过并且认识，和他们一起过过夜，这意思是说在同一个宿舍过过夜，对其中的一个她仅仅知道这一点。她怎会知道得更多呢，一个自尊自爱的男子汉不会随便对初次见面的人谈起自己的隐私，比如说曾在某个酒店的房间里与一个戴墨镜的姑娘做爱，而这个姑娘，假设就是这里的这位吧，连想也没有想到让她眼里变成一片白的男人曾离她这么近，而且现在还在她身边。其他三个死者是出租车司机和两位警察，这三个男人正值身强力壮的年岁，能够照顾自己，并且他们的职业都是服务别人，当然服务的方式各有不同，不料在这风华正茂的时候惨死在这里，等待别人决定他们的去向。他们还要等活下来的人吃完饭才能被掩埋，这倒不是由于生者常有的自私，而是因为有人明智地提醒说，在坚硬的土地上用仅有的一把铁锹掩埋九具尸体，至少要干到吃晚饭的时候。不能让善良的志愿者干活而让另一些人填饱肚子，于是众人决定把死者的事放一放。送来的食物每人一份，所以不难分配，给你，给你，直到分完为止。但是，一些不够理智的盲人因为焦急，把正常情况下能舒舒服服解决的事搅得棘手了。不过静下心来考虑一下我们会承认，出现一些过激行为也不无道理，例如，只要想到人们并不知道送来的食物是否足够每人一份。确实，任何人都明白，盲人没有眼睛，既看不见食物也看不见人，分配食品不是件轻而易举的工作，另外，另一个宿舍某些盲人极不诚实，竟然企图让人们相信他们的人数比实际人数多。像往常一样，有医生的妻子在，她能处理。她及时站出来说几句话总能解决困难，但口若悬河的演讲反而会使事态更加严重。他们居心不良，品质恶劣，图谋不轨，而且有人真的要到了两份食物。医生的妻子发现了他们的卑鄙行为，但觉得还是谨慎为妙，没有揭穿。她甚至不敢去想说出自己不是盲人的真相后可能产生的后果，轻则变成大家的女仆，重则成为一些人的奴隶。谁知道呢，也许当初提到的各宿舍指定一个负责人的主意有助于解决这些困难和不幸会遇到的更大的困难，但有一个条件，即这个负责人的权威不论多么微弱，多么不稳定，多么经常引起怀疑，必须为了大家而行使，并以此得到大多数人的认可。如果做不到这一点，她想，最终必定会出现互相残杀的局面。她打算和丈夫谈谈这个棘手的问题，不过在这之前仍然把食物分配完了。

一些人因为倦怠，另一些人因为胃部不适，饭后谁也不愿意去干掘墓人的行当。出于职业本能，医生认为自己比其他人更有义务，但他的热情也并不怎么高涨，当他说我们去掩埋那几个人时，没有一个人自愿报名。盲人们躺在床上，只想好好消化完胃里不多的食物，有几个人立刻睡着了。这并不奇怪，经过前面的一次次惊吓之后，身体虽说没有吸收多少营养，但还是难以抵御消化这一化学反应造成的困乏。没过多久，天近黄昏，随着自然光线的逐渐减弱，室内昏暗的灯光似乎比原来亮了一些，虽然仍旧太暗，但还是稍稍有点用处，医生说服了同宿舍的两个男人陪他和妻子到围栅那边去，他说，即使不做其他事，也至少应当把那些已经僵硬的尸体分开，确定我们必须完成的工作，因为事先已经说好，每个宿舍掩埋本宿舍的死人。这些盲人也具有一个优势，我们可以称之为光线幻觉。实际上，无论是白天还是黑夜，无论是天边有朝霞还是有晚霞，无论是在寂静的凌晨还是喧闹的中午，盲人四周都是一片闪闪发光的白色，像浓雾中的太阳。对这些人来说，失明不是通常说的周围一片黑暗，而是生活在炫目的白色之中。当医生脱口说出要把尸体分开的时候，同意来相助的两个男人中的一个，也就是第一个失明者，请医生给他解释一下怎样认出他们，盲人提出的这个符合逻辑的问题让医生颇为尴尬。这一回医生的妻子认为不应当出面帮助丈夫，否则会暴露自己。医生用以退为进的方法潇洒地摆脱了窘境，即承认错误，他以自嘲的口吻说，人太依赖眼睛了，在什么也看不见的时候还以为能用到它呢，实际上我们只知道那里有我们的四个人，出租车司机，两名警察和另一位曾和我们一起的人，唯一的解决办法就是随便找出四具尸体尽量掩埋好，就算履行我们的义务了。第一个失明者表示同意，另一个伙伴也同意，于是几个人开始轮流挖坑。这两个助手是盲人，不会知道他们掩埋的正是他们刚才毫无把握地谈到的那几个人，无一差错。也无须说医生做起这件事来，看上去多么随意，妻子的手引领着他的手，抓住一只胳膊或一条腿，他只需说，这个。掩埋了两具尸体后，终于从宿舍又出来了三个志愿者，如果有人告诉他们现在已是深夜，他们极可能不愿出来了。我们必须承认，从心理学角度讲，即使一个人双目失明，在光天化日之下挖坟坑和在日落西山以后挖坟坑也有很大的不同。他们汗流浃背，浑身尘土，返回宿舍的时候鼻孔里还有一开始闻到的甜腥的腐烂气味，就在此刻，扩音器里正重播他们早已熟知的训令，但对之前发生的事只字未提，没有说在极近的距离开枪射击，更没有说死人的事。在事先未获允许的情况下离开所在的大楼意味着立即被击毙，住宿者在围栅旁边掩埋尸体，不举行任何仪式，现在，由于在此处生活的苦难经历，由于纪律的极度严苛，这些警告开始体现出它们的全部意义，而宣布每天三次送食物的许诺成了古怪的嘲弄，或者是更让人难以忍受的讽刺。医生已经认路了，扩音器安静下来以后，他独自一人到另一个宿舍门口说，我们宿舍的尸体都掩埋了；既然这样，你们为什么不把其他的都埋了呢，一个男人的声音回答；事先已经说好，每个宿舍掩埋各自的死者，我们数了四个，都掩埋了；好吧，我们宿舍的死人明天再处理，另一个男人的声音说，然后他改换了口气，问道，没有再送食物来吗；没有，医生回答；可是，喇叭里说每天三次；我怀疑他们是否能一直履行诺言；那么以后送来的食物就必须定量分配了，一个女人说；

我看这个主意很好，如果你们愿意，我们明天谈一谈；同意，那个女人说。医生转身正要回去，就听见了最初说话的那个男人的声音，这里由谁来管。他停住口，等待有人回答。刚才那个女人说，如果我们不认真地组织起来，那就只能由饥饿和恐惧主宰了，我们没有和他们一起去掩埋死者，这已经够不光彩的了；既然您这么精明，这么爱教训人，为什么没有去埋死尸呢；我不能一个人去，可是愿意帮着干；这时响起第二个男人的声音，用不着争论，明天上午再说吧。医生叹了口气，料想以后在一起生活必将困难重重。朝自己宿舍走的时候，医生感到急于大便。在现在所在的地方，他没有把握能走到厕所，但决定冒险试一试，希望至少已经有人把跟饭盒一起送来的卫生纸拿到厕所去了。中途两次走错了路，肚子越来越不舒服，医生的心中焦急万分，就在刻不容缓的紧急关头，他终于能褪下裤子，蹲在土耳其式的便坑上。恶臭令人窒息。他觉得踩在一摊黏糊糊的东西上面，不知什么人没有找准位置，或者顾不上什么体面不体面，随地大便了。医生竭力想象着他所在的地方是个什么样子，对他来说一切都是白的，一切都闪着耀眼的白光，看不见的墙和地也同样如此。他甚至荒唐地认为，这白色，这白色的光线也散发着臭气。令人毛骨悚然，我们会被吓疯的，他想。结束后他想找纸擦拭，但没找到。他摸了摸身后的墙，那里大概会有放卷纸的架子，没有架子的话也可能有个钉子，几张纸挂在上面。但什么都没有。他弓着两条腿，拽住拖在令人作呕的地上的裤子，感到一阵心酸，世上的不幸莫过于此，盲人，盲人，盲人，他再也控制不住自己，悄悄地哭起来。他试探着走了几步，碰到了前面的墙，伸出一只胳膊，伸出另一只胳膊，终于找到了厕所的门。他听见有人拖着两只脚跌跌撞撞地走路的声音，大概也是在找便坑。他妈的，在哪里呀，那人嘟囔着说，语气平淡，仿佛心底里并不在乎它在什么地方。他从离医生仅两拃远的地方走过去了，没有觉察到另一个人的存在，不过这无关紧要，算不上有失体面，尽管对一个男子汉而言这副尊容实在难以入目。在最后一刻，医生还是在羞耻心的驱使下把裤子提了上去，等到估量着这里只有他一个人的时候又把裤子褪了下来，但已经晚了，现在他知道自己肮脏不堪，想不起一生中什么时候曾经这么肮脏过。人变成动物有许多种办法，他想，而这是头一种。但是，不应当有太多抱怨，还有人对此满不在乎呢。

盲人们躺在床上，等待着困意来抚慰他们心中的凄凉。仿佛唯恐别人看见这难堪的场面，医生的妻子悄悄帮助丈夫尽量擦拭干净。现在，宿舍里笼罩着一片令人心碎的宁静，像医院里一样，病人睡着了，在睡梦中遭受着煎熬。医生的妻子坐在床上，头脑清醒，看着屋里的一张张床，一个个模糊的人影，一张张惨白的脸，还有一个人在梦中动了动胳膊。她反复问自己，我是不是也会像他们一样失明呢，是什么无法解释的原因使我至今还没有瞎呢。她抬起疲倦的双手，把垂到脸上的头发拢到耳后，心想，我们所有人迟早都会臭不可闻。就在这时她听到了叹息声，抱怨声，还有低声叫喊，先是瓮声瓮气，像是在说话，大概确实在说什么，但声音越来越大，成了呼喊号叫，成了临死前的哀鸣，反而不知道在说些什么。其中一个人大声表示不满，猪猡，一群猪猡。而那不是猪，是人，是一个瞎眼的男人和瞎眼的女人，也许他们相互间的了解仅止于此。

7

胃空空地蠕动着，让人早早醒来。离天亮还远着呢，几个盲人已经睁开眼睛，这主要不是饥饿的过错，而是生物钟，或者人们习惯叫它什么吧，已经紊乱，他们以为天亮了，于是心里想，我睡过头了，但马上又明白过来，不对，伙伴们还在打鼾，不容置疑。书上说过，生活经验也告诉人们，出于喜欢或者某种需要而不得不早起的人，难以容忍别人当着他的面继续无忧无虑地呼呼大睡。而现在我们讲述的情况尤甚如此，因为一个睡着了的盲人和一个睁着毫无用处的眼睛的盲人之间有着巨大差别。这番心理学方面的议论表面看来过于文雅，与我们正尽力描写的大灾大难格格不入，它仅能说明为什么所有的盲人都醒得这么早。有些人，正如我们一开始说的，是被不肯挨饿的胃弄醒的，另一些则是被起早者狂乱的焦躁从睡梦中拉出来的，他们肆无忌惮地发出超过营房和集体宿舍容忍限度的本可避免的响动。这里不仅住着有教养的正经人，还有些粗野的家伙，早晨醒来，不管当着什么人就随意吐痰，放屁，只图自己轻松，即使大白天他们也照样放肆，因此室内的空气越来越污浊。没有别的办法，只能打开门，窗户太高，他们够不着。

医生的妻子躺在丈夫身边，两个人挨得很紧，因为床太窄，也因为喜欢这样，半夜里，为了保持举止体面，不像被某人称为猪猡的人那样干那种事，他们付出了多大代价呀。她看了看手表，指针指向两点二十三分，再仔细一看，秒针一动不动。忘了给该死的手表上弦，或者是她该死，我该死，刚刚被隔离了三天就连如此简单的事也不会做了。她忍不住大哭起来，好像刚刚遭到最大的灾祸。医生以为妻子失明了，发生了早就担心的情况，一时间不知所措，正要问你失明了吗，就在这最后一刻，听见妻子小声说，不是，不是，然后用毯子捂住两个人的脑袋，以低得几乎难以听见的声音慢慢说，我太笨了，没有给手表上弦，接着又伤心地哭起来。夹道另一边，戴墨镜的姑娘从床上下来，循着抽泣声伸着胳膊走过来，怎么，难过了，需要什么东西吗，她一边问一边往前走，双手摸到了两个躺在床上的身体。谨慎从事的想法告诉她应立即把手抽回来，大脑肯定下达了这个命令，但双手没有服从，只是把接触变得更加轻微，仅仅贴着温暖的粗毯子表面。需要什么东西吗，姑娘又问，她现在已经把手抽回来，若有所失地抬起来，隐没在一片无情感的白色之中。医生的妻子抽泣着从床上下来，拥抱着姑娘说，没有什么，我突然感到悲伤；太太，您这样坚强，如果您泄了气，那就说明我们确实没救了，姑娘哀叹着说。医生的妻子镇静下来，望着姑娘的眼睛，心里想，那里已经看不到任何结膜炎的症状，可惜不能告诉她，她知道了一定会高兴，尽管这高兴如此荒唐，这倒不是因为她已经失明，而是由于这里的人们都是瞎子，这么一双水灵灵的漂亮眼睛让谁看呢。医生的妻子说，我们所有人都有软弱的时候，重要的是我们还会哭，在许多情况下哭是一种获救的方式，有的时候我们不哭就非死不可；我们没救了，戴墨镜的姑娘说；谁知道呢，这个失明症和其他病症不同，来的方式不同，可能走的也不同；就是能走，对那些死去的人来说也太晚了；我们都要死的；但我们不会被杀死，而我杀过一个人；不要自责，是环境造成的，这里，我们都有罪，也都无辜，看管我们的士兵们干的坏事比我们干的坏事多，他们会寻找最好的借口为自己开脱，那就是恐惧；那个可怜的人摸摸我算得了什么呢，要是他还活着，我身上什么东西也不会少，什么东西也不会多；不要再想这些了，好好休息，试着再睡上一觉；她陪姑娘回到床边，去吧，睡觉吧；太太您太好了，姑娘说，之后又压低声音，我不知道该怎么办，那个日子到了，我没有带卫生棉来；放心吧，我有。戴墨镜的姑娘伸出手，想找个可扶的地方，但医生的妻子轻轻地把她的手攥在自己手里，放心吧，放心吧。姑娘闭上眼睛，躺了一分钟，要不是突然有人争吵她也许已经睡着了。一个人去厕所回来发现床上有人，床上的人也不是出于恶意，他也是为上厕所起来了，两个人曾在路上碰面，显然，他们当中没有一人想到这样说，您看看，回来的时候是不是找错了床。医生的妻子站在那儿，望着两个吵架的盲人，发现他们没有任何动作，甚至身子也一动不动。他们很快就懂得了，现在只有声音和耳朵还有点用处，当然，他们不缺胳膊，可以打架斗殴，就是常说的动手，可是为上错了床这区区小事不值得大动干戈，但愿生活中的种种误解都能这样，只要能达成一致。二号床是我的，您在三号床，这样一来问题就彻底解决了；如果我们不是盲人，这个误会本不会出现；说得对，错就错在我们都是盲人。医生的妻子对丈夫说，整个世界都在这屋里。

并不都在这屋里。例如，食物就在外边，而且迟迟没有被送来。两个宿舍都有人站在天井里等待扩音器响起命令声，个个急不可耐，烦躁地跺着脚。他们知道，必须走出去，到围栅旁去取饭盒，士兵们会按照许诺，把饭放在大门和台阶之间的空地上，但他们又怕其中有什么阴谋诡计，谁能保证那些士兵不朝我们开枪射击呢；想想他们之前干过的那些事，非常可能；不能相信他们；我可不到外边去；我也不去；要想吃饭，总得有人去；我不知道是被一枪打死好呢，还是慢慢饿死好；我去；我也去；不用大家都去；士兵们可能不喜欢；他们也许会吓一跳，以为我们想逃跑，说不定正是这个原因他们才把那个伤了腿的人打死的；我们必须做出决定；多么小心也不过分，想想昨天出的事吧，无缘无故杀死了九个人，士兵们怕我们；我怕他们；我倒想知道，他们是不是也会失明；他们，指谁呀；士兵们；依我看，他们应当先瞎；大家都同意，但谁也没有问为什么，这里缺少一个说得出最好的理由的人，那样的话士兵们就不会开枪了。时间慢慢地过去，扩音器一直没有出声。你们掩埋了你们的死人吗，第一个宿舍的一个盲人没话找话，问道；还没有；开始发臭了，会把一切都感染的；好啊，让他们感染去吧，对我来说，在吃饭以前我连根稻草都不想动，不是有人说过吗，先吃饭，后刷锅；这个谚语用错了，不是这样的，通常人们埋葬死者之后才吃喝；到了我这里正好相反。几分钟以后，其中一个盲人说，我在思考一件事；什么事；怎样分食物，和原来一样，我们知道我们一共多少人，数一数食物有多少份，每个人分一部分，这是最简单最公平的办法；结果不是这样，有人什么也没有吃到，也有人吃了双份；分得不好；只要不遵守规矩就永远分不好；要是我们这里有个看得见的人就好了，哪怕只看得见一点；那他马上就会耍个花招，把大部分留给自己；不是有人说过吗，在瞎子的世界，谁有一只眼睛谁就是国王；别说什么谚语了；这里情况不正是这样吗；这里没有什么能自救的独眼人；依我看，最好的办法是按宿舍把食物等分成两份，每个宿舍负责分配自己的那一份；刚才说话的是谁；是我；我，我是谁；我；您是哪个宿舍的；第二个；看到了吧，太狡猾了，你们人少，当然有利，吃得比我们多，我们宿舍可是住满了人；我只是说这样最方便；还有人说过，谁不拿大份，谁就是傻子，要么就是太笨；他妈的，给我住嘴，不要再说什么有人说过了，听见这些谚语我就心烦；本应当把所有食物都拿到食堂里去，每个宿舍选出三个人去分，有六个人清点，就不会有弄错或者耍诡计的危险；要是他们说，我们宿舍有多少多少人，我们怎样知道他们说的是不是实话呢；我们在和诚实的人打交道；这话也有人说过；不，是我说的；喂，绅士，实际上我们都是饥饿的人。

仿佛人们等待的是暗号提示或者芝麻开门之类的咒语，扩音器里的声音终于响了起来，注意，注意，现在允许你们来取食物，但是必须小心，如果有人太靠近大门，会听到第一次口头警告，假如不立即回去，第二次警告就是一颗子弹。盲人们开始慢慢往前走，一些自信心强的径直朝他们认为的门口方向走去，另一些辨别方向的能力较差，没有把握，宁愿摸着墙往前走，这样不可能出错，到了尽头只要拐个弯就到门口了。扩音器开始重复刚才的命令，声音威严急躁，即使没有任何疑心的人也注意到了其间口气的变化，盲人们都大吃一惊，其中一个盲人宣布，我不去了，他们想把我们引到外边，然后通通杀死；我也不出去了，另一个人说；我也一样，第三个人也说。他们停下来，犹豫不定，几个人想去，但恐惧渐渐控制了所有人的身心。扩音器里的声音又响起来，如果三分钟内没有人来取，我们就把食物收回。威胁没有战胜恐惧，只是把恐惧推进了头脑中最深的洞穴，它像被追赶的动物一样等待进攻的时机。盲人们战战兢兢，每个人都往别人身后躲，最后才慢慢来到门外的平台上。他们看不见饭盒没有放在绳子扶手旁边，他们本指望能在那里找到，不知道士兵们是不是因为害怕被传染，不肯靠近所有盲人都抓过的绳子。现在饭盒摞在一起，位置大概在医生的妻子取铁锹的地方。往前走，往前走，中士命令道。盲人们在混乱中想排成一行，依次前行，但中士又冲着他们喊起来，饭盒没有在那里，松开手，不要抓着绳子，往右边走，你们的右边，你们的右边，一群蠢蛋，没有眼睛也该知道你们的右手在哪边。这个提醒来得及时，因为几个头脑严谨的盲人按字面含义理解这个命令，以为右边自然就是指说话人的右边，所以就想从绳子下面钻过去，再去寻找只有上帝才知道在什么地方的食物。若是在其他场合，这笨拙的表演准能让最严肃的看客也放声大笑，几个盲人爬着前行，脸像猪一样贴着地面，一只胳膊伸到面前在空中摆动，另一些盲人也许因为没有屋子的保护而害怕被白色的空间吞噬，拼命抓住绳子，紧张地侧耳倾听，等着头一个找到饭盒的人发出喊叫声。士兵们的愿望是用手中的武器瞄准，毫不留情地把眼前那些低能儿通通击毙，他们就像瘸腿的螃蟹一样，一边爬还一边舞动笨拙的螯足寻找失去的腿。他们知道，今天上午团长在军营说过，盲人的问题只能靠把他们全都从肉体上消灭来解决，包括已经失明和必将失明的人，无须假惺惺地考虑什么人道主义，团长的话与切除坏死的肢体以拯救生命的说法有异曲同工之妙，他解释说，狗死了，它的狂犬病自然就治好了。一些士兵不够聪明，听不懂这漂亮的比喻，难以理解疯狗与这些盲人有什么相干，但是，一位团长的话，即使是用的比喻，也必定字字千斤，他所想所说和所做的一切必定有理，否则在军旅中也升不到如此高的职位。一个盲人终于碰到了饭盒，搂住饭盒大声喊叫，在这里，在这里；如果这个人有一天恢复了视力，可以肯定，他在有机会宣布这个特大喜讯的时候不会比现在更兴奋。在几秒钟的时间里，其他盲人也扑到饭盒上，手脚并用地往自己身边拽，个个争先恐后，我拿走，我拿走。留在那边抓着绳子的盲人们顿时紧张起来，现在他们害怕的是由于懒惰或者胆小受到惩罚，被排斥在食物分配之外，啊，谁让你们当初不愿意撅着屁股在地上爬，不愿意冒挨枪弹的危险，好，那就不要吃饭了，想想人们常说的吧，不冒险者不得食。在这种有决定意义的思想的推动下，一个盲人丢开绳子，把双臂举到空中朝嘈杂声那边走去，他们不能丢开我。但是，叫喊声突然停止，只留下在地上爬行的声音，沉闷的惊叹声和来自四面八方又不知具体何处的纷杂混乱的响动。他停下来，不知如何是好，想返回绳子那边，抓住绳子就能安下心来，但又辨不清方向，白色的天空没有星星闪耀，现在只听到中士下达指示的声音，但中士是在指挥那些带着饭盒的人回到台阶上，他的指示只对那些人有意义，要想到达目的地取决于所在的位置。之前抓着绳子的盲人，只需沿原路返回，现在他们正站在平台上等着其他人到来。丢开绳子的盲人不敢从所在的地方挪动一步，焦急之下他大喊一声，请你们帮帮我，他不知道，士兵们已经用步枪瞄准了他，单等他踩到那条无形的生死线上。喂，瞎子，你怎么待在那儿不动，中士问，口气里带着一点儿紧张，确实，他不同意团长的意见，谁知道灾难明天是不是会来敲我的门呢。至于士兵，人们清楚，命令他们杀人他们就杀人，命令他们去送死他们就去送死。没有我发话不准开枪，中士喊道。这句话让盲人明白了自己的危险处境。他跪到地上，哀求道，请帮帮我，告诉我该往哪里走。瞎子，走过来，走过来，那边一个士兵假装用友好的口气说道。盲人站起来，走了三步又停下来，觉得对方用的动词可疑，走过来不同于走回去，走过来是指朝这边走，朝这个方向走，是让你到喊你的地方去，在那里子弹可以把你的失明症变成另一种失明。这是一个人品恶劣的士兵干的，可以称为罪恶行为，中士立即大吼两声加以制止，站住，向后转，接着他又严厉地训斥不守纪律的士兵，看来士兵属于人们不应当把枪交到其手中的那类人。听到中士善意的干预，已经到了平台的盲人们欢欣鼓舞，发出惊天动地的喊声，这喊声成了迷失方向的盲人的指南针。他放下心来，径直朝前走去，继续喊吧，继续喊吧，他说，而那些盲人热情地为他鼓掌欢呼，活像在观看一个竭尽全力的运动员进行漫长而激动人心的冲刺。之后盲人们纷纷拥抱他，这举动确实并不过分，只有在逆境中，无论是在已证实的还是可能出现的逆境中，人们才能结识朋友。

亲密无间的关系没有持续多久。几个盲人利用别人激情澎湃的机会带上几个饭盒偷偷溜走了，能拿多少就拿多少，即使是为了防备分配不公，这显然也是不讲信义的做法。不管怎么说，总还有诚实的人在，现在他们愤怒地表示，这样下去无法生活；如果我们不能相互信任，结局会怎么样呢，一些人富于辞令地问道，话说得却很有道理；另一些则威胁说，那些浑蛋是请求我们赏他们一顿老拳，实际上那些人并没有提出请求，不过人人都明白这话是什么意思，再者，这种稍加修饰的粗野说法只有在无比贴切的情境下才能得到原谅。回到天井以后，盲人们一致同意，解决这一微妙形势中已出现的问题最实用的办法，是两个宿舍平分剩下的饭盒，幸好饭盒是双数，另外，两个宿舍出同等数目的人组成一个调查委员会，以收回失去的饭盒，也就是说被偷走的饭盒。他们还用了一些时间讨论先后的问题，好像这已经成为习惯，即应当先吃饭后调查，还是先调查后吃饭。占上风的意见是，鉴于大家一连许多小时没有吃东西，最好是先把胃安抚一下，然后再进行调查；不要忘记，你们还要掩埋你们的人，第一个宿舍有人说；我们还没有把他们杀死呢，你就想让我们埋吗，第二个宿舍一个爱开玩笑的人回答说，他兴致勃勃地玩了个文字游戏，大家都笑了。但是，他们不一会儿就得知，那些无赖没有在宿舍里。两个宿舍门口一直都有在等着吃东西的盲人，他们说确实听见有人从走廊里走过，并且走得很急，不过没有任何人走进宿舍，更不要说拿着饭盒的人了，关于这一点他们可以发誓。有人提出，找出那些家伙最可靠的方法是所有人都回到各自的床上去，空着的就是那些贼的床了，这样，等他们舔着嘴唇从藏身的地方回来时大家一齐扑上去，让他们学会遵守集体财产的神圣原则。然而，按照这个及时而又具有深刻的公平意识的建议行事有严重的不妥之处，就是必须先把人们盼望已久而现在已经凉了的早饭搁在一边，并且还不能预见要推迟到什么时候才用餐。我们先吃饭吧，一个盲人说，大部分人认为应当这样，最好还是先吃饭。可惜，遭到无耻之徒们的偷窃之后，剩下的饭很少。这时候，那些窃贼正躲在这座破旧不堪的大楼里的某个地方大吃大嚼，每个人吃两份或者三份，突然间伙食大大改善，有牛奶和咖啡，当然是凉的，还有饼干面包加人造黄油，而正经人却没有别的办法，只能满足于吃原来的二分之一或者三分之一，甚至更少，并且食物品种还不齐全。就在人们闷闷不乐地嚼着无糖饼干的时候，外面响起扩音器的声音，第一个宿舍的一些人也听到了，是叫感染者去取他们那部分食物。一个盲人显然受到了刚刚发生的违规行为造成的恶劣气氛的影响，突发奇想，如果我们去天井等着那些人，他们看见我们一定会吓一跳，说不定会丢下一两个饭盒。但医生认为这样不好，惩罚没有过错的人是不公正的。大家都吃完饭后，医生的妻子和戴墨镜的姑娘把硬纸板饭盒，盛牛奶和咖啡的容器，纸杯和一切不能吃的东西送到花园里。我们必须把垃圾烧掉，医生的妻子回来以后说，消灭可恶的苍蝇。

盲人们坐在各自的床上，等着逃离羊群的母羊回来。他们是公羊，一个粗里粗气的声音说，这里所说的公羊喻指王八，即其妻子与别的男子私通的男人。不过他不会想到，在牧人们的语汇中，公羊就是公羊，并无其他寓意，这算不上什么过错。但是，那几个混账东西一直没有出现，大概担心会有什么不测，他们当中肯定也有能想出像赏他们一顿老拳的主意那样有远见的人。时间一分钟一分钟地过去，一两个盲人已经躺在床上，有的甚至睡着了。亲爱的先生们，吃了睡，睡了吃，这算怎么回事呀。仔细分析一下，也不全是坏事，只要不缺食物，因为没有食物就活不下去，这倒像是住在旅馆里一样。相反，外面的盲人不知受了多少苦难呀，在城里，确实如此。跌跌撞撞地在街上走，所有人都躲避他，家里人提心吊胆，不敢接近他，什么母子亲情，说说而已，也和这里一样，把人关进一个房间，把食物放在门口，那就算是大恩大德了。如果不带偏见，不让怒气模糊你的理智，冷眼看看现在的情况，就不得不承认当局决定把盲人集中在一起颇具眼光。物以类聚是择邻的金科玉律，就像麻风病人一样，毫无疑问，最里边那位医生在谈到我们应该组织起来的时候说得对。确实，问题在于要组织起来，首要的是食物，其次便是组织起来，两者在生活中都必不可少。挑选一些遵守纪律并且能够约束别人的人领导这一切，为共同生活建立起所有人都认同的规矩，都是些简单的事情，清扫，整理，洗涤，对此我们不能抱怨，他们甚至给我们送来了肥皂和洗涤剂，要保持床铺整洁，重要的是我们不要丧失自尊自爱，避免与军人发生冲突，他们看管我们是在履行义务，至于死者，我们已经死得够多了，问一问这里谁愿意在晚上讲讲故事，故事，寓言，笑话，都行，请想一想，要是有人能熟背《圣经》，我们就算有运气了，让我们重温一切，从《创世记》开始，重要的是既自己讲又听别人讲，可惜没有一台收音机，音乐永远是很大的消遣，我们还可以听新闻，是不是发现了治愈我们这种病的方法，若是真能发现，我们该多高兴呢。

　　不可避免的事发生了。街上传来枪声。他们来杀我们了，有人喊。不要慌，医生说，我们应当合理推断，如果是来杀我们的，会到里边来开枪，而不是在外面。医生说得对，是中士下令朝空中开枪的，并非某个指头扣着扳机的士兵突然失明；完全可以理解，从几辆公共汽车上下来许多磕磕绊绊的盲人，不这样就不能管住他们，让他们遵守秩序；卫生部通知陆军部说，我们要运去四车盲人；一共多少；二百人左右；把这些人塞到哪里呢，盲人们的宿舍是右侧的三间，根据我们了解的情况，全部装满也只能容下一百二十人，除去我们被迫打死的那些，现在住着的有六七十人；有办法，把所有宿舍都用上；这样的话感染者就和盲人直接接触了；更可能的是，那些人迟早要失明，就当前的形势来看，我估计我们都被传染了，显然没有一个人不曾看见过盲人；我倒要问一问，既然盲人看不见，他怎能通过目光传播失明症呢；我的将军，这是世界上最符合逻辑的疾病，失明的眼睛把失明症传给能看的眼睛，还有比这更简单的问题吗；我们这里有一位上校，他认为解决办法应当是盲人一出现就立即把他们杀死；以死人代替盲人不会使情况有很大改善；失明不等于死亡；对，但死人都是盲人；好吧，就二百来人；好；怎样处理公共汽车司机呢；也把他们关到里面。同一天傍晚，陆军部长致电卫生部部长，您想知道件新鲜事吗，我对您提到的那位上校失明了；现在要看看他对自己原来出的主意怎么想了；他已经想过了，朝头上开了一枪；好，先生，态度前后一致；陆军随时准备做出榜样。

　　大门完全敞开了。根据兵营的习惯，中士命令盲人们排成五人一行的纵队，但盲人弄不准数目，排出的队伍有时候多于五个人，有时候又少了，结果所有人都挤在大门口，他们毕竟是平民，缺乏秩序感，甚至没有想到让女人和儿童到前边去，像在海难中那样。这里必须说一下，免得大家忘记，枪并不都是朝空中开的，一个公共汽车司机拒绝和盲人们一起进去，抗议说他看得清清楚楚，结果呢，三秒钟后就证明卫生部部长说得对，死人都是盲人。中士下达我们已经知道的命令，朝前走，上面有个六级的台阶，六级，到了那里以后要慢慢行走，如果有人在那里绊了跤，我可不愿意去想会发生什么情况。他唯一没有告诫的是沿着绳子走，这可以理解，如果让盲人们扶着绳子前行永远也结束不了。注意，中士继续告诫他们，现在他已经放下心来，因为盲人们全都到了大门里边，右边有三个宿舍，左边有三个宿舍，每个宿舍有四十张床，一家人不要走散，防止跌倒，上台阶要数清，请已经上去的人帮帮忙，一切都会顺利，请你们安顿好，放心，放心，食物随后就到。

不顺利的事可以想象，这么多盲人往那边走，像一群羊走进了屠宰场，照常咩咩地叫，当然，还要相互推挤，这是它们一成不变的生活方式，皮毛蹭着皮毛，呵气连着呵气，气味混合着气味。一些人在啼哭，另一些人因为害怕或恼怒而喊叫着，还有一些人则高声咒骂起来，有个人发出一声骇人而无用的威胁，要是有一天我抓住你们，可想而知，他指的是那些士兵，非把你们的眼睛挖出来不可。先到台阶下的人不可避免地要停下来，用脚探一探台阶的高度和宽度，后边来的人往前涌，前边的两三个人向前倒下去，幸好仅止于此，只是胫部擦破了皮，中士的劝告无异于祝福。他们当中一部分人已经走进天井，但是，二百来号人要安排好谈何容易，前前后后都是盲人，又没有向导，状况已经相当艰难，再加上这是座古老建筑，布局不太实用，仅靠只懂得他本人职业的中士说几句话无济于事，每边三个宿舍，还得知道里面是什么样子，一些门的过道很窄，像个瓶颈，一些走廊像住在这里的人一样怪异，人们不知道它们从何开始，又到哪里结束，甚至不知道它们有什么用处。盲人队伍的先锋部队下意识地分成两路，分别沿两侧的墙壁挪动，寻找进屋的门，假设路上没有家具阻挡，这无疑是个安全的方法。

只要手脚麻利，不急不躁，新客人们迟早会安顿下来，但要等左边的先锋部队与住在这边的感染者之间那场意料之中的战斗分出胜负之后。根据事先约定，还有卫生部的规定，这一侧归感染者们使用，确实，可以预料，也非常可能，他们所有人最后都要失明，同样确定的是，按照纯粹的逻辑推理，在他们尚未失明时人们就不能肯定地说他们注定要失明。这好像一个人安安静静地坐在家里，尽管有一个个相反的先例，但他至少相信自己的病总会好，不料突然却看见一群他最害怕的人正号叫着朝他走来。一开始，感染者们以为是一伙和他们一样的人，只不过人数更多，但这种错觉没有持续多久，来的那些是真的盲人。你们不能进来，这一边是我们的，不能让盲人住，你们属于那边，守卫在宿舍门口的人喊起来。几个盲人试图向后转身找别的门，对他们来说左边和右边都一样，但人群继续涌来，无情地推着他们往前挤。感染者们对盲人们拳打脚踢，守卫着宿舍的门，盲人们也尽其所能还击，他们看不到对手，但知道遭到的打击来自哪里。天井里容不下二百来人，他们都无路可走，所以没过多久就把通往围栅的那扇相当宽的门完全堵死了，像是堵上了瓶塞，既不能前进，也不能后退，里边的人你挤我，我挤你，用脚踢着保护自己，用胳膊肘捅着身边压得他喘不过气来的人，有人大声喊叫，盲童们大哭，失明的女人们晕了过去，而更多的人还没有进来，他们被士兵们的吼声吓得魂飞魄散，更加用力往前推。而士兵们又不明白那些白痴为什么还停在那里。就在人们因竭力挣扎着脱离混乱的人群，脱离马上被压扁的危险而造成突然倒流的时刻，最可怕的情况出现了，让我们站在士兵们的位置上来看一看，猛然间发现已经进去的人群一齐往外拥，于是立即想到最坏的可能，盲人们要回来，我们还记得以前的事件，可能会发生大屠杀。幸好中士再次表现出驾驭危机的能力，亲自用手枪向空中开了一枪，只是为了引起人们的注意，接着他通过扩音器喊道，镇静，台阶上的人向后退一退，散开，不要推，要互相帮助。这一要求已属多余，里边的争斗还在继续，但天井里的人渐渐少了，许多盲人转到右侧门口，右侧的盲人们把他们领到现在还空着的第三个宿舍或者第二个宿舍空着的床上。此时，战斗似乎将以感染者们获胜而结束，这倒不是因为他们身体更强壮或者眼睛能看见，而是由于盲人们发现另一侧的入口通行无阻，按中士在军营讲授基本战略战术时的说法，就是脱离接触。然而，感染者们的胜利没有维持太久，右侧门口有人开始喊叫，说那里没有空余地方了，所有宿舍都已经被占满。有些盲人就连推带搡地重新来到天井，正在这时像瓶塞一样塞住主入口的人群散开了，还在外边的许多人拥进里面，这里有屋顶遮挡，保护他们不受士兵们威胁，于是他们想干脆在这里住下来。一拥而入的人流重新燃起左侧门口盲人们的斗志，于是他们又开始动手，又开始喊叫，仿佛这还不够，几个发狂的盲人摸到并强行推开了天井直接通往内院的门，有人立刻喊起来，这里有死人。结果可想而知，引起一片惊慌。他们尽量往后退，那里有死人，那里有死人，好像接着轮到他们去死一样，在一秒钟的时间里，天井又成了愤怒的旋涡，随后人群又突然转变方向，绝望地朝左侧冲去，以摧枯拉朽之势粉碎了感染者们的防线，他们当中有的已经不再仅仅是感染者，其余视力还好的人则像疯子似的奔跑，试图逃避最悲惨的命运，白跑一通。他们一个接一个地失明了，眼睛突然淹没在可怕的白色潮水之中，这潮水在一道道走廊，在各个宿舍，在整个空间到处泛滥。外边，天井里，围栅旁，无依无靠的盲人们拖着沉重的脚步缓缓地走着，一些人被打，一些人被踩，个个痛苦不堪，他们大多是老人女人和儿童，即使有点防卫能力也微乎其微，这次没有出现更多的死者要掩埋，确实是个奇迹。地上，除了丢了的鞋子，到处都是旅行袋，箱子，篮子，这是每个人最后的财富，现在也永远地失去了，回来捡丢失物品的人会说，谁拿走就归谁吧。

一位一只眼戴着黑眼罩的老人从围栅那边走来。他两手空空，不是丢失了行李就是根本没有带。他是头一个绊在死者身上的人，但没有喊叫，而是停在死者们旁边，等着恢复平静和安宁。等了一个小时，现在轮到他找住处了。他伸出双臂探路，慢慢地走着，到了右侧第一个宿舍的门口，听见里边有人说话，就问了一声，这里有张床让我住吗。

8

　　这么多盲人来到这里似乎至少带来了一个好处，仔细想想，是两个。第一个可以说是心理方面的，确实，随时等待新的房客来做自我介绍和整座房子全都住满，两者之间大不相同，住满之后就能建立和保持稳定持久的邻里关系，不必像以前那样屡屡被新来的人打乱，也不必被迫重新建立沟通渠道。第二个则是实际的直接的根本的，即外面的当局，无论是民事当局还是军事当局，他们都会懂得，向三四十人提供食物是一回事，而担负起供养突然增至二百四十人的巨大责任则是另一回事，以前那些人大都能够忍耐，容易对付，并且因为人数不多，偶尔食物没有送到或者送晚了他们也会忍气吞声，但现在这二百多人习惯不同，来历各异，脾气秉性也千差万别。请注意，二百四十人只是一种说法，因为至少有二十个盲人未能找到床位，只得睡在地上。无论如何应当承认，三十个人吃十个人应得的食物和二百六十人分二百四十人的食物不是一回事。这一差别不易察觉。正是由于意识到责任大大加重，也许害怕发生新的暴乱，这种可能性绝不可忽视，所以当局改变了做法，现在食物按时送到，并且数量准确。显然，自我们不得不目睹的那场从各个角度来看都令人痛心的殴斗之后，安顿如此众多的盲人实属不易，难免引起小规模的冲突，只要想一想以下情况就会明白，不幸的感染者们原来看得见现在看不见了，夫妇二人各在一处，并且孩子不见了，被撞倒和踩伤的人不断呻吟，他们当中有的被撞或被踩了两三次，有些人一直找不到失去的心爱之物，只有铁石心肠的人才对这些可怜人的不幸置若罔闻。不能否认，宣布送来午饭对所有人来说都是让人舒心的喜讯。虽然不可否认，由于缺乏适当的组织和权威来让人们遵守必要的纪律，在这么多张嘴当中分配如此大量的食物曾导致某些不和，但我们也应当承认，气氛发生了巨大改变，变好了，现在，在整座旧精神病院里只能听到二百六十张嘴咀嚼食物的声音。饭后谁去把这一切清理干净呢，这个问题暂时还无法回答，只能等到傍晚扩音器再次广播为了所有人的利益大家必须遵守的行为守则之后，人们才能知道，新来的人在多大程度上接受这些条款。右侧第二个宿舍的人终于决定掩埋他们的死者，这已是个不小的成就，至少人们能免受死人气味之苦，至于活人的气味，即使是臭味，倒比较容易习惯。

至于第一个宿舍，也许由于这里的人来得最早，适应失明状态的过程也最长，因此，在他们吃完饭一刻钟后地上已经不见一片废纸，一个忘记收拾的盘子，一个淌着汁液的容器。一切都收起来了，小东西套进大东西中，最脏的放进不太脏的里面，好像这一切都是按照合理的卫生规定做的，在收集废物时非常重视效率，非常重视节约进行这项工作所需的劳力。决定这种社会行为方式的思想不是临时形成的，也不是与生俱来的。我们正在研究，在这一情况中，似乎睡在宿舍最里边那张床上的瞎眼女人做的教育工作产生了决定性影响，就是眼科医生的妻子，她不厌其烦地告诉我们，如果我们不能完全像正常人一样生活，那么至少应当尽一切努力不要像动物一样生活。她说了一次又一次，宿舍里的其他人甚至把这些既简单又普通的话当成了座右铭，当成了警句，当成了学说，当成了生活规则。很可能正是这种易于谅解所处环境和各种需要的精神状态，使得戴黑眼罩的老人在门口出现时，问了声这里是不是有张床让他住，就受到了友善的欢迎。由于幸运的偶然性，这偶然性显然预示着未来的结果，宿舍里还有一张床，唯一的一张空床，谁知道经过那次所谓的入侵之后怎么还空了下来，这张床原来属于曾遭受难以言状的痛苦煎熬的偷车贼，或许正因为如此，上面有一个受苦受难的光晕，人们都不愿意靠近。这是命运的安排，奥秘中的奥秘，不为人知，而这不是头一桩偶然事件，远非头一桩，只要注意到当时在诊所看眼睛的患者都来到了第一个宿舍就能明白，而第一个失明的人来到的时候人们还以为灾祸到此为止了呢。像往常一样，为了不泄露她没有失明的秘密，医生的妻子凑到丈夫耳边小声说，或许也是你的病人，上了年岁，谢顶，白头发，一只眼睛戴黑眼罩，我记得你说起过他；哪只眼睛；左眼；大概是他。医生走到两排床中间的夹道，稍稍提高声音说，我想摸摸刚刚来到我们当中的人，请您朝这个方向走，我去迎接您。两个人在半路相遇，他们本应晃动手指，就像两只蚂蚁用触须相互辨认一样，但这次医生请求摸摸老人的脸，很快摸到了眼罩，不再有疑问，他是最后一个来的，我们在这里凑齐了，戴黑眼罩的患者，医生叫起来；这话什么意思，先生您是谁呢，老人问；我是，我曾是您的眼科医生，记得吗，我们约好了为您摘除白内障的手术日期；您怎么认出我的呢；主要是从声音认出来的，声音是看不见的人的眼睛；对，我也听出是您的声音来了，医生先生，谁想得到呢，现在不用给我做手术了；如果有治这种病的药，我们两人都需要；记得医生先生曾对我说过，手术以后我要重新认识所生活的世界，现在我们才知道这话说得多么在理；您什么时候失明的；昨天晚上；他们这么快就把您送来了；外面一片惊慌，用不了多久人们就会开始杀掉那些已发现的失明者；这里，他们已经消灭了十个，一个男人的声音说；我碰到他们了，戴黑眼罩的老人平平淡淡地说；都是另一个宿舍的，我们马上就把我们宿舍的死人掩埋了，还是那个男人的声音，仿佛他到此报告完毕。戴墨镜的姑娘走来，您还记得我吗，戴着一副墨镜；记得，记得清清楚楚，我虽然有白内障，但还记得你长得挺漂亮；姑娘笑了，说，谢谢您，转身回到自己的地方，到了那边又说了一声，那个小男孩也在这里；我想找妈妈，这是小男孩的声音，遥远的徒劳无益的哭声，显得有气无力。我是最先失明的那个人，第一个失明者说，我和我妻子都在这里；我是诊所的员工，诊所的女接待员说。医生的妻子说，只差我的自我介绍了，然后说了她是谁。这时，老人像要报答所受的欢迎一样宣布，我有个收音机；收音机，戴墨镜的姑娘拍着手高兴地叫起来，听音乐，太好了；是啊，不过是个小收音机，用电池的，电池总有用完的时候，老人提醒说；不要以为我们会永远留在这里，第一个失明者说；永远，不会的，永远这个时间太长了；能听到新闻了，医生说；也听一点儿音乐，戴墨镜的姑娘还在坚持自己的意见；并不是所有人都喜欢同样的乐曲，但大家肯定都想知道外边怎么样了，最好还是节省着用；我也这样想，戴黑眼罩的老人说。他从外衣口袋里拿出收音机，扭开旋钮，开始寻找电台，但手还不够稳，刚刚调到一个台又很快错过去了，最初只能听到断断续续的音乐和讲话声，后来手终于听使唤了，能听出是什么乐曲了；听一会儿吧，戴墨镜的姑娘请求说；讲话声渐渐清晰；播的不是新闻，医生的妻子说，后来，仿佛她突然产生了一个念头，现在几点钟，她问，但她知道谁也不能回答。指针仍然在动，从小匣子里调出的仍然是杂音，最后终于固定下来，正在播送一首歌曲，一首普普通通的歌曲，但盲人们慢慢聚拢过来，没有人互相推搡，只要感到前边有人就立刻停下来，他们把眼睛睁得大大的，朝着歌声传来的方向，有几个人哭了，也许只有盲人才这样哭，眼泪像泉水般流出来。歌曲唱完了，播音员说，请注意，第三响是四点整。一个瞎眼女笑着问，是下午还是凌晨呢。好像那笑容刺痛了她的心，医生的妻子偷偷把手表校准，上好弦，是下午四点。当然对手表来说这并没有什么区别，从一点钟走到十二点钟，其余都是人们规定的。这是什么声音，轻轻的，戴墨镜的姑娘问，听起来像；是我，听见收音机里说四点整，就给手表上了弦，过去总是这样，成了习惯，医生的妻子赶紧说。她后来才想起来，无须这样冒险，只要看看今天进来的盲人们的手腕就行，他们当中肯定有某个人的手表还在走。戴黑眼罩的老人就戴着手表，这时她看了看，时间完全准确。医生此时开口要求道，给我们谈谈外边的情况吧。戴黑眼罩的老人说，好吧，不过最好让我坐下，我不能站太长时间。这一次每张床三四个人，相互做伴，盲人们都尽量坐得舒服一些。安静下来以后老人讲了他知道的一切，讲

103

了有眼睛时看到的事情，也讲了从这场时疫开始到他自己失明短短几天里听说的事情。

如果流传的消息可信的话，他说，在最初二十四小时里出现的病人有几百例，同样的病症，表现也完全相同，瞬间发病，没有任何可见损伤，视野内一片闪亮的白色，得病前没有任何疼痛感，发病后也没有。第二天，据说新发病者人数有所减少，从几百人降到几十人，因此，政府马上宣布，根据最合理的预见，很快就能控制局势。从这里开始，除了一些不可避免的零散评论，戴黑眼罩的老人讲的原话将不再被逐字照录，他的口头叙述将被重组改良，以期通过正确和适当的词语使他提供的消息更有价值。出现这一不曾预料到的变化，是由于讲述者使用了控制局势这个绝对不地道的术语，用词不当几乎让他降为陪衬讲述者的角色，毫无疑问，这个角色也是重要的，因为没有他作为陪衬，我们就无从知道外部世界发生的事情，例如这些不同寻常的事件，而不论描述什么事实，只有用词恰当而严谨才显得有声有色。现在言归正传，所以，政府排除了先前广为流传的假设，即史无前例的时疫在全国蔓延，它由一种尚未确定的病毒引发，即时发病，病前没有任何潜伏期的症状。按照科学界最新的看法和行政当局据此做出的最新解释，这是各种情况临时组合共生出的不幸现象，虽然这些情况尚未得到验证，政府的公报对已掌握的数据进行了处理，结果强调，现在已明显地接近最终解决的转折点，从该病的病原学发展上看，发病率有趋于减弱的迹象。一位电视评论员用了个恰当的比喻，说现在的时疫，或者叫别的什么名字吧，如同一支射向高处的箭，上升到最高点之后停留了片刻，像悬在空中一样，随即开始勾勒下落的必然曲线，如同上帝期望的那样。带着这样的愿望，评论员又回到琐碎的人类话语病症和真正的时疫上来，在重力作用下它必然加速，直到现在折磨我们的可怕的噩梦消失，这样的说法不断在各种社会媒体中出现，它们最后总是虔诚地祝愿不幸的盲人们尽快恢复失去的视力，但又许诺整个社会不论官方机构还是私人团体都将提供支持。很久很久以前，平民百姓就以其不屈的乐观主义精神把类似的道理或者比喻用颇具嘲讽意味的话表达出来，例如，好不永存，坏难持久，用文学语言说就是，正如没有永远不败的好事一样，坏事也不会永远存在，这成了有机会从生活和命运的挫折中求取经验的人们的绝好的座右铭，如果把这些话搬到盲人的国度里，就应当是，昨天我看得见，今天我看不见，明天我将看得见，在说第三句话的时候稍稍带一点疑问口气，好像为了谨慎起见，在最后一刻无论如何要显得言犹未尽，为让人产生希冀的结论保留一点余地。

　　不幸的是，这些祝愿不久便成了连篇空话，政府的期望和科学界的预见通通付诸东流。失明症在蔓延，但不像突然出现的海潮那样汹涌澎湃，摧枯拉朽，淹没一切，而是如同千万条涓涓细流缓缓渗透，逐渐把土地泡软，悄然间把它变成一片泽国。面对惊恐万状且濒临失控的社会，当局不得不改变做法，慌忙举行医学会议，尤其是眼科和神经病学医学会议。由于组织工作必定需要时间，来不及召开某些人主张的代表大会，但总算举行了一些座谈会研讨会和圆桌会议，有些向公众开放，有些则秘密进行。会议的讨论显然毫无用处，并且在会议进行当中某些发言者突然失明，大声喊叫，我失明了，我失明了，这使几乎所有报纸电台和电视台不得不放弃这类活动。当然也有例外，个别传媒采取了一些不事声张，但从各种意义上讲都值得赞美的举措，因为它们靠他人的幸运或不幸造成的各种轰动效应而存活，不肯放弃任何以符合当时状况的戏剧性口吻现场报道突发事件的机会，例如报道一位眼科教授突然失明。

政府本身的作为也反映出人们的精神状态普遍恶化，在五六天的时间里它两次改变战略。政府先是相信，只要把盲人和感染者关进诸如我们所在的精神病院这样一些地方隔离起来，就能控制疫情。很快，随着失明症案例的无情增加，政府某些要员担心官方采取的措施不能满足需要，可能产生严重的政治后果，转而主张各家各户把自己家的失明者关在家里，不让他们到街上去，以免使已经相当困难的交通状况更加混乱，以免刺激还能用眼睛看的人，这些人听不进让他们放心的竭力劝告，相信白色眼疾就像杀人魔鬼一样以目光接触传播。确实，如果一个人正在想什么伤心的事，无所谓的事或者高兴的事，假设现在还有人高兴，突然看见从对面走来的人的脸上出现惊恐万状的表情，接下去就是免不了的大声喊叫，我失明了，我失明了，这时候指望他的反应与后者不同显然不合情理。任何人的神经都承受不了。糟糕的是，各个家庭，尤其是人口少的家庭，全家很快都成了盲人，没有剩下一个人看护他们，给他们引路，保护他们不受眼睛还好的邻居和其他人的伤害。不用说，无论是父子还是母子，都不能互相照顾，他们只能像图画上画的盲人那样，一起走路，一起跌倒，一起死去。

面对这种形势，政府别无他法，只得紧急开倒车，放宽关于隔离地点和空间的标准，立即临时征用废弃的工厂，无人礼拜的庙宇，体育馆和闲置的仓库。两天前已经在谈论建立野战帐篷营地，戴黑眼罩的老人说。开始的时候，也就是说最早的时候，一些慈善组织还有志愿者去照顾失明者，为他们整理床铺，清扫厕所，洗衣服，做饭，没有这些起码的关心，生活很快会变得难以忍受，甚至对看得见的人来说也是如此。这些可怜又可亲的人也立刻失明了，不过至少他们的义举永垂青史。他们当中有人来这里了吗，戴黑眼罩的老人问；没有，医生的妻子回答说，一个也没有；说不定是谣传呢；城市怎么样，交通情况怎么样，第一个失明者问，他想起了自己的车，想起了把他送到诊所的出租车司机，那位司机还是他帮助掩埋的呢；交通一片混乱，戴黑眼罩的老人说，接着他又详细讲起了交通情况和交通事故。第一次正在马路上行驶的公共汽车因为司机失明而造成惨祸的时候，虽然有许多人死伤，人们还没有太在意，出于同样的原因，即习惯的力量，交通运输业的公共关系部主任仅仅宣布这场灾难是人为失误造成的，结论无疑令人痛心，但仔细想一想，这和从来没有患过心脏病的人突发致命的心肌梗死一样不可预见。我们的所有职工，这位主任说，像我们的公共汽车的机械和电路系统一样，定期进行极为严格的检查，至今我们公司的车辆整体事故率极低就直接而清楚地证明了这一点。各大报纸均刊登了他的长篇谈话，但是，人们需要想的事情绝不限于区区一次公共汽车交通事故，说到底，这场事故并不比汽车的刹车失灵更糟糕。偏偏两天以后，另一次事故正是由于刹车失灵，广泛流传的说法却是因为司机失明，世界就是这样，真相往往以谎言为伪装达到其目的。没有人再有办法让公众相信事情到底是如何发生的，于是后果很快出现，转眼间人们不再乘公共汽车，说宁愿自己失明也不想因为别人失明而死去。随后的第三次事故也是出于同样的原因，发生在一辆没有乘客的汽车上，人们议论纷纷，几乎众口一词，嘿，遭难的本有可能是我。这样说的人想象不到他们说得多么正确。不久以后，由于两位驾驶员同时失明，一架商业飞机在着陆时摔成碎片，起火燃烧，乘务员和所有乘客全部遇难，事后对唯一幸存的黑匣子所做的检查表明，飞机的机械和电子系统均状态完好。如此大的悲剧不可与区区的公共汽车交通事故同日而语，结果是那些还抱有幻想的人彻底失望，从此以后街上再也听不到马达声响，大大小小或快或慢的车轮都不再转动。那些从前常常抱怨交通越来越拥堵的人，那些经常因为停着或走着的汽车挡住去路而好像不知该往哪儿走的行人，那些转了一千零三个圈才找到停车位的人，所有这些人通通成了步行者，他们在表达了各自的不满之后，又出于同一个原因齐声抗议，现在他们全都该心满意足了，除了一个明显的事实，那就是谁也不敢再开汽车，无论到哪里去都不敢开，私家车，卡车，摩托车甚至自行车，都乱七八糟地散布在全城各地，一声不响，哪个地方恐惧的力量战胜了私有财产的意识就把它们丢在哪个地方，那台触目惊心的起重机颇具象征意义，它伸出的前臂上吊着一辆私家车，可能是因为吊车司机突然失明。所有人都处境艰难，盲人们更是苦不堪言，因为，按照通常的说法，他们看不见正往哪里走，看不见脚踩在什么地方。看到他们一个接一个撞在被丢弃的汽车上，碰破了腿，有的还倒在地上哭泣，真让人心酸，他们说，这里有人扶我站起来吗。但也有生性粗鲁或者因为绝望而脾气暴躁的人，高声咒骂着推开好心人伸过来的手，你等着吧，有轮到你的时候，好心人吓了一跳，赶紧逃走，消失在浓浓的白色云雾之中，他突然意识到自己的善心可能招致的危险，谁知道呢，说不定他走出几米远就会失明。

外面的情况就是这样，戴黑眼罩的老人最后说，我知道的还不是全部，只是一些亲眼看到的，这时他停下来，过了一会儿才纠正说，说亲眼看到的不太准确，应当说用一只眼睛看到的，因为我只有一只眼睛，现在连这只眼也没有了，就是说，我有一只眼睛，但这只眼也没有用；我从来没有问过，您为什么不用玻璃眼球，免得戴眼罩嘛；我为什么要装假眼呢，请您告诉我，戴黑眼罩的老人问；这是习惯，为了美观，另外，也卫生得多，可以取下来，洗一洗再放回去，像假牙一样；说得对，先生，但请您告诉我，如果现在这里的盲人都失去了两只眼睛，我指失去了眼球，那么今天会是什么样子呢，他们那些玻璃眼球又会有什么用处呢；确实，没有任何用处；既然我们所有人都要失明，看来一定会这样，我们还要美观干什么呢，至于卫生，医生先生，请您告诉我，在这里还谈什么卫生呢；说不定只有在盲人的世界一切东西才显出其真正的样子，医生说；人呢，戴黑墨镜的姑娘问，人也一样吧，在这里谁也看不见他们；我有个主意，戴眼罩的老人说，我们来玩一个游戏消磨时间；看不见，怎么玩呢，第一个失明者的妻子问；不是什么真正的游戏，是我们每个人讲一讲自己失明的那一时刻正在看什么；可能不合适吧，一个人提醒说；谁不想参加就不要参加，但重要的是不能编造；您先做个示范吧，医生说；好吧，先生，我来做示范，戴黑眼罩的老人说，我失明的时候正在看我这只瞎眼；什么意思；非常简单，我觉得空空的眼眶里边有点发胀，就摘下眼罩看看是怎么回事，在这个时刻我失明了；像个寓言故事，一个陌生的声音说，眼睛看不见不在的眼睛；我呢，医生说，我当时正在家里查阅眼科论文，正是因为现在出现的这情况才查阅的，我最后看见的是放在书上的双手；我最后看见的景象不同，医生的妻子说，是救护车里面，当时我正扶我丈夫上车；我的情况已经向医生先生讲过了，第一个失明者说，我在一个信号灯前停下，当时正是红灯，行人们横穿马路，这时候我失明了，几天前死了的那个人把我送回家，当然我没有看见他的脸；至于我，第一个失明者的妻子说，我最后看到的东西是我的手绢，当时我正在家里哭，拿起手绢擦眼睛，这时候我失明了；我呢，诊所的女接待员说，我刚刚走进电梯，伸出手去按按钮，突然就看不见了，想想我多么着急吧，电梯的门关上了，我一个人在里面，不知道该上还是该下，又找不到开电梯门的按钮；我的情况，药店伙计说，我的情况比较简单，听说有些人失明了，我就想，要是我也失明了会是什么样子呢，于是我就合上眼睛试了试，等睁开眼睛的时候已经失明了。像另一个寓言故事，那个陌生的声音说，你想失明就失明；此后大家谁也没有说话。其他盲人已经回到各自的床上，这也不是小事一桩，因为虽然他们知道自己的号码，却需要从宿舍两头数起，从一往上数或者从二十往下数，才能到想去的床位。像连祷一样单调的数数声消失以后，戴墨镜的姑娘讲了她遇到的事情，我当时正在一家酒店的房间里，我身上有个男人，说到这里她停住嘴，不好意思说正在干什么，以及看到的一切都成了白的；但戴黑眼罩的老人问了一声，您看到的一切都成了白的吗；对，她回答说；也许您的失明症和我们的不一样，戴黑眼罩的老人说。现在只剩下酒店女佣了，当时我正在整理一张床，有个人刚刚在这张床上失明了，我把白床单撩起来，照常在床上铺开，把每个边掖好，就在我用双手慢慢把床单抚平的时候，我看不见了，是下面的床单，她最后说，好像这个细节有什么特别的意义似的。所有人都已经讲过还能看见的时候经历的最后一刻了吗，戴黑眼罩的老人问；要是没有人了，那我就讲讲，那个陌生的声音说；如果还有，之后再说，您讲吧；我最后看见的是一幅画；一幅画，戴黑眼罩的老人重复一句，当时您在什么地方呢；到博物馆去了，画上有农田，有乌鸦和柏树，还有一个太阳，这个太阳使人觉得它是由其他几个太阳拼凑成的；从各方面看是个荷兰人画的；我想是吧，还有一条狗，被埋进土里，已经埋了一半，可怜的狗；这只能出自一个西班牙人之手，在他之前谁也没有这样画过狗，在他之后也没有人敢画了；很可能是，还有一辆车，装着干草，由几匹马拉着，正穿过一条小溪；左边有座房子；对；那就是个英国人画的了；可能是吧，但我不大确定，因为有个女人，怀里抱着个孩子；抱着孩子的女人，这在画上出现得最多了；确实，我也注意到了；我弄不明白，一幅画上怎么能有这么多不同的内容，出自这么多不同的画家之手呢；还有几个人正在吃饭；艺术史上关于吃午饭野餐和夜宵的题材太多了，只凭这一点不能知道是什么人在吃饭；是十三个男人；啊，这就容易了，您接着说；还有一个赤身裸体的金发女人站在贝壳里在海上漂浮，她周围有许多鲜花；意大利人画的，没错；还有一场战斗；正如那些描绘吃饭和怀里抱着孩子的母亲的细节一样，这个情景不足以告诉我们作者是谁；有许多死人和负了伤的人；当然，所有儿童迟早都要死，士兵们也一样，还有一匹胆战心惊的马，马的两只眼睛都要从眼眶里跳出来了；大概是这样；马就是这样，您看的这幅画上还有什么吗；那我就不知道了，我正在看这匹马的时候失明了；胆战心惊让人失明，戴墨镜的姑娘说；这话说得对，在失明的那个时刻我们已经是盲人了，害怕让我们失明了，害怕让我们仍然失明；这是谁在说话呀，医生问；一个盲人，那个声音回答说，只是一个盲人，我们这里只有盲人；于是戴黑眼罩的老人问，需要多少盲人才能构成失明症呢。谁也回答不出这个问题。戴墨镜的姑娘要求打开收音机，也许正播报新闻呢。新闻是后来才播报的，他们先听了一会儿音乐。不知何时几个盲人来到这个宿舍门口，其中一个说，可惜没有带把吉他来。收音机播报的新闻并不让人振奋，盛传最近将成立一个民族团结救亡政府。

9

　　最初，这里的盲人数量还屈指可数的时候，只消说两三个字陌生人就能成为难友，再说三四个字就能相互原谅一切过失，即使是某些很严重的过失，如果还没有完全被原谅，只需耐心地等上几天。人们已经清楚地意识到，每当躯体急切地想在我们通常所说的需要方面得到满足，急切地想轻松一下的时候，那些可怜的人是多么焦急不堪，多么滑稽可笑。尽管我们知道在教养方面白璧无瑕者凤毛麟角，并且即使最谨慎的品德高尚者也有其弱点，但必须承认，最早被送来进行检疫隔离的盲人们能够以不同程度的良知和尊严承受住人类排泄方面的痛苦。但现在，所有的床位都已占满，二百四十人，还有些人睡在地上，不论有多么丰富而富于创造性的想象力，不论运用什么样的对照和比喻，都不能恰切地描绘出这里有多么肮脏。不仅厕所很快成了这种状况，成了臭气熏天的巢穴，大概地狱里被判罪的幽灵们的排泄地也不过如此，而且，由于一些人缺乏自尊自爱之心，一些人突然急不可耐，走廊和其他必经之地在很短的时间里都成了厕所，先是偶尔使用一下，后来形成了习惯。那些不拘小节或者急不可耐的人想，没关系，谁也看不见我，于是不再往远处走。当无论如何，不管在哪种意义上，也无法走到厕所所在的地方时，盲人们便开始在围栅旁边解决生理需要。那些因为天性或所受教育而温文尔雅的人则整整一天蜷缩着身子尽量忍耐，等到晚上再说，估计宿舍里睡觉人数最多的时候就是晚上，那时他们才用手按着肚子，两条腿紧紧地夹着往那边走，在被人们踩过一千遍的粪尿地毯上寻找一块三拃宽的干净地方，而且还要冒着在不知道有多长的围栅旁边迷失方向的危险，那里没有其他用来辨认方向的记号，只有几棵历经原来住在这里的疯子们丧心病狂的折磨之后幸存下来的光秃秃的树干，还有那些难以完全埋住死者的几乎平了的小土丘。每天傍晚，像调好的闹表一样准时，扩音器里的声音开始重复人们熟知的训令和禁令，一再告诫人们按规定使用卫生用品，提醒人们每个宿舍有一部电话，用于缺少这些用品时请求给予必要的供应，但那里真正需要的是用浇水管强大的水流冲走所有粪便，然后由一队管道工人修好供水装置，接着就是水，大量的水，把一切应当从下水道流走的东西冲进下水道里，再然后就是眼睛，请给我们一双普普通通的眼睛，一只能拉着我们走的手，一个能告诉我们往哪里走的声音。如果没有人帮助，这些盲人不久就会变成动物，更糟糕的是变成失明的动物。这不是那个陌生的声音说的，不是那个谈论世界各地名人画作的人说的，而是医生的妻子用别的词说的。夜已经深了，她躺在丈夫身边，用一条毯子蒙住两个人的头，一定要想办法改变这可怕的状况，我无法忍受下去了，不能继续假装看不见；考虑一下后果吧，那样的话，他们肯定会把你变成奴隶，变成唯命是从的人，必须听所有人使唤，什么都干，他们会让你给他们送吃的，给他们洗澡，帮他们躺下，扶他们起床，把他们带到这里那里，给他们擦鼻涕擦眼泪，你正睡觉的时候他们会喊你，你动作慢了他们还会骂你；你，你怎能让我继续看着这些惨状，眼前永远是这些惨状，而又不能动一个手指头去帮助他们呢；你做的事已经很多了；我做了什么呢，我整天最关心的是不被别人发现我看得见；有些人会因为你能看见而恨你，不要以为失明症使我们变得更好了；也没有使我们变坏；我们正在朝这个方向走，你只要看看分配食物时出现的情况就能明白；正因为如此，一个看得见的人可以主动为这里的所有人分食物，分得平均，这样就不会有人抗议，不会再有那些让我发疯的争吵，你不知道看两个盲人争斗是什么感受；争斗差不多从来都是失明的一种形式；这里的情况不同；你认为怎么好就怎么做，但不要忘记我们在这里是什么人，是盲人，普普通通的盲人，既不能高谈阔论也不能怜悯他人的盲人，盲人们相亲相爱的美好世界已经结束，现在是一个严酷无情的盲人王国；如果你能看见我不得不看的事，你也会想失明；我相信，但不需要，我已经失明了；请原谅，亲爱的，要是你知道；知道，我知道，我一生都在张望人们的眼睛深处，那也许是人体还有灵魂的唯一所在，可是如果连眼睛也失去了；明天我要告诉他们我看得见；但愿你以后不要后悔；明天就告诉他们，她停顿了一下，又说，如果我没有终于也进入那个世界。

她没有失明。早晨她照样很早就醒了，眼睛和从前一样看得清清楚楚。宿舍里的盲人们还在睡觉。她想了想应当怎样告诉他们，是不是把他们所有人召集在一起宣布这桩新鲜事，也许最好悄悄地做，不事张扬，例如，仿佛对此事不大在意似的说，你们想想，有谁想得到在这么多失明的人当中我一直看得见呢，或者换一种说法，也许这样更合适，佯装确实曾经失明，现在突然恢复了视力，这种方法甚至能给他们一线希望；既然她又看得见了，他们会交头接耳地说，也许我们同样也能再看得见；不过，也可能出现另一种情况，他们对她说，既然这样，您出去吧，走吧，在这种情况下她就回答说，我不能走，不能离开我丈夫，由于军队不准任何失明者离开隔离检疫地点，他们除让我留下来以外没有别的办法。几个失明者在床上动了动，像每天早晨一样，释放出整整一夜在肠胃里积累的气体，不过屋里的空气并没有因此变得更加令人作呕，它已经达到了饱和的程度。不仅从厕所飘来的阵阵臭气让人恶心，还有二百多个人身上散发出来的气味，他们浸泡在自己的汗液里，既不能也不知道该怎样洗澡，穿着一天比一天肮脏的衣服，睡觉的床上粘着粪便也算不上稀罕事。而且既然许多淋浴喷头已经堵塞或已从管道上松动，既然下水道溢出的脏水流出了浴室，浸泡着地板，渗入外边石板路的缝隙中，那么，被人们丢在一边的肥皂漂白剂和洗涤剂还有什么用处呢。我还想自找麻烦，这不是疯了吗，医生的妻子产生了怀疑，可以肯定，即使他们不要求我伺候他们，我自己也忍不住去洗，去擦，那么，我的力气能支撑多长时间呢，这可不是一个人能干得了的活。到了把语言化为行动的时候，原来那么坚定的勇气开始消退，面对刺激鼻孔和眼睛的恶劣现实，她开始崩溃。我是个胆小鬼，她气急败坏地嘟囔着，这样还不如失明呢，免得整天幻想当什么传教士。三个盲人起了床，其中一个是药店伙计，他们要到天井站好，准备取他们宿舍应得的食物。既然他们看不见，就不能说亲眼看着分，这个盒里多了一点，那个少了一点，恰恰相反，看到他们数错了不得不从头开始数，让人顿时觉得可怜，有的人生性多疑，想知道别人拿走的准确数目，这往往导致争吵，偶尔还推推搡搡，甚至打瞎眼女人的耳光，仿佛不得不这样。宿舍里的人全都醒了，准备接他们那份食物，他们根据经验建立了一个相当方便的分配方式，先把食物放到宿舍最里边，就是医生和医生的妻子还有戴墨镜的姑娘和喊妈妈的小男孩的床所在的地方，然后人们分组去取，每次两个人，从离门最近的床开始，右边一号和左边一号，右边二号和左边二号，这样按次序陆续去取，既不会惹起争吵又不会互相磕绊，当然，会耽搁一些时间，但是，等待换来的是安宁。最里边的，也就是那些离食物最近，伸手就能摸到的人，最后才能吃上，当然斜眼小男孩例外，他总是在戴墨镜的姑娘拿到她那份食物以前就把自己那一份吃完了，于是戴墨镜的姑娘那一份当中的一部分就落到了小男孩的胃里，天天如此。今天盲人们全都把头转向宿舍门那边，等着伙伴们回来的脚步声，这脚步声听上去犹豫不定，却清晰可辨，但人们突然听到了另一种声音，更像是有人轻轻跑过来，既然这些人看不见，怎么能有这等壮举呢。他们气喘吁吁地来到了门口，人们顾不上问别的事，你们怎么这样跑着回来了呢，外边出了什么事；三个人同时想进来报告出人意料的消息，他们不让我们拿食物，其中一个人说；另外两个人接着说，他们不让拿；谁不让，是士兵们吗，不知道是谁问了一声；不，是盲人们；什么盲人，我们这里都是盲人；我们不知道他们是谁，药店伙计说，但是我想是那些一起来的人，就是最后来的那批人；这是怎么回事呢，怎能不让你们取食物呢，医生问，以前从来没出过任何问题；他们说老规矩不算数了，从今天开始，谁想吃饭必须付钱；宿舍里发出一片抗议声，不能这样；抢我们的食物；一伙强盗；可耻，盲人欺侮盲人，我从来没想到这辈子会遇见这种事；向中士控告他们。有个人更坚决，建议大家一起去要回属于他们的食物。不容易，药店伙计说，他们人很多，我觉得是一大群，最可怕的是他们手里有武器；有武器，怎么会呢；至少他们拿着棍子，我这只胳膊挨了一下子，现在还疼呢，三个人当中的另一个说；我们去试试和平解决问题，医生说，我跟你们一起去和那帮人谈谈，这里边大概有什么误会；好吧，医生先生，我和你一起去，药店伙计说，但是，从他们的做法来看，我非常怀疑能否说服他们；无论如何我们必须去一趟，不能就这样算了；我和你一起去，医生的妻子说。这一小伙人走出了宿舍，那个说胳膊疼的人不在其中，他觉得自己已经尽了义务，留下来向其他人讲述刚才的冒险经历，食物离这里只有两步远，有一道人墙团团围住，他们手里拿着棍子，他说。

几个人紧紧相随，像个小分队，在其他宿舍的盲人当中冲开一条道路。到了天井，医生的妻子马上就明白了，不可能进行任何外交谈判，也许永远不可能。在天井中间，一伙盲人把食物团团围住，手中的棍棒和床上的铁条像刺刀或者长矛一样指向外面，正与四周焦急万分的盲人们对垒，那些人试图以笨拙的动作竭力潜入防卫圈之内，有些人指望在人墙上找到一处对方不小心留下的缺口，举起的胳膊挨了打，另一些人往里边爬，碰到敌人的腿上，不是背上被扎就是遭脚踢。人们常说瞎打，此时正是这样的场面。其中不乏有人愤怒地抗议，疯狂地吼叫，我们要属于我们的食物；我们要求吃饭的权利；一群恶棍；这算怎么回事呀，明目张胆地抢劫；

这不可能，一个人说，不知道是因为天真还是由于心不在焉，叫警察来，警察；也许他们中间有警察，人们知道，失明症不分行业和职业，不过，失明的警察是无法执行任务的，至于我们认识的那两个警察，他们都死了，掩埋他们还费了不少力气呢。一位失明的女人竟然荒唐地指望当局来恢复精神病院失去的安宁，主持正义，她尽其所能朝正门那边走去，向空中大声喊叫，来帮帮我们吧，他们想抢我们的食物。士兵们假装没有听见，中士从前来巡视的一位上尉那里得到的命令斩钉截铁明白无误，如果他们自相残杀，那更好不过了，留在这里的人会更少。失明的女人像原来住在这里的疯子一样扯着嗓子喊叫，几乎也疯了，纯粹是急疯的。她终于发现这样呼唤毫无用处，就停住嘴，抽泣着转身往里边走，不料弄不清到了什么地方，脑袋冷不防挨了一棍，倒在地上。医生的妻子想跑过去把她扶起来，但场面混乱不堪，根本迈不开步子。来要食物的盲人们已经开始仓皇撤退，他们完全迷失了方向，你踩了我，我绊了你，摔倒了，又爬起来，接着又摔倒，有的筋疲力尽，甚至不再挣扎，干脆可怜巴巴地趴在地上，疼得蜷缩着身子，脸贴着石板地面。医生的妻子吓得魂不附体，这时，她看见盲人匪徒中有个人从口袋里掏出一把手枪，猛地举到空中。子弹打在屋顶上，一大块灰泥掉下来，砸在毫无防备的人们的头上，更加剧了人们的恐慌。拿枪的盲人大声喊，都给我老实点，不许说话，如果有人胆敢大声说话，我就立刻朝他开枪，想倒霉就尽管来，以后不要埋怨。盲人们都一动不动。拿手枪的人接着说，照我说的办，没有商量的余地，告诉你们，从今天开始，食物由我们来管，谁也不要想出去取，我们要在门口安排人看守，任何违反命令的人必须承担后果，食物改为出售，想吃饭的人必须付钱。我们怎样付钱呢，医生的妻子问；我已经说过，不要任何人说话，拿手枪的人把武器在眼前晃了晃，吼道；总得有人说话，我们需要知道该怎样做，到什么地方去取食物，是我们大家一起去，还是一个一个地去；这个女人在耍花招，那伙人当中的一个说，干脆给她一枪，少一张吃饭的嘴，要是我看得见，子弹早打进她的肚子里去了。然后拿枪的人又对大家说，立刻回到你们的宿舍里去，马上就走，马上就走，等我们把食物拿到里边去以后再告诉你们怎样做；那么，怎样付钱呢，医生的妻子又说，一杯牛奶咖啡加一包饼干要多少钱；这个鬼女人想挨揍了吧，那个声音又说；让我来管她，另外那个人说，接着他改变了口气，每个宿舍任命两个负责人，负责收钱，收一切值钱的东西，不论什么，凡是值钱的都要收，钱，戒指，手镯，耳环，手表，你们有的都要收来，然后送到左边第三个宿舍，我们在那里住，如果你们想听朋友的劝告我就告诉你们，欺骗我们，连想都不要想，我们知道你们当中有人会把一部分值钱的东西藏起来，可是，我告诉你们，那是个最坏不过的主意，如果我们认为交来的东西不够，很简单，你们吃不上饭，那就去嚼你们的钱，啃你们的钻石吧。右侧第二个宿舍的一个盲人问，我们怎样付钱，是一次付清，还是每次根据吃多少现付呢；看来是我没有解释清楚，拿手枪的盲人笑着说，先支付，后吃饭，至于其他的，根据吃多少付，这要求非常复杂的会计手续，最好把一切全都送来，我们看它值多少食物，但是，我再告诉你们一次，不要企图藏任何东西，因为你们要为此付出高昂的代价，为了不让你们说我们不够诚实，你们要记住，你们交出一切以后，我们要检查一次，看看在你们那里是不是还有东西，哪怕是一枚硬币，现在所有人都给我离开，快走。他举起胳膊，又开了一枪，又掉下一块灰泥。你，拿手枪的人说，我忘不了你的声音；我也忘不了你这张脸，医生的妻子说。

似乎没有人注意到一个瞎眼女人话里的荒唐之处，她说不会忘记本应看不见的那张脸。盲人们尽可能快地离开这里去找各自宿舍的门，在很短的时间内第一个宿舍里的人已经开始向难友们讲述当时的情景。现在看来，我觉得我们没有别的办法，只能服从，最糟糕的是他们有武器；我们也可以武装起来，药店伙计说；不错，从树上折几根棍子，如果我们的胳膊够得着的高度还有一些树枝的话，还有，从床上卸下几根铁棍，虽然我们没有力气，举不动，而他们至少有一支枪；我不会把属于我的东西交给那些盲婊子养的，一个人说；我也不交，另一个附和；这件事，要么我们全都给，要么谁也不给，医生说；没有别的办法，医生的妻子说，另外，这里面的规矩必定会和外面强行让我们遵守的规矩一样，谁不愿意交就不要交，这是他的权利，但在这种情况下他就不能吃饭，绝不能靠别人给吃的；我们都交吧，把一切都交出去，医生说；要是有人没有任何东西可交呢，药店伙计问；这样的话，好，他就吃别人给的吧，有人说得好，各尽所能，各取所需；过了一会儿，戴黑眼罩的老人问，那么，我们指定谁当负责人呢；我选医生先生，戴墨镜的姑娘说。无须举行表决，全宿舍的人都同意了。必须有两个人，医生提醒说，还有人愿意当吗，他问；要是没有人报名，我来当，第一个失明者说；很好，那我们就开始收集吧，需要一个口袋，提包，小箱子，任何这类可以用的东西都行；我可以把里面的东西拿出来，医生的妻子说，之后马上就开始腾手提包，里边装着一些化妆品和其他小物件，当时把它们装进手提包的时候肯定想象不到会在现在这样的条件下生活。在来自另一个世界的瓶子盒子和软管当中有一把长长的剪刀，刀尖很锋利。她不记得曾经把它放进包里，不过它确实在。医生的妻子抬起头来。盲人们正在等着，丈夫走到第一个失明的人床边，正和他谈话，戴墨镜的姑娘对斜眼小男孩说食物很快就会来，她已经把地上一块带血迹的纱布推到床头柜后面，仿佛还有些许无用的羞涩，想让床头柜挡住人们失明的眼睛的目光。医生的妻子望着那把剪刀，想知道自己为什么这样望着它，这样，怎么样呢，就是这样望着，她想不出任何理由，真的想不出任何理由，为什么会望着摊开的手掌托着的这把普普通通的剪刀，两片镀镍刀片闪闪发光，刀尖很锋利。你把提包腾出来了吗，丈夫从那边问；已经收拾好了，她回答说，一面把拿着空提包的胳膊伸出去，一面用另一只胳膊把剪刀藏到背后；出了什么事吗，医生问；没有，妻子回答说，当然，她也可以回答说，没有你看得见的东西，大概你觉得我的口气不对，就是这样，什么事都没有。医生和第一个失明者来到这边，用犹豫的双手接过提包，接着说，你们把东西准备好，我们开始收了。医生的妻子摘下手表，又摘下丈夫的手表，取下耳环，还有镶红宝石的小戒指，脖子上的一条金项链，自己的结婚戒指和丈夫的结婚戒指没费什么劲就摘下来了，我们的手指都变细了，她想，一件件放进手提包里，还有从家里带来的钱，一些面值不等的钞票，一些硬币，都拿出来了，她说；你有把握吗，医生问，再好好找一找；值钱的东西只有这些。戴墨镜的姑娘已经把她的财产收集在一起，大同小异，多了一副手镯，少了一只结婚戒指。丈夫和第一个失明者转过身去，戴墨镜的姑娘伏下身子对斜眼小男孩说，当我是你妈妈吧，我为我们交出这些东西，这时医生的妻子后退几步，退到最里面的墙边，和别的墙上一样，那里钉着一排大钉子，大概是当年的疯子们挂他们的什么宝贝东西用的。她选了够得着的最高处的那个钉子，把剪刀挂在上面，然后回到床上坐下来。她丈夫和第一个失明者慢慢朝门所在的方向走去，不时停下来收取两边每个人交来的东西，他们当中有些人嘟嘟囔囔地抗议，说遭到无耻的抢劫，这倒是千真万确的实话，另一些人则显得无动于衷，仿佛认为，好好考虑一下，世界上没有任何绝对属于自己的东西，这同样也是句千真万确的实话。两个人到了宿舍门口，收集完毕，医生问，大家把所有东西都交了吗，有几个无可奈何的声音回答说都交了，也有人没有吱声，之后我们才能知道他是不是撒了谎。医生的妻子抬起头看了看挂剪子的地方。现在她感到奇怪，剪子竟在那么高的地方，挂在一个钉子或者说榫子上，好像不是她本人挂上去的，随后又暗自寻思，把剪子带来太好了，现在就可以给她的男人剪剪胡子，让他更像个人样，因为我们已经知道，在这种条件下生活是不可能正常刮脸的。她再朝门口望的时候，两个人已经消失在走廊的阴影之中，到那些人指定的左边第三个宿舍去交饭钱了。今天的饭钱，还有明天的，也许是一个星期的。以后呢，她无法回答这个问题，我们所有的一切都送去了。

与往日不同的是，今天走廊通畅，一般不会这样，走出宿舍的人总是绊在什么上面，撞到什么人或者栽倒，被撞的人张口就骂，说出的粗话不堪入耳，而撞人的人也以同样的口气回敬，但没有任何人把这放在心上，一个人总要有渠道发泄，尤其是盲人。两个人听到前面有脚步声和说话声，大概是另一个宿舍的使者去履行同样的义务。医生先生，我们怎么会落到这般地步呀，第一个失明者说，好像失明了还不够似的，又落入这伙盲窃贼的魔爪中，好像我命里注定这样，先是汽车被偷，现在这些人又抢我们的食物，并且他们还有手枪，区别就在这里，他们有武器；但子弹不会永远打不完；任何东西都不会永远用不完，但是，在现在的情况下，也许应当希望它打不完；为什么，如果子弹打空了，那是因为有人射击，而我们已经死了够多人了；我们所处的状况令人无法忍受；从来到这里就无法忍受，尽管如此，我们不是一直在忍受吗；医生先生是位乐观主义者；乐观主义者倒算不上，但任何比我们现在更糟的状况我觉得都不会有了；但是我怀疑恶人和恶行没有极限；也许您说得有理，医生说，随后像自言自语似的说道，这里必然要出事，这一结论包含着某种矛盾，要么是说状况比现在更糟，要么是从此之后一切都会好起来，尽管从现在来看后者不大可能。他们沿着走廊往前，在拐角处转弯，朝第三个宿舍走去。医生和第一个失明者都不曾来过这里，但建筑物的两翼理应严格对称，熟悉右侧的人不难在左侧辨别方向，反之亦然，只消在一侧应当向右转的时候在另一侧向左转就是了。他们听见有人说话，应该是走在前边的两个人。我们等一等，医生小声说；为什么；那里边的人一定想准确地知道这些人带来了什么东西，他们不在乎早晚，因为已经吃过饭，不着急，差不多快到吃午饭的时间了；即使他们看得见，也不会知道时间，已经连手表都没有了。一刻钟以后，也许多一分钟也许少一分钟，双方完成了交换。两个人从医生和第一个失明者身边走过去，从他们的谈话中可以知道他们拿着食物，小心，不要跌跤，其中一个人说；另一个人小声说，我不知道这点饭够不够所有人吃；那我们就勒紧裤腰带吧。医生用手摸着墙壁往前走，第一个失明者跟在后面，等摸到了门框，医生冲着里边说，我们是右边第一个宿舍的。他刚抬脚往里边走，腿就碰在一个障碍物上。医生发现是横着的一张床堵住了门，当作交易的柜台，他们是有组织的，医生想，不是临时想出的主意。他听见里面传来说话声和脚步声，他们究竟有多少人呢，妻子告诉过他说十来个人，但不能排除人数多得多的可能性，肯定到天井去抢食物的并不是所有人。有手枪的人是他们的首领，现在听到的就是他那粗俗下流的声音，喂，我们去看看右边第一个宿舍送来的财物吧，随后又压低声音对一个大概离他很近的人说，记下来。医生一下子蒙了，这是什么意思，他说记下来，所以这里有人能写字，所以这里有人没有失明，那就有两个人是这种情况了，我们必须小心，医生想，明天这个家伙可能在我们没有察觉的情况下站到我们跟前。第一个失明者与医生的想法差不多，他们有手枪，还有个间谍，那我们完蛋了，永远抬不起头来了。里边那个盲人，就是强盗头目，已经把手提包打开，正熟练地往外拿东西，一边拿一边摸，凭触觉是能分辨出哪些是金子，哪些不是，也是能分辨出钞票和硬币的面值的，只要有经验就不难做到。几分钟后医生开始听见一种打小孔的声音，非常清晰，立即认定旁边有人在用盲文写字，也就是布莱叶盲文点写法，他甚至听到了盲字笔穿透厚纸，扎在下面那层盲文板上沉闷而清晰的声音。所以，这群盲人罪犯中有一名从前就是被称为盲人的那种正常盲人，他显然和其他盲人一起被捉来了，当时那些猎手不会调查一番，您是新式盲人还是旧式盲人，告诉我们您是怎样失明的。这帮人有运气，除了让他当记账员，还可以用作向导，受过训练的盲人大不相同，比黄金还珍贵。交纳财物清单还在写，拿手枪的盲人偶尔征求一下会计的意见，这东西怎么样，会计就停止记录提出看法，如果他说，便宜货，拿手枪的盲人就评论说，很多这样的东西，不让他们吃饭。如果他说，这东西好，拿手枪的盲人就评论说，没有比跟诚实的人打交道更快活的事了。最后，三盒食物放在了床上。拿走吧，拿手枪的人说。医生数了数，三盒不够，他说，当初只有我们几个人的时候还有四盒呢，就在这一刹那间，他感到冰冷的手枪枪管顶在脖子上，对一个盲人来说这是个不错的瞄准方法，你表示一次不满，我就让他们收回一盒，现在，拿上东西赶紧走开，感谢上帝吧，你还有饭吃。医生低声说，好吧，说着抓起了两盒，第一个失明者拿起了另一盒。现在，为了不滑倒，他们走得更慢，沿原路返回宿舍。到了天井，好像四周没有人，医生说，我再也不会有这样的机会了；您说什么，第一个失明者问；他把手枪放在了我的脖子上，我本可以从他手里夺下来；太危险了；不像您想的那样危险，我知道手枪在哪里，而他不知道我的手在哪里；即便这样也还是太危险了；我敢肯定，在那一刻，两个盲人中瞎的是他，可惜我没有想到，也许想到了但没有胆量；然后呢，第一个失明者问；然后，什么然后；假如我们真能把他的手枪夺过来，我也不相信我们能用上它；如果我有把握解决现在的状况，我就能用；可是，您没有把握呀；没有，确实没有；那么，武器还是留在他们那边好，至少暂时他们还不会用武器进攻我们；用武器威胁就是进攻；如果当时您夺了他的手枪，那么现在真正的战争已经开始了，更可能的是我们无法离开那里，连出都出不来；说得有理，医生说，我以为我考虑到了全部后果；医生先生一定还记得刚才对我说过的话；我说什么

126

了；您说必然要出事；事已经出了，但我没有利用好机会；不是这件事，是别的事。

他们走进宿舍，把那点儿食物放在桌子上的时候，有人说这是他们两个人的过错，没有提出抗议，没有要求多一些，他们本来是为了这个才被任命为集体代表的。这时医生解释了事情的经过，说到了盲人会计，说到了拿手枪的盲人的蛮横态度，也说到了手枪。不满的人们压低了声音，最后都表示同意，对，先生，把维护本宿舍利益的任务交给你们，完全正确。食物终于分配完毕，有人还劝那些急躁的人说，少总比没有强，并且，根据现在的时间，大概不一会儿就该吃午饭了。最糟糕的是如果我们像人们说的那匹马一样，死的时候已经不习惯吃草料了，有个人说。其他人凄惨地笑了笑，其中一个说，如果那匹马死的时候不知道即将死去，这倒也不错。

10

　　戴黑眼罩的老人知道，他的便携式收音机因为结构的易碎性和人所共知的使用时间不会长，而被排除在用于交换食物的物品清单之外，因为它是否能收音取决于两点，一是里边是否有电池，二是电池能用多久。从小匣子里发出的嘶哑声音来看，显然不能有过多的指望。于是戴黑眼罩的老人决定不再和大家一起听，他这样做还有一个原因，就是左侧第三个宿舍的盲人们可能会到这里来，提出不同看法，倒不是因为小收音机脆弱的物质价值，这一点前面已经说过，而是因为它眼前的实用价值，无疑其实用价值极高，更不用说在至少有一把手枪的地方也应该有电池这样合情合理的可能性了。因此，戴黑眼罩的老人说，以后改为他在毯子下面听新闻，把脑袋捂得严严实实，如果听到什么有趣的消息，他会立刻告诉大家。戴墨镜的姑娘还请求说让她偶尔听一点儿音乐，只是为了不丧失记忆力，她据理力争，但老人坚决不肯让步，说重要的是要知道外边正在发生的事情，谁想听音乐就在自己脑袋里听吧，记忆总得为我们做点好事。戴黑眼罩的老人说得对，收音机里的音乐已经刺耳，只能给人留下刺耳的记忆，于是他把音量尽可能调到最小，等着新闻出现。每当新闻出现时他就把音量调得稍大一点儿，侧耳细听，唯恐漏掉一个音节。然后，他把听到的新闻综合起来，用自己的话告诉离得最近的人。这样，新闻从一张床传到另一张床，从一个收听者传到下一个收听者，在宿舍里转了一圈，早已传得走了样，每个播送者的乐观或悲观程度都降低或者夸大了新闻的重要性。终于，到了声音停下来，戴黑眼罩的老人觉得到了无话可说的时刻。这倒不是由于收音机出了故障或者电池已经用完，他的生活和别人的生活经验清楚地表明，没有人能控制住时间，这台小小的机器似乎很快就要走到尽头了，总得有人在那之前先沉默下来。在盲人匪徒们的铁蹄下生活的第一天里，戴黑眼罩的老人一直在听新闻，传新闻，只是自作主张地对官方的乐观主义预言中明显的失实之处打了折扣。现在，夜已经深了，他的脑袋终于钻出毯子，侧耳倾听由于供电不足显得沙哑的播音员的声音，突然，他听见播音员大喊一声，我失明了，接着是什么东西使劲碰在麦克风上的响声，随后一阵仓促的嘈杂声和呼喊声，最后忽然沉寂下来。小收音机能收到的唯一一家电台也沉默了。在很长时间里，戴黑眼罩的老人还一直把耳朵贴在已失去生气的小匣子上，指望声音重新出现，继续播报新闻。然而，不难预料，他知道声音不会再回来了。白色眼疾不仅让播音员失明了，它还像一根导火索，在广播电台快速蔓延，所有的人无不失明。这时，老人让小收音机掉到了地上。如果盲人匪徒们来搜寻没上交的物品，一定会觉得这证实了他们当初的话说得对，他们为什么不主动把便携式收音机纳入贵重物品的清单之内呢。戴黑眼罩的老人把毯子拉到头上，尽情地痛哭了一场。

　　在屋顶几盏灯发出的肮脏而又微弱的黄光下面，整个宿舍逐渐沉沉入睡，一日二餐，使一个个躯体得到恢复，在此之前这种事着实鲜见。照此下去，我们会再次得出结论，即便在最坏的不幸之中，也能找到足够的善让人耐心地承受此种不幸。如果运用于现在的状况，这句话的意思是说，不论某些理想主义者如何抱怨，说他们宁愿以自己的方式继续为生活而斗争，即便为这一固执的态度忍受饥饿也在所不辞，但把食物集中于一处来定量分配的这种做法与人们最初惴惴不安的预料相反，终究有其积极的一面。各宿舍大部分盲人不再为明天怎样过而操心，忘记了预先付钱的人总是得到最坏的服务这句口头禅，无忧无虑地睡着了。另一些人看到为所受的屈辱争取体面结局的努力无济于事，已经心力交瘁，也一个又一个地睡着了，梦想着比现在更好的日子，梦想着如果不能吃得更饱至少也会比现在更自由的日子。在右侧第一个宿舍里，只有医生的妻子没有睡着。她躺在床上，思考着丈夫说过的话，丈夫曾以为那些盲人恶棍中有个人看得见，他们可能利用此人作为间谍。奇怪的是后来人们再也没有提到这件事，仿佛医生已经习以为常，没有想到他的妻子本人仍然看得见。她只是想到了，但没有吱声，不想说出那句显而易见的话，这种事，他做不到，我却能做。什么事，医生会装作听不懂的样子问。现在，医生的妻子盯着挂在墙上的剪刀，自己问自己，看得见有什么用呢。的确，看得见，看得见只是让她亲历了从来想象不到的可怕场面，只让她希望失明，仅此而已。她从床上坐起来，动作非常小心。她的前面睡着戴墨镜的姑娘和斜眼小男孩。她发现那两张床靠得很近，姑娘把自己的床往那边推了推，肯定是为了离小男孩更近一点，说不定他想念失去的母亲时需要她安慰几句，需要她为他擦擦眼泪。我怎么就没有想到这一点呢，她想，可以把两张床凑到一起，我们紧挨着睡觉，就不用再常常担心他掉到床下。她看了看丈夫，因为筋疲力尽，丈夫沉沉地睡着。她没有告诉丈夫把剪刀带来了，这几天里给他把胡子修剪一下，这种活儿甚至盲人也能做，只要不让剪刀的刃离皮肤过近就行。她为没有把剪刀的事告诉丈夫找了个很好的理由，以后所有的男人都会来找我，那我每天除了修剪胡子就什么事也不能干了。她把身体转向外面，双脚踩在地上，找到鞋子，正要穿的时候却又停下来，死死盯着鞋望了一会儿，然后摇了摇头，又把它们放了回去，没有发出一点儿响动。她来到两排床中间的夹道，朝宿舍门口走去。赤脚感到地上黏糊糊的脏东西，但她知道，外面，走廊里，还要肮脏得多。她一面走一面往两边望，看是否有某个盲人醒着，就算其中有一个或者更多的人睡不着，甚至全宿舍的人都睡不着，那也没有什么关系，只要不发出响动，即便发出响动，我们也知道身体的需要会迫使人做出什么事来，而且不会选择时间，不过她不希望丈夫此时醒来，觉察到她的离开并来得及问她，你要到哪里去，这大概是男人们向其妻子问得最多的问题之一，另一个是，你到哪里去了。一个瞎眼女人坐在床上，背靠着矮矮的床头，空空的目光死死盯着前面的墙壁，却又什么也看不到。医生的妻子停了一会儿，仿佛担心碰到在空中飘浮着的无形的线，好像稍稍一触就能把那条线碰断，永远碰断。瞎眼女人抬起一只胳膊，大概发现空气有轻微的颤动，随后又心不在焉地把胳膊放下来，旁边睡觉的人们的鼾声吵得她难以入睡。医生的妻子接着往前走，离门口越近走得越快。去天井之前，她朝走廊那边看了看，沿走廊可以去到这一侧的其他宿舍，再往前是厕所，最后面是厨房和食堂。有些盲人躺在墙边，他们在来的时候没有抢到床位，要么因为在那场争斗中被丢在后面，要么由于没有力气去争夺床位或者争夺失败。离她十米远的地方，一个瞎眼男人正趴在一个瞎眼女人身上，女人用两条腿把男人紧紧钩住，两个人的动作都尽量放轻，在公共场合他们属于谨慎小心的人，但是，无须有很灵敏的听觉就能知道他们在忙着干什么，其中一人忍不住发出哎呀声呻吟声或吐出一些不连贯的词语，这声音是那一切即将结束的迹象。医生的妻子站在那里，望着他们，倒不是由于羡慕，她的丈夫在，能满足她的需要，而是因为心中有一种异样的感受，一种无以名状的感受，也许是同情，仿佛正想告诉他们，不要理会我在这里，我也知道这是怎么回事，继续做你们的吧。也许是怜悯，即使你们这最快活的时刻能持续一辈子，你们两个也永远成不了一个人。现在，瞎眼的男人和女人正在休息，虽然已经分开，但仍然紧紧挨在一起，手拉着手，他们是一对尚未结婚的夫妻吗，也许是一对恋人，一起去看电影，在电影院里一起失明了，也许一个奇迹般的偶然事件把他们俩联结在一起，要是这样的话，他们又是怎样互相认出来的呢，啊，通过声音，当然是通过声音，不仅亲人们无须眼睛只凭声音就能相认，还有爱情，尽管人们常说爱情盲目，也会说话。不过，最为可能的是两个人同时被抓，如果是这种情况，那两双手不是现在，而是从一开始就是这样紧紧握在一起的。

医生的妻子叹了口气，抬起手擦了擦眼睛，因为眼前一片模糊，但她没有吃惊，知道是由于眼中的泪水。她接着往前走，来到天井，靠近通往外边围栅的门口，朝外望了望。大门后面有一盏灯，映出一个士兵的身影。马路对面，一座座建筑物全都一片漆黑。她走到台阶前的平台上，没有危险。即使士兵发现了人影，也只有在她下了台阶，靠近那另一条无形的线时才会开枪，而且事前还要警告一次，对士兵来说，那条无形的线就是他的安全边界。医生的妻子早已习惯了宿舍里持续不断的嘈杂声，因而对现在的寂静感到奇怪，这寂静似乎占据了这虚无的空间，仿佛整个人类已经消失殆尽，只剩下一盏亮着的灯和看守着这盏灯，看守着她和其他眼睛看不见的男男女女的一名士兵。她坐在地上，背靠着门框，姿势和她在宿舍里看到的那个瞎眼女人一模一样，眼睛也望着前方。夜晚天气寒冷，风沿着大楼正面吹来，这个世界上似乎不可能还有风，不可能还有漆黑的夜晚，这句话她不是为自己说的，而是想到了盲人们，对他们来说永远是白天。灯光下又出现了一个人影，大概是士兵来换岗，没有新情况，后半夜要回帐篷里睡觉的士兵会这样说，他们想象不到这扇门后面发生了什么事，可能枪声没有传到外边，一把普通手枪发不出多大声响。一把剪刀更发不出什么响动，医生的妻子想。她没有问自己，其实问也徒劳无益，这个想法是从哪里冒出来的呢，只是奇怪它来得非常缓慢，好像第一个字就出来得晚了，后面的字更加磨磨蹭蹭，最后她才发现这个想法早已在那里，在一个什么地方，只差用语言表现出来，如同一个躯体在床上寻找早已为它准备好的被窝，只是为了在里边躺下睡觉一样。士兵走到大门口，尽管逆光，可也不难发现他在朝这边观望，大概察觉到有一个一动不动的人影，灯光太弱，他看不出是不是只有一个女人坐在地上，双臂抱着双腿，下巴贴在膝盖上。这时士兵用手电筒朝这边照了照，现在毫无疑问，是一个女人，她正在站起来，动作慢得就像她刚才的那个想法一样，但士兵不可能知道她的想法，只知道那个人动作慢得好像永远也站不起来，他心里害怕，一时间曾问自己是不是应当拉响警报，过了一会儿又决定不拉，只不过一个女人，离得又远，无论如何，应当有所防备，先瞄准她，要瞄准必须先放下手电筒，就是这个动作让手电的光线正好照在他的眼睛上，好像把他的视网膜灼伤了，他突然感到一阵晕眩。等到恢复了视力的时候，那个女人已经消失了，现在这个哨兵不能向来换岗的人说没有新情况了。

　　医生的妻子已经来到左侧的走廊里。这里也有盲人睡在地上，而且比右侧人还多。她慢慢朝前走，不发出一点儿响动，赤脚站在黏糊糊的地上。看看前两个宿舍里面，看到的和预想的一样，一个个人影躺在毯子下面，也有一个盲人睡不着，气急败坏地说着他睡不着，还能听到几乎所有人都在发出断断续续的鼾声。至于这一切散发出的气味，她并不感到奇怪，整栋大楼里没有别的气味，全是人们的身体和身上穿的衣服的气味。拐过一个弯，到了通向第三个宿舍的那段走廊里，她停了下来。门口站着一个人，也是一个盲人哨兵。他手里拿根棍子晃来晃去，动作缓慢，像是要拦截某个企图靠近的人。这里没有盲人睡在地上，所以通行无阻。门口的盲人哨兵继续单调地摇晃着棍子，似乎不知劳累，其实不然，几分钟以后他把棍子换到另一只手里，重新开始摇晃。医生的妻子沿着另一侧的墙壁往前走，小心地不碰到它。棍子画出的弧形到不了宽阔的走廊中央，谁看见了都会想说，这个盲人哨兵拿着一条没有子弹的枪在站岗。现在，医生的妻子正好站在盲人哨兵的前面，可以看到他身后的宿舍。里边的床上并不是全都有人。他们有多少人呢，她想，又往前走了一点儿，几乎到了棍子晃动的边界，停在那里，盲人哨兵转过脸，对着她所在的方向，仿佛发现了什么异常，一声叹息或空气的颤动。这个人身材很高，双手很大。他先是用手拿着棍子往前伸了伸，飞快地扫了一下前面的空间，接着又跨了一小步，在这一秒钟的时间里医生的妻子担心盲人哨兵已经看见了她，只是在寻找进攻的最好位置，那双眼睛没有失明，她惊恐不安地想。但它们是瞎的，当然是瞎的，和生活在这些屋顶之下这些墙壁之内的所有人同样瞎，所有人都一样，都是盲人，只有她例外。那个人压低声音，像窃窃私语似的问，谁在那里，而没有像真正的哨兵那样大喊一声，过来的是什么人，遇到这种情况，正确的回答是，好人，然后他回答，请便吧，但这样的对话没有出现，他摇摇头，像是在回答自己刚才的问话，胡言乱语，这里不可能有任何人，这时候全都睡了。他用另一只手摸索着退到门边，因为自己说的这句话而放下心来，两只胳膊垂了下去。他困了，等伙伴来换岗等了好长时间，但他必须等到那个人听见内心响起责任感的声音，自己醒来，因为这里没有闹钟，即使有也没法用。医生的妻子小心翼翼地靠近另一边门框，朝里边望去。这个宿舍没有住满。她飞快地数了数，觉得屋内大概有十九个或者二十个人。在宿舍最里面，她看见一些饭盒摞在一起，空着的几张床上还放着一些，这在意料之中，他们不会把收到的所有食物都分配出去，她想。盲人哨兵好像又一次显出不安的样子，但没有做出任何要调查一下的动作。时间一分钟又一分钟地过去了。宿舍里面传来一声咳嗽，吸烟者那种剧烈的咳嗽。盲人哨兵急切地转过头去，终于可以去睡觉了。但躺在床上的盲人没有一个起来的。盲人哨兵坐到挡住门的那张床的床边上，动作缓慢，仿佛怕别人当场抓住他擅离职守，或者彻底违反哨兵必须遵守的所有规矩，开始他还点着头打了一会儿瞌睡，但很快就身不由己地坠入睡河，在沉入河底的时候他一定想过，没关系，谁也看不见。医生的妻子把里边睡觉的人又数了一遍，连盲人哨兵计算在内一共二十个，至少能带回去一个准确情报，这次夜间出动没有白费，不过，我仅仅是为了这个来这里的吗，她问自己，但又不想找到答案。盲人哨兵将头靠在门框上，睡得正香，棍子滑到地上，也没有发出声响，这是个被解除武装没有进攻能力的盲人。医生的妻子故意把眼前这个人想成偷食物的贼，想成抢劫理应属于别人的东西的贼，想成从儿童嘴里夺取食物的贼，尽管如此，她仍然不能对他感到蔑视，更没有一点儿恼怒，而只是对这个睡成一摊烂泥的躯体产生了一种奇怪的怜悯，他的脑袋向后仰着，青筋暴突的脖子伸得老长。从走出宿舍以来她头一次打了个寒战，仿佛石板地把她的脚冻得结了冰，仿佛她的双脚在燃烧，但愿这不是在发烧，她想。不是发烧，只是太疲倦了，想把身子蜷缩起来，眼睛，啊，尤其是这双眼睛，望着身体里面，更里面，更里面，直到大脑最深处，在那里，看得见和看不见两者之间的区别是肉眼难以区分的。慢慢地，再慢一些，她拖着身体往回走，到她所属的地方去，到像梦游者一样的盲人那边去，对他们来说她也是个梦游者，无须再装作盲人。两个热恋的盲人已经不再手拉着手，都侧着身子蜷缩着睡着了，为的是保存热气，女人缩在男人的身体形成的凹陷处，仔细一看，原来他们还在手拉着手，男人的胳膊搂着女人的身体，手指和手指交叉在一起。宿舍里面，那个睡不着的女人依然坐在床上，等待身体的疲劳最终战胜头脑的顽强抵抗。其他人似乎都睡着了，有的蒙着头，仿佛在寻找不可能有的黑暗。戴墨镜的姑娘的床头柜上摆着那小瓶眼药水。眼病已经治好了，但她不知道。

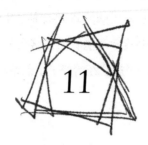

11

如果为歹徒们记录非法所得账目的那个盲人幡然悔悟，决定带着他的盲文板，厚纸和盲字笔弃暗投明，来到这一边，那么可以肯定，他现在应该正在撰写一篇既富于教益又生动感人的编年史，描写遭受掠夺的新伙伴们如何过着半饥半饱的日子，忍受着其他种种痛苦。文章一开始就会说，在他离开的那一边，那些掠夺者不仅把正直的盲人赶出宿舍，自己占据整个空间，为所欲为，还禁止左侧另外两个宿舍的人使用所谓的卫生设施。写到这里他会评论说，这种无耻的专横行径导致的直接后果就是急不可耐的人们全都拥到右边的厕所，任何没有忘记这里早先状况的人们都不难想象其后果。他会告诉人们，只要在围栅里边走上几步就会绊倒在盲人身上，他们有些在腹泻，有些则里急后重，蜷缩着身子，觉得能痛痛快快排泄出来，结果却白费力气。如果善于观察，他不会不刻意记录下人们吃得少而排得多这一明显的矛盾，它也许能表明人们常常提及的著名的因果关系至少从数量上来看并不总是可信的。他还会说，这时候歹徒们的宿舍里大概塞满了饭盒，而在这里，倒霉的人们马上就要堕落到不得不去肮脏的地上捡面包渣。盲人会计也不会忘记自己要以这一事件的参与者和记录者的双重身份谴责盲人压迫者们的罪恶行为，他们宁肯让食物烂掉也不送给非常需要的人。或许某些食物能存放几个星期不变质，而另一些，尤其是熟食，不马上吃掉，就会酸腐或者发霉，人不宜再食用，如果这些人还算人的话。这时，我们的盲人编年史作者会改变内容，但不会改变主题，极为伤心地写道，这里不仅有因为营养不良或消化功能紊乱造成的肠胃系统疾病，除了失明，来到这里的人并不是个个都身体健康，有些人看上去还好，但现在和另一些人一样，患上了不知道如何传进来的重感冒，躺在床上起不来了。五个宿舍里已经没有一片阿司匹林给他们退烧或者减轻头痛，从女士们手提包的里袋找出来的几片在很短时间里就吃完了。慎重起见，我们这位盲人编年史作者对于近三百人当中许多人在如此惨无人道的隔离检疫中忍受的其他病痛不再分别记述，但他不能不提其中有两位癌症晚期患者，当局在追捕盲人过程中不考虑什么人道主义，把他们带到这里，甚至说法律从诞生那一天起就对所有人同等对待，而民主与特权水火不容。不幸的是，在这么多人当中只有一位医生，仅此一位，而且还是我们最不需要的眼科医生。这时，盲人会计已经被这人间惨状和痛苦折磨得心力交瘁，把盲字笔扔在桌子上，伸出颤抖的手去摸他在履行记录这世界末日的编年史作者的义务时放在旁边的那片硬邦邦的面包，没想到面包没有了，原来已被另一个盲人偷走，可见那位盲人在饥饿之中嗅觉多么灵敏。于是，盲人编年史作者背弃了使他来到这边的义举，背弃了无私无畏的冲动，决定返回左侧第三个宿舍，如果还来得及，在那里，虽然他对歹徒们的胡作非为义愤填膺，但起码不至于挨饿。确实如此。每当负责去取食物的人带着很少的东西回到各宿舍的时候，宿舍里总是爆发出一片愤怒的抗议声。常常有人建议组织起来，举行大规模的集体示威，提出的理由确凿有据，说人多势众，并且以颇为辩证的口气断言，只要有决心就能做到，一般来说，只要众人同心协力就无所不能，在某些情况下力量会成倍增长，直至无穷大。但是，只要有较为审慎的人客观地衡量一下此建议的利弊，提醒那些热心人注意手枪往往会产生致命的后果，人们的情绪很快就又冷静下来。走在队伍前面的知道那边有什么在等待他们，审慎的人会说，至于后面的人，非常可能的情况是听到第一声枪响就吓得屁滚尿流，那么我们相互踩压致死的人会比被打死的人还多。其中一个宿舍做出了一个折中的决定，并告诉了其他宿舍，他们仍然派人去取食物，但不是原来那几个曾遭到对方训斥的人，还由那些人去显然不合适，而是一伙新人，并且人数更多，如十个或者十二个，代表所有人齐声向对方表示不满。于是征求志愿者的工作开始了，但是，或许由于谨慎小心的人们发出的警告起了作用，哪个宿舍报名执行这项任务的人数都不够。感谢上帝，在得知做出上述决议的那个宿舍派出的征讨队有何下场之后，人们觉得当初表现出的意志薄弱简直算不了什么，甚至无须为之脸红，显然谨慎从事才是合理的对策。敢于前去的八条好汉遭到一阵棍棒的迎头痛击，失魂落魄地逃了回来。不错，确实只开了一枪，但这一次子弹不是像前几次那样朝高处打的，去提要求的人们都能做证，他们赌咒发誓地说，分明听见子弹贴着脑袋嗖的一声飞过。至于当时开枪者是否真的要杀人，我们以后也许能明白，眼下暂且对此表示怀疑吧，也就是说，要么这一枪只不过是警告，虽然确实是严重警告，或许歹徒首领对示威者们的身高估计错误，把他们想象得矮了一些，而第二种猜测更令人不安，就是错在把示威者们的身高想象得比实际高，如果是这种情况，那么对他杀人的意图就不能不加以考虑了。现在，暂且把这些鸡毛蒜皮的小问题放在一边，关注一下整体利益，这才是最重要的。纯属偶然，但确实幸运的是，示威者们自报家门，说出了他们是某个宿舍的代表。这样，只有那个宿舍受到三天没有饭吃的惩罚，不过，他们运气不错，不是永远断绝供应，毕竟，谁敢咬给他东西吃的人的手，永远不能得到食物也是天经地义。胆敢造反的宿舍的盲人们没有别的办法，在三天时间里只得沿屋乞讨，说可怜可怜他们，给块面包皮，如果可能，给一点儿佐餐的肉或奶酪。不错，他们都没有饿死，但不得不听尽风凉话和讽刺挖苦，你们既然想出了这种主意，就只能靠喝西北风活着；要是我们当初听了你们的鬼话，现在会是个什么下场；不过，最难听的话是，你们忍着吧，忍着吧，这比咒骂更刺耳，还不如被羞辱呢。三天的惩罚期终于过去了，人们以为会开始新的一天，不料，对四十名造反盲人所住宿舍的惩治并未结束，因为先前勉强够二十个人吃的食物现在更少了，不足以让十个人果腹。可以想象，他们多么气愤，多么恼怒。不过痛心归痛心，事实总是事实，看到饥饿难忍的人们要来抢夺食物，其他几个宿舍害怕了，不知如何是好，一方面是应当履行人类休戚与共的古老义务，另一方面是遵守同样古已有之的法则，即仁爱始于家。

就在这个时候，歹徒们传下命令，再次让他们交钱和贵重物品，认为向他们提供的食物的价值已经超过了第一次付的财物，而且歹徒们说，对交上的物品估价已十分慷慨，高于实际价值。各宿舍都焦急地回答说，他们口袋里一分钱也没有了，收集起来的东西全都立即交上去了，以及，这个理由确实让人羞于启齿，他们说刻意无视各宿舍缴纳的价值不同，一概而论做出决定是不公正的，用简单的话说就是，无罪之人不应当替有罪的人获咎，因此不应当切断那些尚有余额的人的食物供应。显然，任何一个宿舍都不知道别的宿舍交了多少，但每个宿舍都认为自己有理由继续得到食物，而别的宿舍预付的钱财已经用完。值得庆幸的是，潜在的冲突胎死腹中，歹徒们断然决定所有的人都必须服从命令，如果在估价方面有什么差别，那也是盲人记账员的秘密。各宿舍发生了激烈的争吵，有的甚至动了手。一些人怀疑有些自私自利居心不良的家伙在收集钱财时私藏了一部分，靠那些为了群体的利益而交出一切的人供养。另一些人则援引之前集体提出的理由为自己争辩，说已经交出去的钱财还够自己吃许多天，如果不是被迫用来供养寄生虫的话。盲人歹徒们一开始就曾发出威胁，要来搜查各个宿舍，惩办违规者，结果是各个宿舍内部先实施了这一行动，好盲人对付坏盲人，还有心地歹毒的盲人。没有搜出什么值钱的东西，只发现了几块手表和几个戒指，从男人身上搜出的东西比从女人身上搜出的还多。至于宿舍内部进行的惩办，只不过是推搡一下，有气无力地打一耳光还没有打中，最多的是咒骂，有的属于自古以来用来斥责他人的句子，例如，竟然偷到你亲娘头上来了，想想看，仿佛这种或者更为严重的无耻行径只有到所有人都瞎了的时候才干得出来，瞎了眼睛，也就失去了自尊。盲人歹徒们接收交去的钱财时威胁说，要对他们采取严厉的报复措施，可喜的是他们并没有报复，人们以为他们忘记了，实际上歹徒们头脑中另有打算，我们马上就会知道。如果他们把威胁变为行动，必将出现更多的不公正行为，形势更加恶化，也许会立即造成戏剧性后果，因为有两个宿舍为了掩盖私藏财物的罪行，竟然冒用其他宿舍的名义，向无辜的宿舍栽赃，其中一个宿舍非常诚实，第一天就把一切全都交出去了。幸好盲人会计为了省事决定把新交上来的财物通通另记在一张纸上，结果使无辜者和有罪的人全都受益，假如分别记在各宿舍的账上，那么盲人会计肯定会发现账目中的异常现象。

一个星期以后，盲人歹徒们传来口信，说他们要女人。话说得就这样简单，给我们送女人来。口气不算蛮横，但这个完全出乎意料的要求引起的愤怒不难想象，捎口信的人吓得昏头昏脑，立刻回去报告，说所有的宿舍，即右侧的三个和左侧的两个，包括睡在地上的男女盲人，一致决定不遵从这卑鄙无耻的命令，他们说，不能让人类的尊严堕落到这般地步，当然这里指的是女人的尊严，还说，左侧第三个宿舍里没有女人，如果要什么人对此负责的话，也不能把责任推到他们头上。回答简短而干脆，要是不给我们送女人来，你们就休想吃饭。捎口信的人垂头丧气地返回各宿舍，要么送女人，要么不给我们饭吃。单身女人们，即没有男伴或者没有固定男伴的女人们，立即表示抗议，说她们不准备用她们两腿间的那东西为有其他女人的男人付饭钱。但其中一个忘记了女性应有的自尊，竟然大言不惭地说，我倒愿意到那里去，不过，挣来的是我自己的，如果我高兴就留在那里和他们一起生活，一定既有床睡也有饭吃，不过她马上又想到其中的不利之处，这样她就必须独自忍受二十个男人疯狂的性欲，而他们个个都已经急不可耐，像二十头肆无忌惮的发情公牛。但是，右侧第二个宿舍这个女人此番轻浮的话没有白说，一个捎口信的人特别善于利用时机，抓住话头提出建议，请女人们报名以志愿者的身份去干这件差事，一般来说同一件事主动干比被迫干要容易。只是在最后一刻他想到要小心从事，谨慎为佳，才引用一句人们熟悉的谚语结束他发出的号召，喜欢跑的人不觉累。但即使如此，他话还没有说完就爆发出一片抗议声，女人们愤怒的呼声四起，无情地把男人们骂了个狗血喷头，根据她们各自的文化水平成长环境和个人特点把男人们称为下流胚，拉皮条的人，不劳而获者，吸血鬼，剥削者。其中几个女人宣布她们后悔当初出于慷慨和同情答应了男难友们的性要求，想不到他们现在竟这样来感谢她们，想把她们往火坑里推。男人们千方百计为自己辩解，说并不完全是那么回事，你们用不着大呼小叫，活见鬼，平心静气地谈一谈就能互相理解，只不过是在遇到困难和危险的情况时常常有征求志愿者的习惯，我们都有饿死的危险，包括你们在内。听了这些话以后几个女人平静下来，其余的女人当中有一个突发奇想，嘲讽地问了一声，这无异于火上浇油，如果他们要的不是女人，而是男人，你们怎么办呢，说呀，你们怎么办，让我们听听，你们怎么办；女人们兴高采烈，齐声喊叫，你们说呀，说呀。她们采用以其人之道还治其人之身的方法，把男人们逼进了死胡同，无处可逃，她们为此兴致勃勃，现在她们倒想看看，男子汉津津乐道的言行一致到哪里去了。这里没有男妓，一个男人鼓起勇气说；也没有妓女，刚才提出挑衅性问题的那个女人立即反驳，就是有的话，她们也不一定愿意为了你们去干那种事。男人们狼狈不堪，无言以对，他们知道，只有一个回答能满足女人们的报复心，如果他们要的是男人，那我们就去，但没有一个男人胆敢说出这句简短而明确的话来，在心慌意乱之中男人们竟然没有想到，说出来并没有多大危险，因为那些婊子养的不想在男人身上发泄，他们要的是女人。

任何一个男人都没有想到的事，似乎女人们都想到了，否则就无法解释为什么发生这场争吵的宿舍渐渐寂静下来，仿佛她们都已经明白，对女人们来说，这场舌战的胜利无异于随后必将到来的失败，也许其他宿舍也进行了内容大同小异的辩论，因为众所周知，人类的理智往往不断地重复自身，失去理智的情况亦然。在这里，做出最后决定的是一位已经五十岁的女人，她带着年迈的母亲，没有别的办法供老母亲吃饭，我去，她说。她不知道，她这句话简直是右侧第一个宿舍里一个女人的回声，因为在她之前医生的妻子刚刚说过，我去。这个宿舍女人不多，也许正因为如此，抗议声没那么多，也没那么激烈，这里有戴墨镜的姑娘，有第一个失明者的妻子，有诊所女接待员，有酒店女佣，有一个不知道是何许人，还有睡不着觉的那个女人，但最后这个女人太可怜了，最好不要打搅她，女人们团结一致不一定只让男人们受益。第一个失明者开始时曾宣布，他的妻子不能忍受这种奇耻大辱，不能把身体交给陌生人去糟蹋，无论以什么交换都不行，说妻子不愿意，他也不允许，人的尊严是无价之宝，如果一个人在小事上退让，最后会失去生活的全部意义。这时，医生问他，在我们大家所处的状况中，您看有什么生活意义可言呢，忍饥挨饿，从头到脚肮脏不堪，虱子咬，臭虫叮，跳蚤蹦来蹦去，他接着说，我也不愿意让我的妻子到那里去，但我愿不愿意没有任何用处，她说她愿意去，那是她的决定，我知道我身为男人的自尊会受到伤害，我们所谓的男人的自尊在遭受这些屈辱之后不知道是否还保留着一点名副其实的东西，我知道它会受到伤害，而且已经在遭受伤害，但我无法避免，如果我们想活下去，这可能是唯一的办法；每个人按照自己的道德观念行事，我现在这样想，并且不打算改变主意，第一个失明者气势汹汹地反驳说；这时，戴墨镜的姑娘说，别人不知道我们这里有多少女人，所以您可以把您的妻子留下来供您一个人享用，让我们来供养你们，供养您和她，不过我倒想知道您以后是不是为此感到有尊严，想知道您怎样吃我们给您带来的面包；问题不是这样，第一个失明者开始回答了，问题是，但这句话没有说完，留在了空中。实际上他也不知道问题是什么，此前他说的话只不过是些支离破碎的意见，仅此而已，属于另一个世界而不是这个世界的意见，此时他本该把双手举过头顶，感谢命运，或者说，感谢上苍让他把耻辱留在家里，不必遭受靠别人的妻子养活的耻辱。确切地说，是靠医生的妻子养活，因为其他女人当中，除戴墨镜的姑娘是单身自由人之外，没有任何女人有丈夫在这里，而对戴墨镜的姑娘的放荡生活我们已经有相当充分的了解。那半句话之后出现的寂静似乎是在等待什么人出来一锤定音，使局面明朗化，因此，那个必须发言的人很快说话了，这就是第一个失明者的妻子，她的声音甚至没有一点儿颤抖，我和别的女人一样，她们怎么做我就怎么做；只能按我说的做，丈夫打断了她的话；不要耍威风了，在这里耍威风没有任何用处，你和我一样瞎；这太有失体面；你体面不体面全在你自己，从现在开始你不要吃饭好了，如此冷酷的回答出自一个对丈夫毕恭毕敬，言听计从的女人之口，实在让人始料未及。突然有人哈哈大笑起来，原来是酒店女佣，哎呀，他会吃，会吃的，可怜虫，不然他怎么办呢，笑声忽然变成了哭声，说的话也变了，我们怎么办呢，她说，听起来像是在提问，是个无可奈何而又没有答案的问题，就好像无精打采的摇头叹息，诊所女接待员也跟着说，我们怎么办呢。医生的妻子抬起头看了看挂在墙上的剪刀，从她的眼神来看好像在问剪刀同样的问题，也许那双眼睛希望剪刀能回答说，你想用我干什么呢。

但是，每件事的到来都有其时机，早起的人不一定早死。左侧第三个宿舍的盲人们是些组织起来的人，已经决定从离他们最近的左侧宿舍的女人们开始。轮流制，这个词用得再恰当不过了，轮流制有百利而无一弊。第一，能随时知道哪些做过了，哪些还没做，就像看手表就知道这一天如何过的一样，从这里到这里我已经过完了，还差这样多或这样少的时间没过。第二，各宿舍轮完一圈，从头开始时无疑有一种新鲜感，尤其对健忘的人更是如此。这样一来，右侧各宿舍的女人们可以快活了，相邻的女人们受罪我能忍受，这句话她们谁都没有说出口，但心里都这样想。确实，头一个没有我们称之为自私自利的第二层皮肤的人还没有出生，而这第二层皮比第一层厚得多，后者稍受刺激就会流血。还应当说明，这些女人现在双倍地快活，这就是人类灵魂的奥秘所在，因为她们即将遭受凌辱的威胁从各方面来看都近在眼前，这唤醒并激起了每个宿舍里的人们因长时间在一起生活而萎缩了的性欲，仿佛男人们都在趁女人们被带走之前疯狂地在她们身上打上自己的烙印，仿佛女人们急于在记忆中填满自愿经历的感受，以便更好地应付只要可能就加以拒绝的欺凌。人们难免会问，以右侧第一个宿舍为例，男人和女人数量上的差距问题是如何解决的呢，即便把男人中功能不全的排除在外，数量上也不平衡，功能不全者确实存在，如戴黑眼罩的老人和我们不熟悉的老头及小孩大概都属于这种情况，出于这种或者那种原因他们没有说什么也没有做什么值得一记的事情。我们已经提到，这个宿舍有七个女人，包括失眠的女人和那个不知为何人的女人，正式夫妻只有两对，这样，男人的数量显然失衡，斜眼小男孩还未计算在内。也许其他宿舍女人比男人多，不过这里的习惯造就了一条不成文的规矩，后来又成了法律，即不论哪个宿舍出现问题都在本宿舍内解决。这是遵循古人的训教，而对古人的智慧我们要坚持不懈地永远赞颂，他们说过，求人不如求己。因此，右侧第一个宿舍的女人们将满足与她们同居一室的男人们的需要，但医生的妻子例外，谁也不知道为什么，没有一个男人敢用语言或者伸出手向她提出要求。而第一个失明者的妻子在当面以出人意料的口气顶撞了丈夫之后算是迈出了第一步，用她自己的话来说，干了其他女人们干的事，虽然做得不显山不露水，非常小心。但是，也有任何理由和感情都攻不破的防线，戴墨镜的姑娘就是这种情况，不管药店伙计如何磨破嘴皮摆出千条万条理由，不管他如何苦苦哀求，都不能让姑娘就范，这就是他为当初对姑娘不恭付出的代价。不管女人们同意与否，在所有这些女人当中数戴墨镜的姑娘长得最漂亮，身段最苗条，最迷人，所有男人都对她趋之若鹜。不料一天夜里她自愿躺到戴黑眼罩的老人的床上，老人像夏天的暴风雨一样热情地迎接了她，尽其所能做了该做的事，对这把年纪的人来说实属出色，这再次表明人不可貌相，不能仅从长相和身体的灵活程度判断心念的力量。宿舍里的人们全都明白，戴墨镜的姑娘主动把自己奉献给戴黑眼罩的老人完全是出于怜悯，不过也有几个感情丰富善于想象并且曾享用过她的男人开始浮想联翩，认为这是世界上最高的奖赏。一个男人正独自躺在床上胡思乱想，这时一个女人过来慢慢撩起他的被子，钻到里边挑逗他，用身体慢慢蹭他的身体，最后安静下来，一动不动一声不响，单等他沸腾的血液让因为惊喜而突然颤抖的皮肤渐渐归于平静。但这一切并非为了什么，只因为她愿意。幸运并不能唾手可得，有时候必须是位老人，而且还要戴着黑眼罩遮住永远空空的眼眶。或者，对某些事最好不要解释，仅说发生了什么，不要深究人内心的想法，比如那一次医生的妻子离开她的床，去给斜眼小男孩盖上掀开的毯子，但没有马上回去睡觉。她站在两排床中间狭窄的过道的最里边，靠在墙壁上，绝望地看着宿舍另一端的门，从那扇门进来的那一天似乎已很遥远，现在却不知会把他们带向何处。就在这时候她看见丈夫站起来，两眼发直，像个梦游者似的朝戴墨镜的姑娘的床走去。她没有去阻拦丈夫，而是站在那里，一动不动，看着丈夫怎样掀起毯子，然后躺在戴墨镜的姑娘旁边，看着戴墨镜的姑娘如何醒来，如何毫无抵抗地让丈夫躺下，看着他们两人的嘴互相寻找，贴在一起。后来该发生的发生了，一个人畅快了，另一个人畅快了，两个人都畅快了，接着是低声细语，姑娘说，啊，医生先生。这几个字本应看来荒唐可笑，但其实不然。他说，对不起，我也不知道我这是怎么回事。确实，我们应当这样想，我们只是看到了，怎能知道连他本人都不知道的事呢。两个人躺在窄窄的床上，不会想到有人在看着他们，医生也许想到了，突然觉得心神不安，妻子是在睡觉呢，还是像每天晚上那样在夹道里走来走去呢，他问自己，刚刚挪动一下身子要回到自己床上去时，一个声音说，不要起来。一只手像鸟儿一样轻轻地放在他的胸脯上，他刚要说话，也许要再说一遍他也不知道是怎么回事，但那个声音又说，你什么都不说我反而更明白。戴墨镜的姑娘哭起来，我们太不幸了，她嘟囔着说，过了一会儿又说，我也愿意，我也愿意，医生先生没有过错；不要说了，医生的妻子轻柔地说，我们都住嘴，有的时候说话一点儿用处都没有，但愿我也能哭一哭，用眼泪把一切都倾诉出来，不用说话就能让别人明白。她坐在床沿上，伸出胳膊抱住两个人的身子，仿佛要把他们搂在怀里，然后她伏到戴墨镜的姑娘身上，在她耳边小声说，我看得见。姑娘一动不动，心里很平静，只是因为没有感到惊讶而有点茫然不知所措，似乎她从来到这里的头一天起就知道，仅仅由于这是一个不属于她的秘密才没有高声说出来。她把头稍稍一转，在医生的妻子耳边小声说，我早就知道，只是没有把握，但我觉得早就知道了；这是个秘密，你不能对任何人说；放心吧；我相信你；您完全可以相信我，我宁肯去死也不欺骗您；你应当称我为你；这，这我做不到。两个女人还在低声耳语，一会儿这个说，一会儿那个说，嘴唇挨着头发，挨着耳垂，这是一场毫无意义的谈话，又是一场意义深远的谈话，似乎这一对矛盾竟能融为一体。细声细语的谈话双方似乎不认识躺在她们中间的男人，而谈话的内容又在围绕这个男人进行，超越了这个由通常观念和现实组成的世界的逻辑。后来，医生的妻子对丈夫说，要是你愿意，就多在这里待一会儿吧；不，我要到我们的床上去；那好，我来帮你。她站起来，让丈夫动作更方便一些，望着沾满污垢的枕头上的两个盲人的脑袋，望着他们肮脏的脸和蓬乱的头发，只有四只无用的眼睛闪烁着光芒。医生慢慢站起来，摸索着可扶的地方，然后站在床边，不知道该如何是好，仿佛突然间失去了空间概念，不知道身在何处，于是妻子像往常一样伸手拉住他的胳膊，但现在这个动作有了新的含义，他从来不曾像此时这样需要被别人引领，虽然他不会知道究竟需要到何种程度，只有两个女人真正明白，当医生的妻子用另一只手摸摸姑娘的脸的时候，姑娘猛地抓住她的手，拉到自己唇边。医生似乎听见有人在哭，似有若无，那声音只是慢慢流出的几滴眼泪发出来的，眼泪流到嘴角以后就完全消失，重新进入人类无从解释的痛苦和欢乐中永无休止的循环。戴墨镜的姑娘就要孤孤单单一个人留在床上了，应当安慰安慰她，因此，医生的妻子迟疑了好久才把手抽回来。

　　第二天吃晚饭的时候，如果几小片硬面包和发霉的肉也能称为晚饭的话，左侧宿舍的三个盲人出现在右侧第一个宿舍门口，你们这里有多少女人，其中一个问道；六个，医生的妻子回答说，出于善心，她故意没有把失眠的女人计算在内，但后者却用无精打采的声音纠正说，我们一共七个。那些盲人笑了，活见鬼，他们其中一个人说，你们今天晚上必须干许多活儿了，另一个人说，也许最好到下一个宿舍找几个帮忙的；用不着，他们当中又一个人说，看来这个盲人懂得算术，差不多每三个男人用一个女人，她们受得了。他们又笑起来，问这里有多少女人的那个盲人下达命令说，你们吃完饭就去找我们，随后又补充了一句，要是你们明天还想吃饭，想让你们的男人们吃你们的奶的话。这些话他们在每个宿舍都说，但现在说起来仍然像发明了这句话的时候那样开心。他们笑得前仰后合，连连跺脚，用粗粗的棍子在地上敲打着，其中一个突然说，如果你们当中有人闹月经，我们可不想要，留着下次再去。没有一个闹月经的，医生的妻子从容地说；那好，你们准备准备吧，不要耽搁时间，我们等着呢。说完，三个人转身走了。宿舍里一片寂静。过了一分钟，第一个失明者的妻子说，我再也不想吃了，手里只有这么一点点东西，但我咽不下去；我也一样，吃不下去，失眠的女人说；我也吃不下去，那个不知是何人的女人说；我已经吃完了，酒店女佣说；我也吃完了，诊所女接待员说；我要吐在头一个靠近我的人的脸上，戴墨镜的姑娘说。所有女人都站起来，虽然浑身颤抖，但没有一个动摇。这时，医生的妻子说，我在前面走。第一个失明者拉起毯子，捂住脑袋，仿佛这对他这个失明的人还有什么用处似的。医生把妻子拉到身边，一句话也没有说，只是飞快地吻了吻她的前额，他还能做什么呢，至于其他男人，他们对任何一个即将离去的女人都没有做丈夫的权利和义务该做的事，因此，没有任何人能对他们说，心甘情愿忍受的耻辱是双重的耻辱。戴墨镜的姑娘站在医生的妻子后面，之后依次是酒店女佣，诊所女接待员，第一个失明者的妻子，不知为何人的女人，最后是失眠的女人，这些女人排成一支怪诞可笑的队伍，臭气熏天，衣衫褴褛，面目肮脏，看到她们，禽兽也不可能有强烈的性欲，也不可能模糊诸感官中最灵敏的嗅觉，甚至有神学家说，当然不是原话，要在地狱勉强活下去，需克服的最大困难是那里的气味。在医生的妻子的带领下，这些女人各自把手搭在前面的人的肩膀上，开始慢慢地往前走。她们都赤着脚，因为不想在即将经受的折磨和痛苦中丢掉鞋子。到了天井，医生的妻子朝门口走去，大概是想知道世界还在不在。酒店女佣感到一阵冷风吹来，大吃一惊，我们不能出去，外边有士兵；失眠的女人说，那样更好，不到一分钟我们就会死去，我们所有人本

来早就该死了；我们，诊所女接待员问道，我们，不，这里所有的
女人，至少我们将拥有失明的最佳理由，自从被送到这里来以后，
她从来没有一口气说过这么多话。医生的妻子说，走吧，只有必定
要死的人才会死，死神选中谁并不事先通知。她们穿过通往左侧的
那扇门，钻进一个个长长的走廊，之前两个宿舍的女人们如果愿意
会告诉她们前面有什么在等待着，但那些女人都像挨了打的牲畜一
样蜷缩在床上，男人们不敢碰她们一下，甚至不敢走近，否则她们
立刻会大喊大叫起来。

到了最后一道走廊，医生的妻子看见最里边像往常一样有个
盲人站岗，他大概听到了拖拖拉拉的脚步声，报告说，她们已经来
了，她们已经来了。屋里传出喊叫声，笑声和马一样的嘶叫声。有
四个盲人赶紧把堵住门口的床挪开，快，姑娘们，进来，进来吧，
我们都像公马一样等急了，把你们那玩意儿装得满满的，其中一个
人说。盲人们把她们团团围住，伸出手想摸她们，但立即又趔趔趄
趄地向后退去，原来是他们的首领，就是有手枪的那个盲人，他大
喊了一声，我先挑，这你们已经知道。所有那些男人的眼睛都在焦
急地寻找女人们，有几个偷偷伸出贪婪的手，如果摸到了其中一
个，就知道朝什么地方看了。女人们站在两排床中间的过道里，像
列队准备接受检阅的士兵们。盲人首领拿着手枪走过来，动作轻快
敏捷，仿佛他那两只眼睛能看见。他把闲着的那只手放在第一个，
即失眠的女人身上，摸摸前面，摸摸后面，摸摸臀部，摸摸乳房，
摸摸两腿中间。失眠的女人大声喊叫起来，首领把她推开，婊子，
你不行。接着摸下一个，就是不知是何人的瞎眼女人，现在他已经
把手枪塞进裤子口袋里，用双手摸，嘿，这女人还算不错。他马上

又摸第一个失明者的妻子，然后是诊所女接待员，然后是酒店女佣，这一次他大声欢呼起来，小伙子们，这些娘儿们都挺好啊。几个盲人一边大声号叫，一边跺脚，快干吧，我们等不及了；安静，有手枪的人说，让我先把其他的女人看一遍，摸到戴墨镜的姑娘时他吹了声口哨，哎呀，我们的好运气来了，这么好的牲畜我们这里还没有见过呢。这时他已兴奋不已，摸到医生的妻子时又吹了声口哨，这是个成熟的女人，不过看样子也很有滋味。他把最后这两个女人拉到自己身边，几乎是滴着口水说，这两个我留下，用完以后交给你们。说完他把她们拉到宿舍最里边，那里简直像足够供应一团人的食物贮藏室，堆放着无数食物。女人们无一例外都在喊叫，殴打声，打耳光的声音和命令声响成一片，住口，你们这帮婊子，全都一样，非号叫一通不可；使劲，她马上就安静下来；你们等着瞧吧，轮到我的时候她们就要求饶了；你快干呀，我一分钟也忍不住了。失眠的女人被一个胖子压在身下，拼命地号着，其他四个女人被男人们团团围住，他们已经把裤子脱下来，互相推搡着，活像一群鬣狗在争夺一个骨架。医生的妻子被拽到床边，她站在那里，用痉挛的双手紧紧拉着铁床的床头，看着有手枪的盲人揪起戴墨镜的姑娘的裙子并撕开，手握着那玩意儿对准姑娘的阴户，用力往里扎，她听见几声吼叫，几句不堪入耳的话，戴墨镜的姑娘一声不吭，只是把头往一边歪着，眼睛盯着另一个女人的方向，张开嘴就吐了，有手枪的家伙并没有发现是怎么回事，呕吐出的污秽气味只有与空气里其他东西的气味不同时人们才能发现，最后，那家伙抖作一团，像头猪似的喘着粗气猛地用了三次力，仿佛在打进三根桩子一样。现在他干完了。戴墨镜的姑娘静静地哭着，有手枪的盲人抽出还滴着液体的下体，伸出胳膊去拉医生的妻子，用颤抖的声音说，你不要忌妒，我马上就照顾你，然后又提高声音说，喂，小伙子们，可以来取这个了，不过你们要好好对待她，说不定我还要她呢。半打盲人从两排床中间的夹道连滚带爬地拥过来，抓住戴墨镜的姑娘，几乎是把她拖走的，我先要，我是头一个，他们一齐喊着。有手枪的盲人坐在床上，那玩意儿软绵绵的搭在床垫边，裤子堆在脚踝。你给我跪下，跪在我两腿中间，他说。医生的妻子跪下了。给我嗲，他说；不，她说；要么你给我嗲，要么我揍你，你还带不走食物，说；你就不怕我把你的东西咬下来吗，她问；你可以试一试，我两只手都在你的脖子上，没等你给我咬出血来我就把你掐死了，他回答，过了一会儿又说，我听出你的声音来了；我认出你的脸来了；你是瞎子，看不见我；看不见，我是看不见；那为什么你说认出我的脸来了；因为这样的声音只能有这样的脸；给我嗲，少废话；不；你要么给我嗲，要么你的宿舍一点儿面包渣都得不到，你去告诉他们，他们吃不到东西是因为你拒绝给我嗲，然后你再回来告诉我那里出了什么事。医生的妻子弯下腰，用右手两个手指的指尖捏住男人黏糊糊的下体，抬高一点，左手去扶地面时却碰到了他的裤子，感到了手枪那坚硬冰冷的金属；我可以杀了他，她想；不，裤子堆在了脚踝，不可能抽出口袋里的手枪，现在杀不死他，她想。她头往前一伸，张开嘴，闭上眼，免得看见，开始嗲起来。

盲人歹徒们放女人们走的时候天已经大亮了。失眠的女人不得不由女伴们抬出去，而她们自己也几乎走不动了。一连几个小时，一个又一个的男人，一次又一次的凌辱，一次又一次的作践，凡是能对一个女人做的他们都做了，不过总算给她们留下了一条命。你们已经知道，我们用食物给你们付费，告诉你们那些不中用的男人，让他们来取食，告别的时候，有手枪的盲人嘲弄说。随后他又卑鄙地补充了一句，姑娘们，再见，回去准备下一场吧。其他盲人也都异口同声，大致重复了首领的话，再见，一些人说娘儿们，一些人说婊子们，但从他们缺乏自信的声音里可以发现他们都累得有气无力了。女人们什么也听不见，什么也看不见，什么话也不说，跌跌撞撞地往前挪，只想拉住前边那个人的手，而不是像来的时候那样扶着前边那个人的肩膀，可以肯定，她们当中谁也不能回答这样的问题，你们为什么手拉着手呢，这个问题本身就不该问，有些动作，并不能轻而易举地解释，有时甚至费尽心机也解释不清。她们穿过天井以后，医生的妻子朝外面望了望，士兵们还在那里，另外还停着一辆小卡车，大概是向各检疫隔离地点分发食物的汽车。就在这个时候，失眠的女人两条腿瘫倒在地上，确切地说像是两条腿突然被砍断了，心脏也瘫了，它刚刚开始收缩但还没有来得及收缩完就停止了跳动，我们终于明白为什么这个女人睡不着觉了，现在让她睡吧，我们不要吵醒她。她死了，医生的妻子说，声音毫无生气，一个活人嘴里竟然会发出这样的声音，像死人一样。她把死者抱起来，死者的身体像是突然散了架，两腿间血迹斑斑，腹部青一块紫一块，可怜的乳房露在外面，一个肩膀上还有被疯狂咬出的牙印。这是我自己的身体的写照，她想，是所有这些女人的身体的写照，在她所受的屈辱和我们的痛苦之间只有一点儿区别，那就是我们暂且还活着。我们把她抬到哪里去呢，戴墨镜的姑娘问；先抬到宿舍去，以后再掩埋，医生的妻子说。

男人们都在门口等着，只有第一个失明者，在发现女人们回来之后又用毯子把脑袋蒙起来，斜眼小男孩还在睡觉。医生的妻子无须一张一张地数床便毫不犹豫地把失眠的女人放到原来的床上。其他人可能感到奇怪，但她并不在意，因为这里所有人都知道她最熟悉宿舍的各个角落。她死了，她重复说；发生了什么事，医生问道；但妻子没有回答。医生的问话包含的可能只是表面的意义，即她怎么死的，但也可能是，他们怎样对待你们了，而无论是前者还是后者都不该回答。她死了，就这么简单，至于怎么死的，这无关紧要，只有笨蛋才问怎么死的，原因随着时间的推移将被人们遗忘，只留下两个字，死了。我们已经不是从这里出去时的那些女人，那些女人要说的话我们已经不能说了，至于她们，她们无名无姓，仍然存在，仅此而已。你们去取食物吧，医生的妻子说。偶然，厄运，幸运，命运，或者其他确切表达这个意思的名称，都充满了名副其实的嘲弄，否则就无法理解，为什么偏偏选中其中两个女人的丈夫代表本宿舍去拿食物，而谁也不曾想到，刚刚有人为这些食物付了账。本可以由其他男人去，如单身汉们，他们与此事无涉，无须保护夫妻的体面，但偏偏选中了这两个人，可以肯定，现在他们不会愿意不顾羞耻地伸出手向强奸了他们妻子的歹徒们乞食。第一个失明者说话了，每个字都透着坚定不移的决心，谁愿意去谁去，反正我不去；我去，医生说；我和你一起去，戴黑眼罩的老人说；食物不会多，但也够重的；运自己吃的面包，我还有力气；最重的往往是别人的面包；我没有权利抱怨，承受别人的面包的重量就算是为我的食物付费吧。让我们来想象一下，不是想象这番对话，对话到此为止了，而是想象对话的人们，他们面对面地

157

站着，好像能看到对方，在这种情况下并非不可能，只要他们每个人在记忆中竭力搜索，白光闪闪的世界里就能冒出说这些话的那张嘴，以此为中心渐渐辐射，两个人的脸庞会渐渐显现，其中一个是位老汉，另一个年岁小一些，既然能这样看到对方，就不应当称其为盲人。他们走了，就像第一个失明者满怀义愤振振有词说的那样，去取蒙受羞辱的酬劳。医生的妻子对其他女人说，你们留在这里，我马上回来。她知道她想去干什么，但不知道能不能办到。她想找一个桶，或者能代替桶的其他东西，装满水，即便是浑水臭水，也要把失眠的女人洗干净，洗净她身上自己的血迹和别人的污迹，把她干干净净地交还给大地，在我们生活的这个精神病院里，既然灵魂的纯洁已无暇顾及，也许肉体的干净还有点意义。

　　一些盲人躺在食堂的长桌上。一个污水池上面的水龙头没有关好，流下一股细线一样的水流。医生的妻子环顾四周，看有没有桶或者其他容器，但什么也没有找到。一个盲人好像发现有人，感到奇怪，问了一声，谁在那里。她没有回答，知道不会受到善待，谁也不会说，你想找水吗，如果是为了给一个死去的女人洗澡，拿吧，需要多少就拿多少吧。地上胡乱放着些塑料袋，是用来盛食物的，有的还挺大。她想，大概都是破的，后来又想，两三个一起用，一个个套起来，水就流不走多少了。她立即开始行动。盲人们从桌上下来，七嘴八舌地问，谁在那里，听到流水声他们更加惊慌，朝那个方向走去。医生的妻子走过去，把一张桌子改变方向，又推了推，使他们无法靠近，然后回去继续用塑料袋接水，水流得太慢，她急得用力拧水龙头的开关，水像是挣脱了压力，猛地喷出来，把她淋成了落汤鸡。盲人们吓得赶紧后退，以为水管破裂，直到流出的水淹没了他们的脚，他们更觉得刚才想得对，他们不会想到有陌生人进来放水，而那个女人也明白，水太多太重，会拿不动。她在袋口打了个结，背起袋子，竭尽全力往外跑。

医生和戴黑眼罩的老人带着食物走进宿舍，他们没有看见，也不可能看见，七个女人都赤条条的，失眠的女人躺在床上，她一辈子也没有像现在这样干净过，另一个女人在一个接一个地为女伴们洗澡，最后又给自己洗。

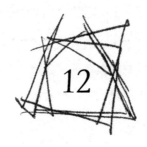

12

　　第四天，歹徒们又出现了。他们是来叫第二个宿舍的女人们去服淫役的，但在第一个宿舍门口停留了一会儿，问这里的女人们经过那一夜放荡的侵犯以后是不是已经恢复过来，先生们，那一夜过得不错呀，其中一个人舔着嘴唇大声说；另一个人也说，这七个女人顶十四个，当然，她们当中有一个不顶用，但是在那么混乱的情况下几乎察觉不出来，你们这帮家伙要是真正的男人算是运气不错；最好他们没有足够的男子汉气魄，那样女人们就更愿意去了。宿舍最里边的医生的妻子说，我们已经不够七个人了；有人逃走了吗，那伙人当中一个笑着问；没有逃走，死了；活见鬼，这样的话下次你们必须多干活了；损失不大，她不大顶用，医生的妻子说。来传达命令的盲人们糊涂了，不知道该怎样回答，他们觉得刚才听到的话有点放肆，其中一个甚至认为，原来这些女人都是骚货，太不尊重死去的女人，竟然用这种语言说她，只因为她乳房太小，臀部不够丰满。医生的妻子看了看他们，见他们站在门口，一个个像玩具人似的摇晃着身体，不知道怎么样回答她才好。她认出了他们，她被这三个人蹂躏过。最后，他们当中一个人用棍子敲敲地面说，我们走吧。一边敲击一边嚷嚷，闪开，闪开，我们来了。他们渐渐走远了，一阵寂静之后，传来模模糊糊的嘈杂声，第二个宿舍的女人们正在接受晚饭后前去报到的命令。又响起棍子敲击地面的声音，闪开，闪开，三个盲人的身影经过，又消失了。

　　医生的妻子刚刚在给斜眼小男孩讲故事，这时她抬起胳膊，把剪刀从钉子上拿下来，没有发出一点儿响动。她对小男孩说，以后我接着给你讲这个冒险故事。宿舍里没有任何人问她为什么以那么轻蔑的口气提到失眠的女人。过了一会儿，她脱下鞋子，走到丈夫身边说，我不会耽搁，一会儿就回来。说完，她走到门口，在那里停下来等着。十分钟后，第二个宿舍的女人们出来了，一共十五个人。有人在啼哭。她们没有排成一队，而是分成几伙，用绳子相互连接在一起，看样子是把毯子撕开做成的绳子。她们刚刚走过，医生的妻子便跟了上去。她们当中谁也没有发觉有人在后面跟着。这些女人知道什么事在等待着她们，遭受凌辱对任何人都已经不是什么秘密，实际上凌辱的方式也不会有什么新鲜花样，可以肯定，世界就是这样开始的。她们最惧怕的倒不是遭受强暴，而是整整一个恐怖的夜晚，那些人恬不知耻地狂欢作乐，十五个女人胡乱躺在床上或者地上，男人们从这个身上趴到那个身上，像猪一样喘气。最糟糕的是我会有快感，其中一个女人这样想。她们走进通向指定的宿舍那个走廊时，充当哨兵的盲人发出警报，我听见了，她们来了。用作栅门的床很快被挪开，女人们一个一个地走进去。女人不少啊，盲人会计大声喊道，接着开始兴致勃勃地数起来，十一个，十二个，十三个，十四个，十五个，一共十五个。他跟在最后一个后面，两只手贪婪地伸到她的裙子下面，这个不错，这个归我，他说。盲人歹徒们不再检查，不再事先评估女人们的身材好坏。确实，既然她们所有人在这里都同样轮一遍，就不必在挑选身高，胸脯和臀部上浪费时间，以免欲火凉下来。她们已经被拉到床上，已经被猛地扯下衣服，很快就听到了每次必有的哭泣声，祈祷声，哀求声，但对方并不回答，即使回答也一成不变，要想吃饭就把腿叉开。她们把腿叉开了，有几个女人得到命令，用嘴，如那个蹲在歹徒首领双膝间的女人，她一句话也不说。医生的妻子走进宿舍，蹑手蹑脚地在床间穿过，但她无须如此小心，即使穿着木屐任何人也听不见，就是某个盲人碰到她，发现她是个女人，最坏的情况也不过混入其他女人当中，而在如此混乱的场合里，察觉出是十五个女人还是十六个女人并非易事。

歹徒首领的床还是宿舍最里边那一张，墙脚下堆放着饭盒。旁边的几张床撤走了，他觉得它们碍手碍脚，想动作更方便一些。看来杀死他是举手之劳。医生的妻子一面沿两排床之间窄窄的夹道往前走，一面观察着即将被她结果的那个人的动作，看着他快活得仰起头，似乎正在把脖子交给她处置。医生的妻子慢慢走近他，绕到床的另一边，站在他身后。瞎眼的女人还在继续服她的淫役。医生的妻子慢慢举起剪刀，两个刀刃稍稍分开一些，以便像两把匕首似的扎进去。就在这一刻，这最后一刻，盲人似乎发觉有人在身边，但极度兴奋使他脱离了正常感知的世界，失去了思考能力。我让你快活不成，医生的妻子想，胳膊随后猛地落下去。剪刀全力扎进盲人的咽喉，接着以自己为轴一转，割破了软骨和膜状组织，然后疯狂地扎得更深，直到碰到颈椎骨才不得不停下来。几乎没有听到他的喊声，可能是某个射精的人正在像野兽似的号叫，这样的人确有几个，也许就是他，因为血注喷在那个女人脸上的同时，精液也灌进她的嘴里。正是这个女人的一声呼喊惊动了那些盲人，呼喊声他们听得太多了，但这一次和以往不同。那个女人不知道出了什么事，还在喊叫，这血是哪儿来的呀，大概不知道自己如何做到了脑袋里想过的事，以为咬断了歹徒首领的阴茎。盲人们放开女人们，摸索着走过来。怎么回事，你为什么这样喊，他们问道，但这个女人的嘴被一只手捂住了，有人在她耳边小声说，住嘴。随后她又感到有人轻轻地往后拉她，你什么也不要说，是个女人的声音，这使她安静下来，如果在这样紧迫的情况下还可能安静的话。盲人会计走在前边，他头一个摸到了横躺在床上的尸体，用双手从头到脚摸了一遍，他死了，盲人会计喊起来。死者的脑袋耷拉到床的另一边，血还在汩汩地流，他们把他杀死了，他说。盲人们顿时停下来，一动不动，不肯相信耳朵听到的话，把他杀死了，怎么回事，谁杀的；在他咽喉上开了个大口子，大概是和他在一起的那个婊子，我们一定要捉住她。盲人们又开始挪动，不过现在要慢得多，仿佛怕遇上杀死首领的刀子。他们不可能看到，盲人会计正慌忙地把手伸进死者的口袋里，里面装着手枪和有十来发子弹的塑料弹匣。女人们的喊叫声突然响起来，分散了盲人们的注意力，她们已经站起身，一个个吓得魂不附体，想离开这里，但有几个忘记了宿舍的门在哪边，走错了方向，撞上了那些盲人，这些人以为女人们要发动攻击，于是男男女女扭作一团，一个个神志不清，混乱到了极点。医生的妻子站在宿舍最里边，一动不动，伺机逃走。她紧紧抓住那个女盲人，另一只手举着剪刀，随时准备刺向某个走过来的男人。她站的地方有些空，暂时对她有利，但她知道不能在这里久留。几个女人终于找到了宿舍的门，另一些还在搏斗，试图从盲人的手中挣脱出来，其中一个女人还掐着对手的脖子，想再增加一个死者。盲人会计威严地向同伙喊道，镇静，给我镇静，我们马上解决这个问题。为了更快地恢复秩序，他朝空中开了一枪。这一枪的效果正好与他的意愿相反。盲人们发现手枪到了别人手里，大吃一惊，知道就要有个新首领，于是不再与女人们搏斗，不再试图制伏她们，可以看到，其中一个甚至放弃了一切，因为已经被掐死了。就在这个时候，医生的妻子决定往前走。她挥动剪刀，左刺右刺，冲出一条道路。现在倒是盲人们大声喊叫了，他们相互践踏，一些人扑到另一些人身上，如果有人长着一双好眼睛就会发现，与这一次相比，第一场混乱只不过是个小小的玩笑。医生的妻子不想杀人，只想尽快离开这里，尤其是不想把任何一个女人留在身后。也许这个家伙活不成了，在把剪刀扎进一个人的胸膛时她想。又听到一声枪响。我们快走，走呀，医生的妻子一边推着路上的女人们一边说。她一个个地帮助她们站起来，嘴里不停地说着，快，快。现在，盲人会计到了宿舍最里边，他大声喊道，抓住她们，不要让她们跑掉，但为时已晚，所有女盲人都到了走廊里，半光着身子，正尽量抓着身上的破烂衣裳跌跌撞撞地往外逃。医生的妻子在宿舍门口停下来，怒气冲冲地喊道，你们想想我那天说的话吧，我忘不了他那张脸，从今以后你们也要想想我现在对你们说的话，我也不会忘记你们的脸；这笔血债你必须偿还，盲人会计威胁说，你和你的女友们，还有你们的那些狗男人；你不知道我是谁，也不知道我是从哪里来的；你是另一侧第一个宿舍的，一个曾去传达命令的盲人说；盲人会计又补充一句，你的声音瞒不过我，只要你在我跟前说一个字就必死无疑；那个人也这样说过，现在他躺在你身边；可我和他不一样，也和你们不一样，你们失明的时候我已经熟悉这个世界的一切了；你也不知道我是什么样的盲人；你不是盲人，这骗不了我；也许我是所有这些人当中最瞎的，现在已经杀了人，如果需要的话我还会杀；在这以前你就饿死了，从今天开始你们就没有饭吃了，即使所有女人都恭恭敬敬地把你们生来就有的三个窟窿都奉献给我们，我们也不会再给你们饭吃；只要因为你们的过错我们一天吃不上饭，你们当中一个人就要死去，除非你们不迈出这扇门一步；你做不到；我们做得到，做得到，从现在开始由我们去取食物，你们吃这里剩下的吧；你这个婊子养的娘儿们；婊子养的既不是男人也不是女人，再说了，是婊子养的又怎么样，现在你已经知道婊子养的娘儿们能干出什么事了吧。盲人会计怒气冲冲地朝门口方向开了一枪。子弹从盲人们头上飞过，没有击中任何人，打进走廊的墙里。你没有抓住我，医生的妻子说，你要小心，子弹会用完的，还有别人想当首领呢。

她离开这里，沿着走廊前行，前几步还算稳当，后来几乎昏厥过去，两个膝盖忽然一软，人躺倒在地上，眼前一片漆黑。我要失明了，她想，但又马上明白过来，这次还不会失明，是眼泪模糊了视线，她一生还从来不曾这样哭过，我杀了人，她低声说，想杀人，就真的杀了。她转过头朝那个宿舍门口望望，如果盲人们追来，她就没有力气自卫了。走廊里空空荡荡。女人们都走了，盲人们还被枪声和同伙的尸体吓得战战兢兢，不敢出门。她渐渐恢复了体力。眼泪还在流，但像面对着一个不可挽回的事实一样，流得很慢，很平静。她吃力地站起来。手上和衣服上沾满鲜血，突然，感到筋疲力尽的身体告诉她，她已经老了。我老了，还杀了人，她想，但她知道，如果有必要她还会杀，什么时候是有必要的呢，她一边朝天井方向走去一边问自己，然后自言自语地回答说，当还活着的人死了以后。她摇摇头，心里想，这是什么意思，说说而已，随便说说，没有别的意思。她仍然独自一人，走到了朝围栅开的那扇门旁边。透过大门的铁栅，她模模糊糊地看见了站岗的士兵的身影，外边还有人，还有能看见的人。身后传来脚步声，她打了个冷战，是他们追来了，她想，立即握着剪刀转过身去。原来是她的丈夫。第二个宿舍的女人们在回去的路上大声说另一侧出了事，一个女人砍死了歹徒首领，开了好几枪。医生没有问那个女人是谁，只能是他的妻子，她临走时对斜眼小男孩说过，回来以后接着把冒险故事讲完，现在她怎么样了，也许已经死了。我在这里，她一边说着一边朝丈夫走过去，把他搂住，没有顾得上这样也会弄得丈夫一身血迹，即使弄上了也没有关系，直到今天，一切事都是两个人共同分担的。到底出了什么事，医生问，他们说死了一个人；对，是我杀的；为什么；总得有人做这件事，而又没有别人能做；现在怎么办；现在我们自由了，他们已经知道，如果想再次作践我们，等待他们的是什么；会发生争斗，战争；盲人们一直处在战争之中，过去和现在都处于战争之中；你还会杀人吗；如果非杀不可的话，我将无法从这种盲目状态中解脱出来；食物呢；我们去取，我怀疑他们没有胆量到这里来，至少最近几天，他们会害怕同样的下场落到他们头上，害怕剪刀刺进他们的喉咙；当初他们第一次来强行提出要求的时候，我们不懂得进行理应的抵抗；是啊，当时我们害怕，而害怕并不总是很好的谋士，现在，为了更加安全起见，我们最好像他们一样，把几张床摞起来堵住宿舍的门，如果为此我们当中一些人不得不在地上睡觉，那就忍耐忍耐吧，总比饿死好。

在以后的几天里，人们曾问自己，是不是真的会饿死。最初人们还没有感到奇怪，因为一开始就习惯了，送食物出错是常有的事，盲人歹徒们说军人们总是耽搁，他们说得没错，只是后来歹徒们扭曲了这个理论，以戏谑的口气说别无他法，只能强行实施配给制，不论谁负责管理都要担负起这项沉重的责任。第三天，各个宿舍已经没有一块面包皮，没有一点儿面包渣，医生的妻子带着几个伙伴走到围栅旁边大声问，喂，这是怎么回事呀，食物迟迟不来，我们已经两天没有吃东西了。中士走到铁栅门前，现在是另一个中士，不是原先那个，他说，责任不在军队，军队不会从任何人嘴里扣下一块面包，军人的荣誉不允许那样做，如果没有食物，那是因为真的没有，你们不要往前迈一步，第一个往前走的应当知道有什么命运在等待他，命令没有改变。听到这几句话，他们害怕了，返回宿舍，七嘴八舌地说起来，如果他们不给我们送吃的，我们怎么办呢；吃的可能明天送来；或者后天；或者到我们不能动弹的时候；我们本应该走出去；我们连大门那里也到不了；要是我们能看见就好了，要是我们能看见就不会被关进这地狱里来了；外面的生活现在怎么样；就是我们去向那帮混账东西要，他们也不会理我们，现在我们没有吃的，他们总有一天也会没有吃的；所以他们才不肯把吃的给我们；他们吃完现有的食物之前我们早就饿死了；那么，我们能怎么办呢。在天井唯一一盏灯的昏黄的光线下，他们坐在地上，大致围成一个圈，医生和医生的妻子，戴黑眼罩的老人，左侧和右侧各宿舍都来了两三个男人或女人，既然这是个盲人的世界，该发生的就必然要发生，一个男人说，我觉得，要是不杀死他们的头目，我们不至于落到这般地步，如果像过去一样，女人们每月到那里去两次，满足一下他们本能的要求，我倒要问一声，这有什么了不起呢。有人觉得重提这件旧事很有趣，有人勉强笑一笑，有人想说话又饿得说不出来，那个人又接着说，我想知道那个英雄业绩是谁干的；当时在那里的女人们都发誓说不是她们当中的任何人；我们应当自己动手，把她送去接受惩罚；先要知道是谁才行；我们告诉他们，你们要找的是这个家伙，我们送来了，现在给我们食物吧；先要知道是谁才行。医生的妻子低下头，心里想，他们说得对，如果这里有谁饿死，那就是我的罪过了，但是，一股怒火涌上心头，她断然反对承认罪责，但愿这些人先死，以我的罪过抵偿他们的罪过。后来，她抬起头，又想，如果我现在告诉他们，是我杀了人，即便知道把我交出去我必死无疑，他们还是会这么做。要么是饥饿所致，要么是这种思绪突然把她引向深渊，她头脑一阵发昏，失去理智，身体向前挪动了一下，刚要张嘴说话，有人紧紧抓住了她的胳膊，她一看，原来是戴黑眼罩的老人，他说，要是谁敢去自首，我就用这双手掐死他；为什么，一圈人异口同声地问；在我们被迫生活的这个地狱里，在我们自己打造的这个地狱中的地狱里，如果说廉耻二字还有一点儿意义的话，我们应当感谢那个有胆量进入鬣狗的巢穴杀死鬣狗的人；是这样，但廉耻不能当饭吃；不论你是何人，你说得对，总有人用恬不知耻填饱肚子，但我们呢，我们已经一无所有，只剩下这最后一点当之有愧的尊严，至少我们还能为享有本属于我们的权利而斗争；你这话是什么意思，既然开始的时候我们像市井的下流胚一样打发女人们去那里，靠女人们吃饭，那么现在该打发男子汉们去了，如果这里还有男子汉的话；你把话说清楚，不过要先告诉我们你是哪里的；右侧第一个宿舍；说吧；非常简单，我们用自己的手去拿食物，他们有武器；据我所知他们只有一把手枪，子弹不会永远用不完，那些子弹就能让我们当中的一些人丧命；另一些人已经死了，而他们为之而死的目标不如现在重要；我不愿意为了让留下的人享受而丢掉自己的性命；如果有人为了让你吃上饭而丧命，你也不吃吗，戴黑眼罩的老人讥讽地问道；那人没有回答。

一个女人躲在通向右侧宿舍的那扇门后面偷听，现在走出来了。她就是被喷了一脸血的那个女人，就是死者在其嘴里射精的女人，就是医生的妻子在其耳边说住口的那个女人。现在，医生的妻子想，我在这里，坐在这些人中间，不能对你说住口，你不要告发我，但是，你无疑能听出我的声音，不可能忘记，我的手曾捂住你的嘴，我的身体曾紧紧挨着你的身体，对你说住口，现在到了真正知道我救的是谁的时候了，到了知道你是什么人的时候了，因此我要说话，因此我要大声说，说得清楚明白，让你能检举我，如果你命该如此我也命该如此的话，我现在就说，不仅男人们去，女人们也去，我们要回到遭受凌辱的地方，把凌辱洗个一干二净，以便彻底从凌辱中解脱出来，把他们灌到我们嘴里的东西吐到他们脸上。然后，她静静地等着，那个女人终于开口了，你去哪里我就去哪里，她就是这样说的。戴黑眼罩的老人微微一笑，似乎是心满意足的微笑，也许是这样，现在不是问他的时机，更有趣的是其他盲人那奇特的表情，仿佛有个什么东西在他们头上掠过，一只鸟，一片云，或者一缕微弱的光亮。医生紧紧攥住妻子的手，随后问道，我们是想继续揭发杀死那个歹徒的人呢，还是我们都同意杀死那个人的手是我们大家的，更明确地说，是我们每个人的手呢。没有人回答。医生的妻子说，我们给他们定下一个期限，等到明天，如果士兵们还不送食物来，我们就动手。人们站起来，分成两组，一组朝右侧走去，一组朝左侧走去，他们都粗心大意，不曾想过歹徒宿舍里的某个盲人可能在偷听，幸好门后并不总是有魔鬼，这个谚语用在这里非常合适。可就在这时，扩音器却突然不适时地响起来。最近一段时间，扩音器有些天响，有些天不响，只要响就如当初许诺的那样准时，肯定是播放机上有个定时器，到了那个时刻录音带便开始自动转动，至于为什么有时候没有转，我们不得而知，那是外面世界的问题，不过这些问题造成的结果相当严重，就是打乱了日历，打乱了人们对时日的记数，于是一些有怪癖的盲人，或者热衷于让一切井然有序的人，这是怪癖的一种温和的形式，他们便小心地在一根绳子上打结，就像人写日记一样，因为他们不相信自己的记忆力。现在，扩音器在不该响的时候响起来，大概有机件损坏，继电器失灵或焊点开焊，但愿那录音带不要周而复始地永远转下去，我们这里有盲人，疯子，就差这样的扩音器了。那威严的声音在各个走廊和各个宿舍响起来，像是最后一次发布无用的通知，政府为不得不强行行使自己的权力履行自己的义务而感到遗憾，此举是为了全面保护公众，因为眼下我们似乎正在经历一场类似失明症的瘟疫，我们暂且称之为白色眼疾，鉴于它可能是一种传染病，鉴于我们遇到的不仅仅是一系列无法解释的巧合，为了制止传染蔓延，政府希望所有公民表现出爱国之心，与政府配合。已经患病的人住在一起，与患病者有过接触的人住在另一个地方，虽然分开来住，但相距很近，这一决定是经过慎重考虑之后才做出的。政府完全意识到所负的责任，也希望这一通知的受众都是守法的公民，同样担负起应负的责任，抛弃一切个人考虑，你们要认识到自己被隔离是一种支援全国的行动。现在，我们要求大家注意听以下规定。第一，电灯会一直开着，任何按开关的企图都无济于事，开关不起任何作用。第二，在事先未获允许的情况下离开所在的大楼意味着被立即击毙。第三，每个宿舍都有一部电话，只用于向外面要求补充卫生和清洁用品。第四，住宿者手洗各自的衣物。第五，建议每个宿舍选举其负责人，这一项只是建议，不是命令，住宿者可以按其认为最好的方式组织起来，只要遵守以上规定和我们以后陆续公布的规定。第六，每天三次我们会把饭盒送到门口，放在门的左右两边，分别给患者和感染者。第七，所有剩余物品应通通焚烧，除了剩饭之外，这里所说的剩余物品包括饭盒盘子和刀叉勺等餐具，这些都是用可燃材料制造的。第八，焚烧应在该大楼的天井或者围栅旁边进行。第九，焚烧产生的一切不良后果由住宿者自行承担。第十，如若发生火灾，不论是偶然起火还是有人故意纵火，消防人员皆不予救援。第十一，如若内部出现疾病骚乱或者殴斗，住宿者不应指望外界有任何介入。第十二，如若有人死亡，不论死因为何，均由住宿者在围栅旁掩埋尸体，不举行任何仪式。第十三，患者们所住房子与感染者们所住房子之间的联系必须在大楼中间地带进行，就是你们进去时走过的地方。第十四，感染者一旦失明，必须立即转移到失明者所住的房子里去。第十五，本通告在每天同一时间播送一遍，以便让新来的人知道。政府，这时，电灯灭了，扩音器也哑了。一个盲人若无其事地在手中的绳子上打了个结，后来又想数一数，就是数一数打了多少结，过了多少天，但最终还是放弃了这个念头，因为结打在了结上，成了人们常说的死结或者瞎结。医生的妻子对丈夫说，电灯灭了；一些灯泡烧坏了，也难怪，这么多天一直亮着；所有的灯都灭了，是外边出了问题；现在你也失明了；我只好等太阳升起了。她走出宿舍，穿过天井，朝外边望望。城市的这一部分一片漆黑，军队的探照灯也熄灭了，大概与总电网相连，看样子电力供应中断了。

第二天，盲人们醒来，有的人早一些，有的人晚 些，因为对盲人们来说太阳并不同时升起，这往往取决于每个人听觉的敏锐程度，各宿舍的男男女女开始聚集在大楼外面的台阶上，歹徒们宿舍的人除外，这时候他们大概正在吃早饭。盲人们等着大门打开时发出的响动，没有上润滑油的合页尖厉的吱呀声，报告送来食物的声音，然后是中士的喊声，不要出来，任何人不得靠近，还有士兵们拖拖沓沓的脚步声，饭盒放到地上的沉闷响声，急忙撤退的声音，大门的吱呀声再次响起来，最后是下达命令的声音，你们可以过来了。从早晨等到中午，等到下午。谁也不想问食物的事，连医生的妻子也不想问。只要不问就听不到可怕的回答，没有，只要没有说出没有这两个字，他们就仍有希望听到这样的话，来了，来了，不要着急，再稍稍忍耐一会儿饥饿。有的人虽然非常想忍耐下去，但已经支撑不住，仿佛突然睡着了，就地昏迷过去。医生的妻子总在救助他们，看来似乎难以令人相信，但这个女人确实不同寻常，无论出现什么情况她都能注意到，好像被赋予了某种第六感，某种不用眼睛的视力，因此，那些可怜的人才没有被留在那里受太阳暴晒，其他人立即把他们抬到里边，靠时间，水和在脸上的轻轻拍

172

打，他们最后都脱离了昏迷状态。但不能再指望这些人参加战斗，他们甚至不能揪住一只母猫的尾巴，这是个非常古老的说法，人们忘记了如何解释，出于什么特别的原因，揪住一只母猫的尾巴比揪住一只公猫的更容易。最后，戴黑眼罩的老人说，食物没有来，也不会来了，我们去拿食物吧。只有上帝知道他们怎样站了起来，又如何聚集到离歹徒们的营垒最远的宿舍里。再也不能像头一天那样粗心大意了。他们从那里派出哨兵前去侦察，自然是另一侧宿舍的盲人，他们更熟悉那里的地形，发现任何可疑行动立即回来报告。医生的妻子和他们一起去了，带回的是不太令人振奋的消息，他们把四张床摞起来堵住门口；你怎么知道是四张床呢，有人问；这不难，我用手摸了摸；他们没有发现你吗；我想没有；我们该怎么办呢；到那里去，戴黑眼罩的老人又说，既然决定了就要干，要么这么做，要么我们注定慢慢死去；要是我们去的话，有些人死得更快，第一个失明者说；即将死去的人已经死了，只是他不知道；我们从出生那天起就知道一定要死；所以从一定意义上说，我们出生的时候就已经死了；不要说废话了，戴墨镜的姑娘说，我独自一个人不能去，不过，如果我们现在不能说到做到，我还不如躺到床上去等死；只有那些数着日子过活的人才会死，别人不会，医生说，接着他又提高声音问，谁决心去，请把手举到空中。这种话只有张嘴之前没有三思的人才说得出来，既然这里没有一个人可以数数有多少只手，至少大家都这样认为，让他们举手有什么用呢，但随后他说，一共十三个人。这一定会引起一场新的争论，为了避免这个不祥的数字，从逻辑上看怎样做更正确，是用加法还是减法，是再有一个人报名当志愿者呢，还是通过抽签从现有的人当中除去一个。有几个人在举手的时候就信心不足，动作犹犹豫豫，表明他们心怀疑虑，或者因为意识到面临的危险，或者发现下达的命令荒唐。医生笑了，请他们把手举到空中，简直是胡言乱语，现在我们采取另一种做法，不能去或者不想去的人退出，留下的人一起商定行动方案。一阵杂乱的脚步声低语声和叹息声，身体虚弱和胆小怕事的人渐渐离去。医生的主意极好，也很宽容大量，不过，知道哪些人留下了哪些人不在了不大容易。医生的妻子数了数留下的人，共十七个，包括她和她丈夫在内。右侧第一个宿舍留下的有戴黑眼罩的老人，药店伙计，戴墨镜的姑娘，其他宿舍的志愿者都是男人，只有一个例外，就是那个说你去哪里我就去哪里的女人，她也留了下来。他们在两排床中间的过道里排好队，医生数了数，十七个，我们一共十七个人；人太少，药店伙计说，这样我们不会成功；突击队嘛，如果可以用更接近军事术语的词汇，突击队人数必须少，戴黑眼罩的老人说，我们进攻的目标只有一扇门的宽度，我认为人多了反而更麻烦；他们会朝我们任意射击，有人表示同意。似乎所有人都因最后组成了一支精干的队伍而感到高兴。

他们的武器我们已经知道，从床上卸下来的铁棍，既可作撬杆又可当长矛，根据战斗最初的角色而定，是充当工兵还是冲锋队。看来戴黑眼罩的老人年轻时接受过一些战术训练，他提醒说最好一直保持密集队形，面向同一个方向，这是避免相互误伤的唯一方法，还说前进中应保持绝对沉默，使进攻产生突袭的效果；我们都把鞋脱下来，他说；以后每个人找到自己的鞋就难了，有人说；另一个人评论了一句，剩下的鞋子就真的成了死者的鞋子了，不同的是至少还有人可以穿；这死者的鞋子是怎么回事；是个谚语，等着穿死者的鞋子，意思是说空等一场；为什么；因为死者被埋葬的时候穿的鞋子是用硬纸板做成的，这样的鞋子肯定也就够了，谁都知道，鬼魂没有脚；还有一点，戴黑眼罩的老人打断他们的话，我们当中选出六个人，六个精神头最好的，到了那里以后立即全力推床，把床往里推，为我们所有人进去打开道路；这样我们必须把铁棍放下；我看没有必要，铁棍甚至还能帮忙，只要把它们竖起来。他停顿了一下，随后又说，声音显得有点低沉，要特别注意，我们不能分开，分开了我们就会被打死；女人们呢，戴墨镜的姑娘说，你不要忘了女人们；你也去吗，戴黑眼罩的老人问，你最好别去；为什么，可以问一声吗；你太年轻；这里不论年龄，不论性别，所以请你不要忘了女人们；不会，我不会忘，戴黑眼罩的老人说这些话的声音好像来自另一次交谈，接下来的话像是早已安排好的，恰恰相反，但愿你们当中有一个女人能看到我们看不见的东西，领着我们，不走错路，指引着我们用棍尖刺向歹徒们的咽喉，像那个女人刺得一样准；这样的要求太过分了，一次成功并不能说明什么，还有，谁能告诉我们她是不是死在那里了呢，至少后来再没有听到她的消息，医生的妻子说；女人们能复活，一些人在另一些人身上复活，妓女们在正经女人们身上复活，正经女人们在妓女们身上复活，戴墨镜的姑娘说。随后是长时间的沉寂，女人们觉得话说完了，男人们总该说些什么，但他们事先已经知道一句话也说不出来。

他们排着队出发了，根据事先约定，六个身体较为强壮的走在前面，他们当中有医生和药店伙计，其他人跟在后面，每个人都手持自己床上的铁棍，一队衣衫褴褛肮脏不堪的长矛手，穿过天井时，其中一个人的铁棍从手中滑落掉在石板地上，发出像机关枪扫射一样的轰鸣。要是歹徒们听见响声，发现我们来了，那我们就完了。医生的妻子没有告诉任何人，连丈夫也没有告诉，就跑到前边，沿走廊张望，然后贴着墙慢慢靠近那个宿舍，停下来侧耳细听，里边传出的说话声似乎没有显出惊慌。她很快带回情报，队伍重新开始前进。虽然走得很慢，并且悄然无声，但歹徒们营垒前面两个宿舍的人已经知道要发生什么事情，都挤到门口，想更清楚地听到一触即发的这场战斗的喊杀声，其中一些易激动的人受到即将燃起的火药气味的鼓舞，在最后一刻决定随队伍一起行动，也有少数人回去寻找武器，现在队伍已不止十七个人，至少翻了一番，临时援军的出现肯定不会让戴黑眼罩的老人高兴，但他无从知道他率领的不是一个兵团，而是两个。从朝里院开的几扇窗户漾进的最后一缕似有若无的灰色亮光，正迅速滑进夜晚那黑咕隆咚的深井。当然，盲人们仍然因为莫名其妙的失明而无可救药地感到悲伤，但他们至少有一点聊以自慰，那就是摆脱了这种因类似的天象变化造成的凄凉，事实证明，天象变化早在人们的眼睛可以看见的遥远年代就曾导致无数绝望的行动。他们到了恶人们的宿舍门口，天已经太黑了，医生的妻子也看不见他们用作障碍物的床不是四张，而成了八张，虽然攻击部队的人数增加了一倍，但仍然立即遭到了惨败，这一点马上就能知道。戴黑眼罩的老人大喊一声，现在开始，这是进攻的命令，他没有想到古往今来都是说，冲啊，也许他想到了，但认为对区区几张床构成的障碍物使用传统军事术语显得荒唐可笑，况且这些床臭不可闻，早已成了臭虫和跳蚤的繁衍地，床垫被汗水和尿沤烂，灰色的毯子像拖把一样有着一切令人作呕的颜色，这一点医生的妻子早就知道，但现在她看不见，正像她没能发现营垒加固了一样。盲人们像由自己的白光环绕着的大天使一样向前冲去，按照事先的指令把铁棍竖起来撞击，但八张床几乎纹丝不动，不错，这些强壮的人比后边虚弱的人力气大一些，后者几乎拿不动手中的长矛，倒像背负着十字架，站都站不起来。寂静消失了，外边的人高声呼喊，里边的人也开始吼叫，可能至今没有任何人注意到，盲人们喊叫起来是无与伦比的阴森可怖，仿佛他们拼命呼喊，却不知道为什么这样做，我们想劝他们安静，不料也像他们一样喊起来，只差也成了盲人，但我们失明的日子迟早会到来。现在，一些人喊叫是因为正在进攻，另一些人喊叫是因为正在防守，外面的人因为推不开床而气急败坏，把铁棍随手扔到地上，所有人一齐使劲，至少那些已经进入门洞和尚未挤进门洞的人一齐在使劲推前边的人的后背，推呀推，床挪动了一点，好像胜利在望了，就在这个时候，在没有事先发出警告和威胁的情况下，突然听到三声枪响，原来是盲人会计朝低处射击了。两名进攻者负伤倒下，其他人急忙跌跌撞撞地后退，绊在铁棍上，跌倒在地，走廊的墙壁像疯子似的发出震耳欲聋的回响，其他宿舍的人们也在大声呼喊。天几乎完全黑了，不可能知道谁中了枪弹，当然也不该在离得很远的地方问，都是谁中弹了呀，这样做似乎不合适，对伤员必须尊重，应当亲切地到他们身边，把手放在他们的前额，除非他们前额被击中，那就太不幸了，应当悄声问问他们感觉怎么样，告诉他们不会有什么事，抬担架的人马上就到，最后喂他们水喝，当然前提是腹部没有受伤，这一点在紧急救护手册上写得明明白白。现在我们该怎么办，医生的妻子问，那里有两个人倒在地上。谁也没有问她如何知道是两个人，因为打了三枪，且不说枪弹弹射回来也会伤人呢。

我们必须去把他们接回来，医生说。非常危险，戴黑眼罩的老人知道他的袭击战遭到惨败，沮丧地说，如果他们发现有人还会射击，他稍稍停顿一下，叹了一口气，接着说，不过我们应当去，我本人愿意去；我也去，医生的妻子说，如果我们爬过去危险会小一些，但必须尽快找到他们，在里边的人还来不及做出反应时找回他们；我也去，那个曾说过你去哪里我就去哪里的女人说；我去。在场的这些人谁也没有想到，查清伤者其实易如反掌，请注意，伤者或是死者，因为一时间我们还不知道他们是负伤还是死亡，只要所有人一个接一个地说，我去，我不去，那么没有说话的人就是我们要找的了。

四个志愿者开始爬行前进，两个女人在中间，两边各一个男人，这纯属偶然，并非出于男性的礼貌或者绅士保护女士的本能，实际上，如果盲人会计再次开枪，一切都取决于射击的角度。也许最后什么事情也不会发生，出发之前戴黑眼罩的老人出了个主意，这一次或许比上一次的主意好一些，让这里的伙伴们大声说话，甚至扯着嗓子喊叫，他们不乏这样做的理由，去的时候和回来的时候，以及中途如果出了什么事，难免发出响动，而伙伴们的喊叫声会压过它们，至于会出什么事，只有上帝知道。救护人员在短短几分钟的时间里就爬到了目的地，在摸到负伤者的身体以前他们就知道已经到了，爬行前进时身子下的血像信使一样告诉他们，我就是生命，我后面只有虚无。我的上帝，医生的妻子想，这么多血呀。确实，像一片水洼，手和衣服粘在地上，好像地板和石板地上涂了一层黏胶。医生的妻子用胳膊肘支撑着上身继续往前爬，另外几个人也这样做。他们伸出胳膊，终于摸到了伤者或者死者的身体。他们后面，伙伴们仍然竭力发出各种嘈杂声，现在听上去更像哭丧妇在痛苦地号叫。医生的妻子和戴黑眼罩的老人的手紧紧抓住了其中一个被打倒的人的脚踝，医生和另外那个女人抓住了第二个人的一只胳膊和一条腿，现在正往后拉，尽快离开火线。这并非易事，必须把上身直起一点，半跪着往后拖，这是有效地使用仅有的一点儿力气的唯一方法。又一声枪响，但这一次没有击中任何人。突如其来的惊恐并没有让他们逃跑，恰恰相反，却给他们增加了一份急需的力量。不一会儿，他们已经脱离危险，尽量贴近宿舍这一边的墙壁，只有斜向开枪才有可能打中他们，但盲人会计是否是射击弹道学专家，哪怕是最基础的射击弹道学，非常值得怀疑。他们曾试图把两个人抬起来，但后来放弃了这个打算，至多能将他们拖着走，尸体拖出一条半干的，像是滚筒滚出来的血痕，而其余的新鲜血液，还在继续从伤口里渗出。他们是谁呀，在门口等着的人们问；我们看不见，怎能知道是谁呢，戴黑眼罩的老人说；我们不能在这里停留，有人说，如果他们决定发动进攻，我们就不止两个负伤的了；或者说两个死者，医生说，至少我已经感觉不到他们的脉搏了。他们像一支撤退的军队一样带着两个人的尸体沿走廊前进，到天井停了下来，看样子要在那里安营扎寨，但其实不然，他们已经耗尽了一切力量。我留在这里，实在走不动了。这时候人们发现一个事实，着实令人吃惊，盲人歹徒们当初那样专横跋扈，气势汹汹，动辄发火，以施暴为乐，现在却只顾防守，筑起街垒，龟缩在里面，胡乱开上几枪，仿佛不敢进入战场，面对面眼对眼地展开较量。像生活中的所有事一样，这件事也不难解释，第一个头目被杀死的悲剧发生之后，那个宿舍的纪律性已经涣散，盲人会计的最大错误在于，以为只要拿到手枪就大权在握，结果恰恰相反，每次开火伤害的都是他自己，换句话说，每射出一颗子弹他就失去一些权威，子弹打完以后将会如何，我们拭目以待。穿袈裟的不一定是方丈，执权杖的不一定是国王，最好不要忘记这条真理。不错，盲人会计现在举着国王的权杖，但应当说，国王虽然死了，虽然埋在本宿舍里，虽然草草埋了三拃深，但人们仍然时时想着他，起码从气味上能感到他的强大存在。这时，月亮升起来了。从天井开向外边围栅的门里漾进昏暗的亮光，越来越亮，地上的人们，两个死去的，还活着的其他人，慢慢显出了轮廓和容颜，众人都笼罩在沉重的无名恐惧之中。这时医生的妻子明白了，如果说过去装成盲人曾有什么意义，现在继续装下去已经没有任何必要，事实明摆着，这里谁也不能获救，失明症也同样，他们都生活在一个一切希望早已消失殆尽的世界。因此，她可以告诉人们哪两个人死了，一个是药店伙计，另一个是那个说过他们会朝我们任意射击的人，从某种意义上看他们说得都对。你们无须问我怎么会知道他们是谁，答案很简单，我看得见。这里的人当中有几个已经知道，只是没有说而已，另一些人很久以来一直心怀疑惑，现在他们的怀疑得到了证实，令人不解的是剩下的人对此也无动于衷，但仔细想想，我们不应感到奇怪，在别的情况下把此事挑明会引起巨大骚动，情绪会失控，你运气多好呀，是怎样逃过了这场世界劫难的呢，往眼里点的眼药水叫什么名字，告诉我为你看病的医生在什么地方，帮助我走出这座监狱吧。而此时这一切都可有可无了，反正死后人人同样失明。重要的是不能继续在这里待下去，没有任何防卫手段，床上的铁棍也丢在那里了，拳头毫无用处。在医生的妻子的带领下，他

180

们把两具尸体拖到外面的平台上，放在月光下，月亮乳白色的光亮照着他们，尸体表面雪白，里面却一团漆黑。我们回各自的宿舍去吧，戴黑眼罩的老人说，以后我们再考虑能怎样组织起来干。他这样说了，但谁也没有把这些疯话放在心里。他们没有按照各宿舍分成几组，而是各自找到各自的道路陆续回去了，一些人朝左侧走，另一些人朝右侧走，医生的妻子至此为止都和那个说你去哪里我就去哪里的女人在一起，现在后者却改了主意，这主意与原来的恰恰相反，只是她不想对此加以讨论，誓言并不都能兑现，有时候是由于懦弱，有时候是因为我们不曾料到的不可抗拒的力量。

一个小时过去了，月亮升高了，饥饿和恐惧驱走了困倦，各个宿舍里谁也睡不着。但这不是唯一的原因。可能是因为战斗刚刚结束，激情尚在，虽然是以惨败告终，也可能是因为有什么无以名状的东西在空中游荡，盲人们一个个都惴惴不安。谁也不敢到走廊里去，而每个宿舍内部活像一个只有雄蜂的蜂房，人们知道，这些嗡嗡叫的昆虫不大遵守什么秩序，也不顾什么条理，从来不曾为生活做过什么，也从来不曾对未来操心，哪怕只是操一点点心，即便如此，在盲人们的问题上，不幸的人们，指责他们不劳而获，吃别人的面包渣，喝别人的水，显然也是不公正的，把两者相比较应当十分小心，不要轻率行事。但是，任何规律都有例外，此处亦然，这是个女人，刚刚回到右侧第二个宿舍，她就开始在自己那堆破烂东西中摸索，最后找到了一个小物件，紧紧攥在手心里，好像唯恐别人看见，积习难改，即使在我们以为习惯早已完全丢失时也是如此。这里本该我为人人，人人为我，但我们可以看到强壮的人残酷地从瘦弱的人嘴里抢走面包，现在这个女人想起来手提包里还有一个打火机，经过这场劫难竟然没有丢掉，她焦急地找到它，又爱怜地把它握住，仿佛这是她本人能活下去的条件，她并没有想到屋中某个难友也许还有最后一支香烟，只因为没有这个必不可少的小火苗就不能吸。但现在就是想借打火机也来不及了。女人一句话也没有说就出去了，连声再见也没有说，她沿着荒凉的走廊，紧贴着第一个宿舍的门走过去，里边谁也没有发现她。她穿过天井，渐渐西沉的月亮在石板地上画上了一个牛奶水塘，现在女人又来到走廊的另一侧，目标是最里边，一直往前走，绝不会走错。另外，她发现一些声音在召唤她，这只是个形象的说法，传到她耳边的是最后一个宿舍里歹徒们的喧闹，他们在大吃大喝，庆祝战斗胜利，故意闹得红红火火，我们不应当忘记生活中的一切都是相对的，有什么就简简单单地吃什么，喝什么，古老的训诫万岁，其他人多想也下嘴咬上一口，不过这办不到，他们和房间里的盘子之间有一道八张床筑成的街垒，还有一把子弹上膛的手枪。女人跪在宿舍门口，直至靠近那些床边，慢慢拉出毯子，然后又站起来，把上一层床上的毯子也拉出来，又把第三层床上的毯子拉出来，第四层她够不到了，这没有关系，导火索已经有了，现在只等点火。她还想起应当把打火机的火苗调到最旺，现在她手中已经有一把小小的火匕首，像一把剪刀的刀刃一样摇晃。先从上面的床开始，火舌不知疲倦地舔着织物上的油污，终于点着了，现在点燃中间的床，之后是下面的床，女人闻到自己的头发被熏焦的气味，应当小心，她是在点燃焚尸炉，自己不应当死在里面，她听到了里边歹徒们的喊叫声，这时她才想到，要是他们有水，把火扑灭了呢，她急了，钻到第一层床下面，用打火机沿着床垫一路点下去，这里点着了，那里点着了，火势突然猛增，成了一个完整的火帘，一股水泼到火上，落到女人身上，但已经无济于事，她自己的身体已成燃料，成了助燃剂。那里面的情况如何，谁也不肯冒险钻进去，但想象会对我们有所帮助，大火迅速地从一张床跳到另一张床上，想同时燃着所有的床，它做到了，歹徒们把仅有的一些水胡乱地用光了，但无济于事，现在他们试图从窗户往外跳，爬到尚未着火的床头上，但难以保持平衡，火又忽然蹿上了床头，他们滑下来，跌倒了，火越烧越旺，窗户在烈火的烘烤下开始爆裂，新鲜空气呼啸着冲进屋里，更加剧了火势，啊，对了，不要忘记，还有愤怒和恐惧的喊声，痛苦和垂死挣扎的号叫，但是注意，无论是否提及，这声音将越来越弱，像最初拿着打火机的那个女人一样，她早就寂无声息了。

这时，其他盲人都在张皇失措地往走廊里逃，那里已经烟雾弥漫，着火了，着火了，他们大声喊着。在那里，人们能亲眼看到，收容所和精神病院这些众人聚居之地的设计与布局多么糟糕，请看一看吧，以带尖的铁棍为支架的床本身就能成为置人于死地的陷阱，看一看吧，容纳四十个人的宿舍却只有一扇门造成了多么可怕的后果，况且还有人睡在地板上，如果火首先到达门口，堵住了出路，没有一个人能够逃脱。万幸的是，正如人类历史一再证明的那样，坏事带来好事的情况并不鲜见，而人们很少说好事带来坏事，世界就是这样，充满矛盾，对一些事的重视超过了另一些，在这个具体情况中，好事正是各宿舍只有一扇门，因此大火在歹徒们那里停留了很久，若不是场面越来越混乱，或许我们无须为另一些人丧生而叹息。显然，这些盲人当中许多人被踩踏，被推搡，被踢打，这是惊慌失措下自然而然产生的结果，可以说是动物的本性使然，若不是所有的根都扎到地下，植物也会有同样的动作，看到丛林里的树木纷纷逃离火场，那该是多么壮观的景象。围栅里边那块地方成了避难所，一些盲人打开走廊里开向那边的窗户。他们从窗口往下跳，绊倒了，摔在地上，有人哭，有人喊，不过眼下他们安全了，但愿大火在烧塌屋顶，把火舌和燃烧的木料抛到空中抛到风中的时候，不要想到点燃树冠。另一侧的盲人们同样害怕，其中一个人闻到烟味马上认为火就在旁边，其实不然，走廊里很快挤得水泄不通。如果没有人来管一管，非发生一场悲剧不可，有个人想起医生的妻子那双眼睛看得见，她在哪里呢，人们问，让她告诉我们出了什么事，我们应当到哪里去，她在哪里呢。我在这里，我刚从宿舍里走出来，都怪斜眼小男孩，谁也不知道他钻到哪里去了，现在找到了，他在这里，我牢牢地攥着他的手，除非你们把我的胳膊拽下来，才能让我放开他，我用另一只手拉住我丈夫，后面跟着戴墨镜的姑娘，然后是戴黑眼罩的老人，两个人形影不离，接着是第一个失明者，再接着是他的妻子，所有的人挤在一起像一座松塔，但愿这场大火也不能让我们分开。但是，这里的一些盲人学着另一侧盲人们的样子跳到围栅那边，他们看不见建筑物另一边大部分成了一片火海，但能感觉到那边来的热浪烘烤着他们的脸和手，眼下屋顶还没有坍塌，树上的叶子渐渐卷起来。这时有人喊道，我们待在这里干什么，为什么不出去呢，攒动的人头中有人回答了一声，只用了五个字，那里有士兵；但戴黑眼罩的老人说，宁肯被子弹打死也不要让大火烧死，这好像是人生经验的声音，也许是拿打火机的女人通过老人的嘴说出来的，她幸亏没有被盲人会计的最后一颗子弹击中。这时医生的妻子说，让我过去，去和士兵们说说，他们不能让我们这样死去，士兵们也有感情。多亏了对士兵确实也有感情所抱的希望，拥挤的人群让开了一条窄窄的通道，医生的妻子带着她的人艰难地走过去。浓烟眯了她的眼睛，过不了多久她会和其他盲人一样失明。到了天井就难以挤出去了。通往围栅的早已快被挤破了，逃到那里的人很快发现此处并不安全，想出去，用力往外推，但另一些人拼命顶住，此时他们更怕的是暴露在士兵的目光之下，但是，当他们再没有力气，当大火越来越近时，就应验了戴黑眼罩的老人那句话，宁肯被子弹打死也不让大火烧死。医生的妻子没有等多久就走了出去，来到平台上，她几乎半裸着身体，因为她双手拉着男孩和丈夫，顾不上防备那些想加入这一小群人的盲人的乱抓，或者说，他们想抓住行进中的列车。如果士兵们看见面前出现了一个半裸着两个乳房的女人，一定会瞪大眼睛。现在，照亮从平台到大门口这块空旷而巨大的空间的不是月光，而是燃烧着的熊熊烈火。医生的妻子大声喊，为了你们的幸福，请让我们出去吧，不要开枪。那边没有人回答。探照灯仍然不亮，没有一个人影活动。医生的妻子余悸未消，下了两层台阶。怎么回事，丈夫问，但她没有回答，还不能相信眼前的一切，她来到台阶最下面，带着斜眼小男孩，丈夫和伙伴们朝大门走去，已经毫无疑问，士兵们走了，要不就是也失明了，被送走了，终于所有人都失明了。

这时，简单地说，一切都同时发生了。医生的妻子高声喊道，我们自由啦，左侧的屋顶在可怕的轰隆声中塌下去，火焰四处飞散，盲人们高声喊叫着冲向围栅，留在里边的一些被倒塌的墙壁压死，另一些则被踩得血肉模糊，大火立时四处蔓延，所到之处一切都化为灰烬。大门一扇扇敞开了，疯子们跑出精神病院。

13

对一个盲人说，你自由了，把将他与世界隔离的门打开，走吧，你自由了，又对他说了一遍，但他还是不走，站在马路中间，他和其他盲人，他们都战战兢兢，不知道往哪里去，因为在人们称为精神病院的理性迷宫里生活和在既没有人领着又没有拴狗的链子拉着的疯狂城市中冒险完全是两回事。在城市里，记忆毫无用处，人们记住的只是各个地方的形象而非通往那些地方的道路。盲人们站在变成一片火海的大楼前，感到大火的热浪烘烤着自己的脸，觉得这大火有点像护身符，如同原来的墙壁一样，既是监狱同时又是保障。他们紧紧挤成一团，像一群羊，谁也不想走散，他们知道，没有牧人去寻找丢失的羊。火势渐渐弱了，月亮又亮起来，盲人们开始惶惶不安，不能继续留在这里。永远待在这里不行，其中一个人说。有人问现在是夜晚还是白天，人们马上就知道，这不合时宜的好奇心有其道理。说不定他们还会送食物来呢，可能因为出了什么差错，迟到了，这种事过去也有过；可是，士兵们不在这里了；

这不能说明任何问题，可能因为不再需要他们，他们走了；我看不是这么回事；比如说，已经没有传染的危险了；也许是发明了医治我们这种病的药品；那就太好了，真的；我们怎么办呢；我就留在这里，等白天再走；你怎么能知道到了白天呢；根据太阳，根据温暖的阳光；只有晴天才行；那要等多少个小时才能到白天呢。盲人们筋疲力尽，其中一些坐到地上，另一些身体虚弱，干脆躺下了，有几个昏厥过去，夜晚的凉意很可能会让他们苏醒过来，但我们可以肯定，拔营起寨的时候这些可怜的人当中会有几个再也站不起来，他们只能支撑到现在，就像那个马拉松运动员一样，在离目标不到三米的地方倒下了，其实，有一点很明显，所有人的生命都比预料的结束得早。无论是坐着还是躺着，一些盲人还在指望士兵们或者代替他们的人，如红十字会，会送来食物和其他生活必需品，他们与其他人唯一的区别是省悟得更晚。即便这里有谁相信治疗失明症的药品已被发明出来，也不会让他们更加高兴。

出于别的理由，医生的妻子认为最好等过了夜晚再说，并把这个想法告诉了她的伙伴们，现在最紧迫的是找到食物，而在黑暗中难以找到；你大概知道我们在什么地方吗，丈夫问；大概知道；离家远吗；相当远；其他人说出了各自的住处，问离他们的家有多远；医生的妻子尽其所能给他们解释，当然是大致的距离，只有斜眼小男孩想不起来，这也难怪，他已经很久没有叫着找妈妈了。如果他们一家一家地走去，从最近的到最远的，那么首先是戴墨镜的姑娘家，其次是戴黑眼罩的老人家，然后是医生和妻子家，最后是第一个失明者家。当然应当按这个路线走，因为戴墨镜的姑娘已经说过，如果可能请把她送回家。我不知道父母现在怎么样，她说。

这种真诚的关心表明，某些人的偏见其实毫无根据，他们否认那种行为不端，特别是有伤风化的人，不幸的是，这种人会有强烈的感情，包括与父母的亲情，并且屡见不鲜。夜晚渐渐凉下来，大火已经没有多少东西可烧，炭火散发出的热量不足以温暖离大门较远的盲人们，如医生和他那一伙人。他们坐在地上，紧紧挤在一起，三个女人和小男孩在中间，三个男人在他们周围，要是此时有人看见他们会说，这几个人生来就是这样，确实，他们好像成了一个躯体，共同呼吸，共同挨饿。人们一个接一个地睡着了，睡得很轻，并且醒了几次，因为有的盲人从麻木中醒来，站起身，迷迷糊糊地绊倒在别人身上，不过其中一个一直没动，像在其他地方一样呼呼大睡。天亮了，废墟上只有几个淡淡的烟柱，但没有持续多久，因为很快开始下雨了，那种蒙蒙细雨，像空中的微尘，只是这一回下个不停，开始的时候落不到被烤热的地上便化成了蒸汽，但一直不停地下，如果借用水滴石穿这句话，眼前的场景就是水滴火灭。这些盲人不仅眼睛失明，而且理解力也丧失了，否则就无法解释他们奇特的思维，他们认为渴望的食物迟迟不来是因为正在下雨。无法让他们相信前提错了，结论也就错了，告诉他们现在还不到吃早饭的时候也无济于事。他们绝望了，扑到地上哭起来，不会来了，天在下雨，不会来了，他们不停地唠叨着。要是这一片狼藉的瓦砾还具备起码的居住条件，那就还会成为原来的精神病院。

即便被踩踏也整夜没有动的那个盲人站不起来了，蜷缩成一团，仿佛想保住腹部的最后一点热气。雨开始下大了，他仍然一动不动。他死了，医生的妻子说，我们最好趁着还有点力气的时候离开这里。他们艰难地站起身，头昏脑胀，东倒西歪，你拉着我，我拽着你，后来排成一队，前面是眼睛看得见的女人，接着是眼睛看不见的人们，戴墨镜的姑娘，戴黑眼罩的老人，斜眼小男孩，第一个失明者的妻子，她的丈夫，医生在队伍最后。他们沿着通往城市中心的道路往前走，但医生的妻子另有想法，她想尽快为跟在她身后的人找个避雨的地方，之后她自己一个人去寻找食物。街上空无一人，也许因为天还早，也许因为下雨，现在雨下得越来越大了。到处都是垃圾，有几家商店的门开着，但大部分关着门，看样子里边没有人，也没有灯光。医生的妻子想，把伙伴们留在一个商店里，这是个好主意，她记清这条街的名字和门牌号，免得回来的时候找不到。她停下来，对戴墨镜的姑娘说，你们在这里等着，不要动，说完走到一家药店，从玻璃门往里看了看，好像里边有些人躺着，她敲敲玻璃，一个人影动了动，她又敲了一下，另一些人影也慢慢动了动，其中一个站起来，把脸转向声音传来的方向。他们都是盲人，医生的妻子想，但她不明白，为什么他们在这里，也许是药店老板一家人，可是，如果是这样，为什么不住在自己家里呢，总比睡在硬邦邦的地上舒服得多，除非是为了保护药店，防备谁呢，药店里都是药，既能救人也能致人死命。她离开药店往前走了几步，朝另一家商店里边望望，看见里边躺着的人更多，女人，男人，孩子，其中有几个似乎正准备出来，一个人走到门口，把胳膊伸出来说，正下雨呢；下得很大吗，里边有人问道；很大，我们得等雨小了再走；这是个男人，他离医生的妻子只有两步远，但没有发现她在眼前，所以听到有人说早安的时候大吃一惊，他已经失去了说你好的习惯，这不仅因为，准确地说，盲人的日子永远不会好，也因为他们谁也不能完全有把握应当说早安午安还是晚安。

现在，与刚才解释的相反，这些人差不多同时在早晨醒来，那是因为有几个人几天前刚刚失明，还没有完全丧失日夜轮转醒睡交替的概念。那个男人说，正下雨呢，接着又说，您是谁；我不是这里的人；在找吃的吗；对，我们四天没有吃东西了；您怎么知道是四天呢；估计出来的；只有您一个人吗；我和丈夫还有一些伙伴在一起；你们有多少人；一共七个；如果想留下来和我们住在一起，那您就死了心吧，我们人已经很多了；我们只是路过这里；你们从哪里来的；从失明症开始我们就被关起来了；啊，对，检疫隔离，一点儿用都没有；为什么这样说呢；放你们出来了吗；发生了火灾，然后我们发现看守我们的士兵不见了；你们就出来了；对；你们那里的士兵大概是最后一批失明的，所有人都失明了；所有人，整座城市，全国都失明了吗；要是还有谁看得见，那就是他不肯说，保持沉默；您为什么不住在自己家里呢；因为我不知道家在哪里；不知道家在哪里；就说您吧，您知道您的家在哪里吗；我，医生的妻子刚要说她正准备和丈夫以及伙伴们回家，现在只想吃点东西恢复体力，但与此同时清楚地看到了现在的状况，只有出现奇迹，一个走出家门的失明者才能再回到家里，和以前不同，那时候盲人们总能得到行人的帮助，如横穿马路时，或者不小心离开了熟悉的道路时。我只知道离这里很远，医生的妻子说；但您回不了家；回不去；这就对了，和我一样，和所有人一样回不了家，你们在隔离检疫区待过的人有许多东西要学呢，不知道无家可归是多么司空见惯；我不明白；成群结队，像我们和几乎所有的人一样，为了寻找食物，必须在一起，这是我们不走失的唯一办法，由于我们在一起，由于谁也不能留下来管家，毫无疑问，假如找到了自己的家，那个家也已经被别的找不到家的人占了，于是我们成了转来转去的水车，开始的时候还发生打斗，但不久我们就发现，我们，就是这些瞎子，可以说实际上没有属于我们自己的东西，我们身上的东西例外；那么，解决办法应当是住在一家食品店里，至少在还有食品的时候就不必出去；这样做的人至少会遇到一个麻烦，就是一分钟也不得安宁，我之所以说至少，是因为听别人说起过一件事，一些人想这样干，关上门，上了门闩，但他们不能让食品的气味消失，于是那些想吃的人聚集在门口，由于里边的人不肯开门，他们就放火烧食品店，这一招真灵，我没有看见，别人告诉我说这一招确实灵，据我所知，再也没有人敢这样干了；这么说，人们不住在家里，不住在楼上；也住在家里，住在哪里都行，我家里大概已经住过许多人了，我不知道是不是有一天能找到我的家，另外，这种情况下睡在一楼的商店和仓库里要方便得多，这样我们就不必上下楼梯了；已经不下雨了，医生的妻子说；已经不下雨了，那男人朝里面重复了一遍。听到这几个字，还躺着的人们站起来，收拾自己的东西，书包，小手提箱，布袋和塑料袋，好像要出门远征，确实，他们要去猎取食物，一个接一个地走出了商店。医生的妻子注意到他们穿得不错，当然，衣服的颜色不搭，有些人裤子太短，露出了脚踝，有些人又太长，不得不把裤脚卷起来，但寒冷不会侵犯这些人，几个男人穿着风衣或者大衣，两个女人穿着皮大衣，但没有人拿雨伞，大概因为带着不方便，伞骨总是对眼睛构成威胁。这伙人大概有十五个，他们走了。其他人一伙一伙地在街上出现了，也有单独行动的，有的男人靠在墙边解决膀胱在早晨的紧急需要，女人们则愿意躲到被丢弃的轿车后面。粪便被雨水泡软了，这里一摊，那里一摊，散布在人行道上。

医生的妻子回到她那一伙人中间，他们已经下意识地躲到一家糕点房的遮阳棚卜面，糕点房里散发出酸了的乳脂味和其他腐烂的气味。我们走吧，她说，我找到了一个住处，接着把他们领到商店，原来的那些人已经走光了。里面的东西原封未动，既不是吃的也不是穿的，冰箱，洗衣机，洗碗机，煤气灶，微波炉，打蛋器，榨汁机，吸尘器，粉碎器，以及其他各种方便人们生活的家用电器。空气沉重污浊，所有物品无一例外的白色外表，显得荒唐怪诞。你们在这里休息休息，医生的妻子说，我去找吃的东西，不知道在哪里能找到，近处还是远处，我不知道，你们要耐心等待，要是有人想进来，你们就说这里有人了，只要听到这句话他们就会离开，这是习惯；我和你一起去，丈夫说；不用，最好我独自去，我们必须知道现在的人们怎样生活，据说可能所有人都已经失明了；如果是这样，戴黑眼罩的老人说，我们就和住在精神病院一模一样了；无法相比，我们可以随意走动，食物一定能解决，我们不会饿死，我也一定要找些衣服来，我们都穿得破破烂烂；其实，这些人当中她最需要衣服，从腰部以上她几乎一丝不挂。她吻了吻丈夫，感到一阵钻心的痛苦；无论出了什么事，即使有人要进来，请你们也不要离开这里，如果你们被赶出去，我相信不会出这种事，只不过为了防备各种可能，你们就留在这扇门附近，待在一起，等我回来。她眼泪汪汪地看了看众人，他们站在那里，全都依赖她了，像一群年幼的孩子依赖母亲一样。要是没有我他们可怎么活呀，她想，但她没有想到外面所有人都失明了却仍然活着，只有她本人也失明才能明白，人能习惯一切，尤其是到了已经不再是人的时候，即使不到那般地步也一样，斜眼小男孩就是个例证，他已经不再打听母亲了。她走出商店，来到街上，看了看门牌号，牢牢记在心里，还有商店的名字，现在要看看拐角处的这条街叫什么名字，她不知道要走到哪里去找食物，能找到什么，可能走过三个门就找到了，也可能是三百个，不能迷路，找不到任何人问路，原来能看见的人现在都失明了，她看得见，却不知道自己身在何地。太阳破云而出，照得垃圾中间的一个个水洼闪闪发光，现在，人行道石板缝里长出的青草历历在目。外边的人越来越多。他们如何辨别方向呢，医生的妻子非常纳闷。他们并不辨别方向，而是紧紧贴着大楼行走，把胳膊伸向前方，相互间不断碰撞，像走在窄窄的小路上的蚂蚁，但出现碰撞时听不到抗议声，也用不着说话，其中一家人离开了墙，就沿原路朝相反的方向走去，直到再次碰到原来那堵墙。他们偶尔停下来，在商店门口闻一闻，感觉一下里面有没有食品的气味，不论什么食品都行，接着又往前走，转过十字路口消失了，不久那里又出现一伙人，看样子没有找到想找的东西。医生的妻子走得比他们快，无须浪费时间走进商店就知道是不是食品店，但她很快就明白，找到大量食物不容易，她发现的为数不多的食品店似乎早就被人掏空，成了空壳。

她穿过一条条街道，一个个广场，距丢下丈夫和伙伴们的地方已经很远，来到一座超市前面。里边的状况没有什么两样，空空的货架，倒在地上的玻璃柜，盲人们在中间游荡，大部分人趴在地上，用手在肮脏的地板上扫来扫去，希望找到一点点可果腹的东西，一个经受住别人敲砸而没有被打开的罐头，一包随便什么食物，一个土豆，即便是被踩过的也好，或者一片硬得像石头一样的面包。医生的妻子想，尽管如此，总会还有点东西，这超市太大了。一个盲人从地上站起来，叫嚷着说玻璃碎片扎进他的膝盖里去了。血顺着腿往下流。同伙的盲人们围住他，问出了什么事，出了什么事；他说，玻璃扎进膝盖里了；哪个膝盖；左边；一个女人蹲下去，小心，说不定这里还有玻璃呢，她摸索着找到那条腿，又摸了摸，在这里，她说，还扎在里面；一个男人笑起来，既然扎进去了，就好好利用利用吧，别的盲人，不论男女，全都笑了。那个女人用大拇指和食指当镊子，把玻璃拔了出来，这是个无师自通的做法，之后从肩上背的包里找出一块破布，把那个男人的膝盖包扎好，这时轮到她说句笑话让大家乐一乐了，没什么可干的了，我很快就把扎进去的那玩意儿还给他了；受伤的男人反击说，等你需要的时候我们可以试一试再扎什么进去；可以肯定，这伙人当中没有一对夫妇，因为看样子谁也没有恼怒，大概已习惯开放的言行与自由的结合，除非他们两人正好是夫妻，才这样随便地开玩笑，但实际上又不像夫妻，夫妻不会在公开场合说出这种话来。医生的妻子环顾一下四周，人们正在争夺仅有的一些可吃的东西，有的挥拳头，有的推搡，拳头几乎总是打空，推搡又往往不择敌友，争夺的东西从手中掉下去，落到地上，等待着绊倒什么人；这回我不会从这儿滚开的，她用了一个通常不会用的词语。这再次表明，环境的力量和性质对词汇有着巨大影响，想想看，某个军人在被逼投降时曾说出狗屎二字，因此，即便今后在不那么危险的情况下说出同样泄愤的话，人们也该宽恕他的缺乏教养。这回我溜不掉了，她又想，正准备出去的时候，另一个想法天启般地出现在脑际，这么大的商场应当有仓库，不是那种大仓库，大仓库在别的地方，可能在很远的地方，而是存放某些购买量较大的商品的小仓库。想到这里她立刻兴奋起来，开始寻找通往藏宝洞的紧闭着的大门，但所有的门都开着，里面同样一片狼藉，同样有许多盲人在同样的垃圾堆里刨来刨去。最后，她来到一个阴暗的走廊，阳光几乎照不进来，她看到一个像运货铲车似的东西。金属门关着，旁边另有一扇门，很光滑，像能在铁轨上滑动的样子，这是地下室，她想，盲人们来到这里以后发现道路堵死了，大概会以为是电梯，但谁也不曾想到，正常的设计是一旁还有一个楼梯，以备停电的时候使用，现在就是这种情况。她推开推拉门，几乎同时产生了两个强烈的印象，第一是要去地下室必须走又深又黑的楼梯，第二就是里边的气味清楚地表明那里的东西是食物，即使是装在我们所说的密封容器里也能闻得出来，饥饿会使嗅觉变得极为灵敏，像狗一样能穿过重重障碍。她赶紧回去从垃圾堆里拣塑料袋，必须用它们来运送食物，同时她又问自己，没有光亮，我怎能知道应当带走哪些东西呢，她耸耸肩膀，这种担心太愚蠢了，但现在她又产生了怀疑，考虑到目前身体虚弱的状况，我能不能有力气背着一个个装得满满的口袋原路返回呢。此刻，巨大的恐惧涌上心头，她害怕回不到丈夫等着她的那个地方，她知道街道的名称，这个她没有忘记，但一路上拐了那么多弯，惊慌之中她几乎思维混乱了，过了一会儿，仿佛停滞的大脑终于又开始转动，她慢慢觉得自己好像俯在一张本市地图上，用手指寻找着最近的路线，好像有两双眼睛，一双看着她自己和地图，另一双看着地图和道路。走廊里依然空无一人，好运气，由于发现了楼梯而过于紧张，她忘记了关门。现在她转过身，小心翼翼地把门关上，整个人陷入一片漆黑之中，她像外边的盲人一样瞎了，区别仅在于颜色，确实，仅仅在于白色和黑色的不同。她紧紧贴着墙壁开始沿楼梯往下走，如果这地方已经不是秘密，有人同时从底下往上走，他们就必须像她在街上看到的那样，其中一个人离开安全的依靠，贴着另外一个人模糊的身影往前，也许会荒唐地害怕墙壁已不在那一边。我要疯了，她想，并且有根有据，沿着一个阴森可怖的洞穴往下走，没有光亮，也没有看到光亮的希望，走到哪里去呢，这些地下仓库一般都不太深，第一个梯段，现在我明白成为盲人是怎么回事了，第二个梯段，我要喊叫了，我要喊叫了，第三个梯段，黑暗像浓浓的糊状物贴在她的脸上，两只眼睛变成了沥青球。我前面有什么呢，马上又产生的一个想法让她更加胆战心惊，以后我要怎样再找到这个楼梯呢，突然间身体失去平衡，她赶紧蹲下，免得失去依靠倒下去，她几乎神志不清了，喃喃地说，这里干净，她指的是地面，她觉得神奇，干净的地面。现在她渐渐清醒过来，感到胃部隐隐作痛，胃痛不是什么新鲜事，但此刻仿佛她身上再没有任何活的器官了，它们依然在，但不想发出任何信号，只有心脏不同，心脏像一面巨大的鼓咚咚作响，一直在黑暗中盲目地工作，从所有黑暗中的第一个，形成它的子宫开始，到最后一个黑暗，它将在这个黑暗里栖止。她手中还拿着塑料袋，没有扔下，现在只需安安静静地把它们装满。仓库不是幽灵和恶龙的出没之地，这里只有黑暗，而黑暗既不咬人也不伤害人，至于楼梯，我一定能找到，用不着在这个大坑里转上一圈就能找到。她下定决心，要站起来，但想到她像其他盲人一样瞎，最好和他们一样爬着走，直到在前边找到什么，装满食物的货架，不论什么食物，只要是现成的可以吃就行，无须烘烤，无须到厨房里去烹制，时间不允许她想入非非。

她刚刚前进了几米远，恐惧又偷偷袭来，也许她产生了错觉，也许真有一条恶龙潜伏在那里，张着大口等着她，或者是一个幽灵把手伸过来，要把她带到死人的世界，那些死人永远死不了，因为总有人让他们再生。随后，她又回到凡人的世界，一阵无可奈何的巨大忧伤袭来，她觉得所在的地方不是什么食品仓库，而是一个停车场，而她仿佛真的闻到了汽油味，这时候精神可能产生幻觉，向自己造出的妖魔俯首称臣。就在这时，她的手摸到了什么东西，不是幽灵黏黏的手指，不是恶龙滚烫的舌头和咽喉，而是冰冷的金属，垂直平滑的表面，她猜想，不知道怎么称呼，应该是货架的金属结构。估计还会有一些这样的货架，按习惯应当一个个平行地摆放着，现在的问题是搞清食品在哪里，这里不会有，气味骗不了人，是洗涤剂。顾不上再想之后难以再找到楼梯，她开始沿着货架走，一个一个地摸，一个一个地闻，一个一个地晃动。有些硬纸板包装箱，玻璃瓶和塑料瓶，各种细口瓶，大号的中号的和小号的，还有罐头，各种各样的容器，管子，口袋，铅管。她随手装满了一个塑料袋。这些都是能吃的东西吗，她惴惴不安地问自己。她朝另一些货架走去，在第二个货架前，意想不到的事情发生了，她的手胡乱摸着，看不到摸到了什么地方，把一些小盒碰到了地上。小盒落到地板上时发出的声音几乎让医生的妻子心脏停止跳动，是火柴，她想。她激动得浑身颤抖，蹲下来，双手在地上来回摸索，找到了，它的气味和任何别的东西都不同，摇一摇，里边的小棍发出声响，盒盖可以滑动，两侧是涂着磷的粗糙的砂纸，火柴头在砂面上一蹭，终于一个小小的火苗亮起来，像浓雾中的一颗星星，在她周围照出一片半明不暗的球形空间，我的上帝，有了光亮，我的眼睛看得见了，赞美光明吧。从现在开始，收集东西就轻而易举了。

先从火柴开始，她几乎装满了整整一个塑料袋，没有必要带走这么多火柴，理智的声音对她说，但她不肯听理智的劝告，后来，火柴摇曳的火苗照到了一个个货架，这边，那边，在很短时间里所有塑料袋都装满了，必须把第一个口袋里的东西倒出来，因为里边没装什么有用的，而其他口袋里的财富足以买下整座城市，对这种价值的差异用不着大惊小怪，只消回忆一下曾经有一位国王想用他的王国换一匹马的故事就会明白，如果他现在饿得要死，如果人们给他看这些塑料袋，他还有什么不肯奉送呢。楼梯就在那里，径直向前就能走到。但是在此之前，医生的妻子坐到地上，打开一包香肠，一包黑面包片，还有一瓶水，吃起来，心中毫无歉疚。如果现在不吃，就没有力气把这些东西带到需要的地方，她是他们的物资供应员。吃完以后，她把口袋挂在胳膊上，每侧三个，举起手，一边划着火柴一边前行，到了楼梯处，然后开始艰难地往上爬，食物还没有通过胃部，需要一定时间才能到达肌肉和神经，在这种情况下，最难受的要数脑袋了。门开了，没有发出任何响动，要是走廊里有人呢，医生的妻子刚刚想，那我该怎么办。一个人都没有，但她又问自己，现在我该怎么办呢。到了超市门口，可以转过身来朝里边喊，走廊最里边有食物，有道楼梯通向地下室里的仓库，你们去吧，我没有把门关上。可以这样，但她没有这样做。依靠肩膀，她把推拉门关上了，并对自己说，最好不要声张，否则可以想象会出现什么情况，盲人们像疯子似的朝那里拥过去，如同在精神病院宣布着火时那样，沿着楼梯往下滚，被后边的人踩伤压死，后边的人也会掉下去，一个台阶一个台阶地稳步往下走和踩在滑动的身体上不是一回事。等食物吃完以后我还可以再回来取，她想。现在她改为用手提着塑料袋，深深吸了一口气，沿着走廊朝前走去。盲人们看不见她，但是，她吃过的东西的气味呢，香肠，我太笨了，香肠会成为活生生的足迹。她咬紧牙关，用力紧了紧塑料袋口，我非快跑不可，她说。这时她想起了那个膝盖被玻璃片扎伤的盲人，如果我遇上那种事，如果我不小心踩在玻璃上，也许我们早已经忘记，这个女人没有穿鞋子，也没有时间到鞋店去，城里的盲人则不同，他们虽然不幸失明，但可以凭触觉挑选合适的鞋穿。必须快跑，现在她跑起来了。开始的时候还在一群群盲人中左躲右避地穿行，尽量不碰到他们，但这样速度不得不放慢，有时还要停下来确认路径，这足以让她身上散发出的气味形成类似光环的东西，因为光环并不都是芳香缥缈的。没过多久就有一个盲人喊起来，谁在这里吃香肠呀，话音未落，医生的妻子便把谨慎抛在脑后，开始疯狂往前跑，绊在这个人身上，撞倒了那个，把另一个推到一边，这样做理应受到严厉指责，因为不该这样对待盲人，对他们来说失明已经够不幸的了。

　　她来到街上，大雨倾盆，这反而更好，她喘着粗气，两条腿不停地哆嗦，心里想，这样人们就不容易闻到气味了。不知道什么人把她腰部以上难以遮体的破衣烂衫扯掉了，现在她赤裸着上身，用个文雅的字眼说，天堂之水顺着她的胸脯流下来，闪闪发光，但这并不是一幅自由引导人民的画面，因为有幸装满的塑料袋太重了，她无法把它们像一面旗帜一样举起来。但这样也有不利之处，令人兴奋的香味正好在狗鼻子的高度前行，街上怎能少得了狗呢，现在它们没有主人照顾喂养，跟在医生的妻子后面的狗几乎成了群，但愿这些动物不要伸嘴用牙齿试一试塑料袋结不结实。这样的大雨差不多能酿成洪灾，也许人们会躲起来等待天晴，但事实并非如此，到处都有盲人仰起头张着嘴解渴，利用身体的各个部位贮存水，另外一些盲人有先见之明，也更为明智，拿出桶和锅，举向慷慨的天空，可以肯定，上帝根据人们干渴的程度行云布雨。医生的妻子还没有遇到过水龙头流不出一滴这种宝贵液体的情况，这是文明的缺陷，我们习惯于在家里用自来水，但往往会忘记，这需要有人打开和关上阀门，需要水塔和水泵，需要电力，需要计算机调节和管理贮水量，而做到这一切，眼睛都必不可少。同样，正因为没有眼睛，人们才看不到现在的场面，一个女人带着一堆塑料袋在积水的街上走着，到处是腐烂的垃圾和人畜粪便，到处是弃置的小汽车和大卡车挡住公共交通道路，有些车轮四周还长出了青草，还有些盲人张着嘴，也睁着眼，面向白色的天空，而这样的天空似乎不可能下雨。医生的妻子一边走一边查看街道标示牌，有一些她还记得，有一些忘记了，这时她觉得晕了向，迷了路，无疑，真的迷了路。转了一圈，又转了一圈，既认不出街道的样子，也认不出街道的名字，她绝望了，坐在肮脏的地上，弄得满身黑泥，她没有力气，一点儿力气也没有了，于是放声大哭起来。那群狗围着她，嗅嗅塑料口袋，但一个个都显出没有多大兴趣的样子，也许是过了吃东西的时间，其中一条舔了舔她的脸，大概它从小就习惯于舔干主人的泪水。医生的妻子摸摸它的脑袋，伸出手搂住它湿漉漉的腰，后来的眼泪是抱着狗流出来的。最后，当抬起眼睛的时候，千遍万遍地赞美十字路口的神灵吧，她看见眼前有一幅巨大的地图，就是市政旅游部门在城市中心竖起的那类地图，主要供那些想知道已到过哪里和现在身处何地的旅游者使用，让他们放心。现在，所有人都失明了，似乎很容易说这笔钱使用不当，但我们应当有耐心，让时间说话，我们早就该学会并且永远记住，命运到任何地方都必须走许多弯路，只有命运知道费了多少周折才在这里竖起了这幅地图，告诉这个女人她现在位于什么地方。她离目的地并不像原来想的那么远，仅仅在一个地方走错了方向，只消沿这条街往前走，到一个广场，从广场向前，过两条街后左转，然后在遇见的第一条街右转，就是要找的那条街了，门牌号她没有忘记。狗一只一只地留在后面，要么是有什么东西把它们吸引到了另一条路上，要么就是已经在这个街区住惯了，不想离开，只有那条舔泪水的狗跟着流泪的女人走了，可能上帝精心安排的这个女人与地图相会的场景中也包括一条狗。女人和狗确实一起走进了商店，舔泪水的狗看到像死了一样一动不动地躺在地上的人们并不奇怪，它已经习惯了这种景象，有时候还在他们当中睡觉，等到起床的时候，那些人几乎全都活着。醒醒吧，如果还在睡就醒醒吧，我带食物来了，医生的妻子说，但在说话以前已经把门关上了，防备从路上走过的人听见。第一个抬起头来的是斜眼小男孩，他只能抬起头来，他身体太虚弱了。其他人稍微迟了一会儿，他们正梦见自己变成了石头，没有人不知道石头们睡得多么沉，只要去田野走一遭就能看到，石头们在睡觉，半陷入泥土，不知道在等待什么把它们唤醒。但是，食物二字有神奇的力量，尤其是受饥饿折磨的时候，就连舔泪水的狗也一样，它不懂人语，但开始摇动尾巴，这个下意识的动作使它想起来，有一件淋湿的狗必做不可的事还没有做，于是它用力抖抖身子，水滴落到周围人的身上，雨水对狗来说算不了什么，身上的皮毛就是大衣。最有效的圣水就是直接从天堂落下的圣水，这水滴能让石头变成人，而医生的妻子把塑料袋一个个打开，也参与了这场变形记。里面东西的气味并不都像最初被生产出来时那样，但一块硬面包的香味就是生命的精髓，虽然这样说有些夸张。大家都醒了，一个个双手颤抖，脸上露出焦急的表情，这时候，正如刚才那条舔泪水的狗那样，医生忽然想起自己是干什么的，他说，要小心，最好不要一下吃得太多，不然会有伤身体；饥饿才有伤身体呢，第一个失明者说；要听医生先生的话，妻子申斥了他一句；第一个失明者不再说话，心中却冒出一股火气，他想，那医生先生连眼睛都不会治，不用说别的了。这话说得有失公允，我们应当考虑到，医生和其他人一样瞎，有证据在此，他甚至没有发现妻子进来的时候从腰部以上全都赤裸着，还是妻子要过丈夫的外衣穿在身上遮羞的呢，其他盲人朝她的方向看了看，但为时已晚，要是早一点看又会怎么样呢。

　　吃饭的时候，医生的妻子讲述了她的冒险经历，讲述了遇到的一切以及她的应对方式，只是没有说她把仓库的门关上了，她对给自己找到的人道主义理由也不太相信，不过她讲了膝盖扎进玻璃的那个男人的笑话，大家都开心地笑了，但并不是所有人，戴黑眼罩的老人只露出一丝疲惫的微笑，而斜眼小男孩则只能听到自己咀嚼发出的声音。舔泪水的狗也得到一份食物，并且立刻报答了众人，正好此时外边有人过来用力摇晃商店的门，它怒气冲冲地叫起来。无论来的是什么人，他没有再坚持，说起来外边到处是东游西逛的疯狗，走在街上，让人连放脚的地方都没有，这已经足够把人逼疯了。商店里又恢复了安宁，当大家不再饥肠辘辘时，医生的妻子才讲了她和从这个商店出去查看是不是还在下雨的男人进行的谈话。

后来她说，如果那个人的话属实，那么，即使找到了我们的家，它也不一定仍然像我们离开的时候一样，甚至不知道能不能进得去，我是指那些出来的时候忘记带钥匙的人或者把钥匙丢了的人，比如我们，我们就没有，留在大火里了，现在不可能从瓦砾堆里找到，说这句话的时候，她仿佛看到火苗吞没了那把剪刀，正在烧干上面残留的血迹，接着又咬噬它的双刃和两个锋利的刀尖，剪刀渐渐钝了，软了，变了形，人们不会相信它曾刺穿一个人的喉咙，大火过后，不可能在一团熔化了的金属中分辨出哪是剪刀，哪是钥匙。钥匙嘛，医生说，钥匙在我这里，说完，他艰难地把三个手指伸进靠近腰带的一个破破烂烂的小裤袋里，取出一个小小的金属环，上面挂着三把钥匙。怎么会在你那里呢，我把它放在我的手提箱里了，应该一直在那里呀；我拿出来了，怕丢掉，觉得一直带在身上更保险，也是相信我们总有一天要回到家里的一种方式；有钥匙就好了，不过我们可能看到门被撞开了；也可能没有人去撞呢。一时间，他们忘记了别人，现在该问问他们的钥匙在不在了，头一个说话的是戴墨镜的姑娘，救护车去接我的时候我父母在家里，不知道后来他们有没有出事；接着是戴黑眼罩的老人，我是在家里失明的，他们来敲门，女房东来告诉我说有些护士在那里等我，当时顾不上想钥匙的事；只剩下第一个失明者的妻子了，但她说，我不知道，记不起来了。她知道，也记得，只是不想明说，当突然察觉自己失明了的时候，奇怪的表达，却深深根植于语言之中，让我们无从回避，她喊叫着冲出家门，向还在楼里的女邻居们求救，但她们坚决不肯帮忙，不幸降临到丈夫头上的时候她表现得那么坚强，那么能干，此刻却心乱如麻，竟然让家门敞开着就离开了，没有想到请他们让她回去一下，只一分钟，我把门关上马上就回来。谁也没有问斜眼小男孩有没有家里的钥匙，可怜的孩子连住在什么地方都还想不起来呢。于是，医生的妻子轻轻拍了拍戴墨镜的姑娘的手，我们从你家开始，离这里最近，但我们必须先找到衣服和鞋子，不能这样蓬头垢面衣衫褴褛地回去。她动动身子，要站起来，但发现斜眼小男孩吃饱喝足以后又睡着了。她说，我们休息休息吧，稍稍睡一会儿，然后我们再看会遇到什么情况。说完，她脱下湿漉漉的裙子，贴近丈夫，暖暖身子，第一个失明者和妻子也这样做了。是你呀，丈夫问，妻子想起了自己的家，很难过，不过没有说你安慰安慰我吧，好像只是在心里想了想。人们不明白，是什么感情使戴墨镜的姑娘把一只胳膊搭在戴黑眼罩的老人的肩上，不过她确实这样做了，并且没有挪开，姑娘睡着了，老人却没有。那条狗横卧在门口，在不舔泪水的时候，它是只性情暴躁难以相处的动物。

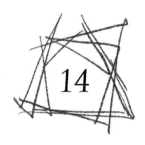

14

　　他们穿上衣服，穿上鞋子，只是还没有办法洗脸，但已经与其他盲人大不相同，至于衣服的颜色，虽然可供选择的不多，像人们常说的，这水果被挑过多次了，但都能相互搭配，这得益于身边有人给他们提供建议，你穿这件，与这条裤子正好相配，条纹与斑点不谐调，如此等等的细微之处都想到了。至于男人们，他们不大在乎，能咚咚响的都是鼓。但是，无论是戴墨镜的姑娘还是第一个失明者的妻子都锲而不舍地追问，她们穿的衣服是什么颜色，什么款式，这样，就能靠想象力看到自己。关于鞋子，他们一致同意，应当考虑舒适而不注重美观，绝对用不着饰带和高跟，也不要小牛皮或者磨砂之类，街道处于这种状况，讲究那一套实在是胡扯，橡胶靴子就很好，完全防水，半高筒，穿和脱都方便，在泥泞的地上走路再实用不过了。可惜她没有为所有人找到这种样式的靴子，如斜眼小男孩，没有大小合适的，他穿上靴子就像双脚在里边游泳一样，所以只得穿双运动鞋，至于用于哪项运动就说不清楚了。多么巧呀，他的母亲，不论身在何处，要是听到有人告诉她这件事，一定会说，如果我儿子看得见，也正好会挑这一双。戴黑眼罩的老人的脚不是太小，而是太大，问题得到了解决，他穿上了一双特大号的篮球鞋，身高两米的运动员们穿的那种。当然，他现在看上去有点可笑，好像穿着白色软底绣花拖鞋，但不会持续多久，十分钟之内这双鞋就会脏得一塌糊涂，生活中的一切莫不如此，随着时间变化而变化，时间能解决一切问题。

　　雨停了，盲人们不再张着嘴。他们还在那里，不知道该干什么，在街上游荡，但从来不走很长时间，对他们来说走路和停着是一样的，除寻找食物以外没有任何其他目的。音乐没有了，世界从来不曾如此寂静，电影院和剧院只对那些没有家也不想再寻找家的人有些用处，一些演出大厅，那些最大的，早已被用作检疫隔离场所，当时政府或者后来陆续取代政府的人还相信使用一些工具或者手段可以控制白色眼疾，而这些工具或手段当年在对付黄热病或其他瘟疫上也没有起到多大作用，但是，这一切都结束了，这里连一场火灾也不需要。至于博物馆，真让人心痛，让人心如刀绞，所有那些人，人，我确实是这个意思，所有那些画像，所有那些雕塑，前面没有一个欣赏者。城里的盲人们在等待什么，不知道，也许那些还相信能治好的人等待着治疗，但现在他们也已失去了希望，尽人皆知，失明症没有放过任何人，没有留下一个有正常视力的人能用显微镜观察，化验室早已废弃，那里的细菌要想活下去就必须互相吞噬。开始的时候，还有许多盲人由家里有视力并且头脑清醒的人陪着去医院，但他们在医院遇到的是失明的医生在为看不见的患者诊脉，用听诊器听听前面，听听后面，他也只能做这些，因为还听得见。后来，迫于饥饿，病人，那些还走得动的病人，开始逃离医院，来到街上，孤零零地死去，他们的家人，如果还有家人的话，也可能从那里经过，然后，若想有幸得到掩埋，不仅需要死在人们经过的地方，还要有人绊在他的尸体上，并且尸体还要开始发臭。难怪有那么多狗，其中有一些已经像鬣狗一样，身上的花纹像一块块霉斑，跑起来缩着臀部，仿佛害怕那些死者和被吞噬的人忽然还阳，向它们竟然啃咬毫无防卫能力的人这种无耻行径讨还血债。外面的世界怎么样，戴黑眼罩的老人问；医生的妻子回答说，外边和里边没有区别，这里和那里都一样，少数人和多数人也都一样，我们的现在和未来都没有区别；人们呢，人们怎么样，戴墨镜的姑娘问；像幽灵一样，成为幽灵大概就是这样，确信生命存在，因为四个感觉器官这样告诉他们，但他们看不见它；外面有很多汽车吗，第一个失明者问，他不会忘记他的汽车被盗；成了汽车坟墓。医生和第一个失明者的妻子都没有提问题，既然所有的回答都与提问者的愿望相反，何必再问呢。对于斜眼小男孩来说，穿上这双曾经日思夜想的鞋子已经心满意足，眼睛看不见鞋也没有使他感到悲哀。因此，可能他不像一个幽灵。舔泪水的狗不该被称为鬣狗，它跟在医生的妻子后面，不是寻找死肉的气味，而是陪伴着那双眼睛，它知道那双眼睛还活着。

离戴墨镜的姑娘家不远了，但这几个饿了一星期的人现在刚刚恢复了体力，因此走得很慢，休息的时候别无他法，只能坐在地上，当初费尽心思挑选颜色和花纹实无必要，在极短的时间里所有人的衣服都肮脏不堪了。戴墨镜的姑娘所住的街道不仅很短，还很窄，这解释了为什么街上没有汽车，汽车要过也过得去，单向行驶，不过因为没有空间，所以禁止停车。连人也没有，这用不着奇怪，在这样的街上，平常看不到人的时候也不鲜见。你那栋楼是多少号，医生的妻子问；七号，我住在二楼左边的单元。有一扇窗户开着，从前几乎可以据此肯定家中有人，现在一切都不可信了。医生的妻子说，我们不要都去，就我们两个先上楼吧，你们在这里等着。开向街道的楼门被强行打开过，可以清楚地看见弹子锁的外壳已经扭曲，长长的一块木片几乎完全从门上掉落。医生的妻子没有说这件事。她让姑娘走在前面，姑娘认识路，楼梯里暗与不暗对她来说没有关系。由于着急和紧张，戴墨镜的姑娘绊倒了两次，但她觉得最好还是自我解嘲，你想想，从前我能闭着眼睛上下这楼梯，这样一些陈腔滥调无视意义的无数细微区别，比如这一句吧，就忽略了闭着眼睛和失明的不同。来到第二层的楼道，她们寻找的房门关闭着。戴墨镜的姑娘伸出手顺着门框往上滑，找到了电铃按钮。没有电，医生的妻子提醒说，这三个字只不过是重复了尽人皆知的事实，但在姑娘听来却像宣布了一条不幸的消息。她开始敲门，一次，两次，三次，第三次用拳头猛力地敲，一边敲一边叫，亲爱的妈妈，亲爱的爸爸。没有人来开门，亲爱的三个字感动不了现实，没有人出来说，我亲爱的女儿，你终于回来了，我们还以为再也见不到你了呢，进来，进来吧，这位太太是你的朋友吧，请进，进来吧，屋里有点乱，请不要介意。门仍然关着。谁也不在家，戴墨镜的姑娘说，她靠在门上，头伏在交叉着的前臂上哭起来，仿佛整个身体都在绝望地乞求怜悯，如果我们没有充分理解人类的精神有多么复杂，就会对她如此热爱父母感到诧异，对她表现出来的痛苦感到诧异，一个习惯于放荡不羁的姑娘，尽管不久前有人说过两者之间现在不存在，过去从来也不曾存在任何矛盾。医生的妻子想安慰她，但又没有多少话可说，谁都知道，现在长时间留在自己家里实际上早已不可能了。如果有邻居在，我们倒可以问问他们，医生的妻子建议；对，我们去问问，戴墨镜的姑娘说，但口气里没抱任何希望。她们先敲这个楼道另一边那家的门，也没有人回答。上一层的两扇门都开着。这两家都遭到抢劫，衣柜空空如也，食品储藏柜里也已经一无所有。有迹象表明不久前有人来过，当然是一伙流浪的人，差不多就像他们现在这样，从这一家走到另一家，从一无所有到一无所有。

她们下到一楼，医生的妻子用手指关节敲了敲最近的那扇门，一阵充满期待的寂静，过了一会儿，一个沙哑的声音满怀狐疑地问，谁呀；戴墨镜的姑娘赶紧走上去，是我，二层的邻居，正找我父母呢，您知道他们在哪里吗，出了什么事没有，她问。里边传来拖沓的脚步声，门开了，出来一个非常瘦的老太太，瘦得皮包骨头，踉里踉跄，一头又乱又长的白发。同时一阵难以分辨的酸腐霉烂的气味袭来，让人作呕，两个女人身不由己地后退了一步。老太太睁大眼睛，两只眼睛几乎全都白了，你父母的事我一点儿也不知道，他们把你带走以后的第二天就把他们也接走了，那时候我还看得见呢；这栋楼里还有别人吗；有时候我听见上楼下楼的声音，但都是外边的人，只来睡觉；我的父母呢；我已经说过了，他们的事我一点儿也不知道；那么，您丈夫，您儿子和儿媳呢；也让他们带走了；没有把您带走，这是为什么呢；因为我藏起来了；藏在哪里；你想不到，我藏在你家里；您怎么能进得去呢；从后面，从防火梯爬上去的，把一扇窗玻璃打碎，从里面把门打开了，钥匙在锁上插着；那么，从那时候开始，您是怎么一个人在家里活下来的呢，医生的妻子问；这里还有别人吗，老太太吃了一惊，转过头来；她是我的朋友，我们一伙人在一起，戴墨镜的姑娘说；不仅仅是独身一人的问题，我说的是食物，在所有这些日子里，您吃什么呢，医生的妻子追问说；因为我不是傻子，我可以自己照顾自己；要是您不想说就别说，我不过出于好奇才问问；我说，我说，我做的第一件事就是到这栋楼的各家各户去收集能吃的东西，把容易坏的立即吃掉，把其他的保存起来；您现在还有吗，戴墨镜的姑娘问；没有了，已经全都吃完了，老太太回答的时候失明的眼睛里忽然露出怀疑的表情，这不过是一种在这类情况下常用的说法，但实际上毫不严谨，因为眼睛，眼睛本身，没有任何表情，即使把眼睛剜出来，也是两个没有生气的小球，眼皮眼睫毛和眼眉也同样，但它们却不得不担负起在视觉方面各种修辞的任务，眼睛确有这样的名声；那么您现在靠什么生活呢，医生的妻子问；死神在街上游荡，但后院生命没有灭绝，老太太神秘地说；这话是什么意思；后院有圆白菜，有兔子，有母鸡，还有花，不过花不能吃；您通常怎么吃呢；看情况，有时候拔几棵圆白菜，有时候杀一只兔子或者一只母鸡；生着吃吗；开始的时候点个火堆，后来我习惯吃生肉了，圆白菜的根是甜的，你们放心吧，我母亲的女儿饿不死。老太太后退了两步，几乎在黑暗的屋子里消失了，只有两只眼睛在闪闪发光，她从里边说，要是你想到你家里去，就进来吧，我让你过去。戴墨镜的姑娘本来想说，不去了，非常感谢，去也是白去，既然我父母都不在那里，何苦呢，但她突然想看看她的房间。看看我的房间，多么愚蠢的想法，我失明了呀，不过，至少可以用手去摸一摸墙壁，摸一摸床垫，摸一摸我这个疯狂的脑袋躺在上面休息过的枕头，摸一摸家具，也许斗橱上的花瓶还在，如果老太婆没有因为它不能吃一气之下扔到地上的话。于是她说，如果您允许，我就利用这个机会去一下，您心眼太好了；进来吧，进来吧，不过你已经知道，在那里找不到食物，我现在的食物还不够我吃，再说，你也不会吃，大概你不会喜欢吃生肉吧；您不要担心，我们有食物；啊，你们有食物，这样的话，你就要报答报答我的好意，给我留下一点儿吧；放心吧，我们会留下的，医生的妻子说。她们已经穿过走廊，那里臭气熏天，难以忍受。厨房里，外边照进一点儿微弱的光线，地上扔着兔子皮，还有鸡毛鸡骨头，桌子上的一个盘子里沾着干了的血迹，里面放着几块肉，至于是什么肉已经难以分辨，仿佛被嚼过许多次；那么，兔子和鸡，它们吃什么呢，医生的妻子问；吃圆白菜，草，剩下的东西；剩下的东西，什么剩下的东西；什么都吃，甚至吃剩肉；鸡和兔子不会吃剩肉吧；兔子还不吃，但鸡高兴得发了疯似的吃，动物和人一样，最后能习惯吃一切东西。老太婆走得四平八稳，眼睛像看得见一样挪开路上的一把椅子，然后指着一扇开向防火梯的门说，从那里上去，小心，不要滑倒，扶手不太结实；门呢，戴墨镜的姑娘问；门一推就开，我有钥匙，在那里；那是我的钥匙呀，姑娘本来要这样说，但在这一时刻又想，这钥匙现在对她没有任何用处，父母或者某个什么人把其他钥匙带走了，也就是说把正门的钥匙带走了，她总不能每次想进来出去的时候都要请求这个邻居老太婆允许她从这里通过。戴墨镜的姑娘感到心头轻轻发紧，莫非因为要进自己的家门了，莫非因为知道父母不在，莫非还有别的什么原因。

厨房干净，井井有条，家具上的尘土不太多，这是雨天的另一个好处，第一个好处是圆白菜和野草在生长，确实，从上面望去，医生的妻子觉得后院像是微缩的原始森林，那些兔子能随便乱跑吗，她问自己，肯定不能，它们仍然在兔舍里生活，等待一只瞎子用手送去白菜叶，然后这只手又来揪住它们的耳朵，把它们提出来，就在它们四条腿乱蹬的时候，另一只手猛打下去，敲断脊椎骨与颅骨相连的地方。戴墨镜的姑娘凭记忆来到家里，像楼下的老太婆一样，既没有绊在什么东西上也没有犹豫，父母的床没有收拾，大概是清早被抓走的，她坐在床上哭起来。医生的妻子坐在她身边说，不要哭了，这时还能说什么别的话呢，整个世界失去意义的时候眼泪还有什么意义呢。在姑娘的房间里，斗橱上的花瓶还在，水蒸发了，花也干了，姑娘两只手都伸出来，用手指摸摸枯死的花瓣，生命一旦被抛弃就变得如此脆弱。医生的妻子打开窗户，朝街上望望，其他人还在那里，坐在地上耐心地等着，只有舔泪水的狗凭着敏锐的听觉发现了动静，抬起头来。天又阴了，开始暗下来，夜晚渐渐逼近。她想，今天夜里不用到处找住的地方了，就留在这里吧。老太婆不会喜欢让我们所有的人经过她的家，她嘟嘟囔囔地说。这时戴墨镜的姑娘过来拍了拍她的肩膀说，他们没有把钥匙带走，在门锁上插着呢。这个困难，如果也算是困难的话，现在已经克服，他们无须再忍受一楼老太婆那副没好气的样子了。我下去叫他们，天很快要黑了，太好了，起码今天可以在一个家里睡觉了，在家的屋檐下，医生的妻子说；你们在我父母的床上睡吧；这以后再说；现在在我家里，我说了算；说得有理，听你的安排，医生的妻子拥抱了姑娘，随后下楼去叫伙伴们。他们一边上楼一边兴奋地说着什么，好像是来做客一样，虽然医生的妻子说过，每层楼有十级阶梯，但他们还是不时绊在台阶上。舔泪水的狗不声不响地跟在他们后头，仿佛它一生只会这样。戴墨镜的姑娘站在楼道里望着下边，这是知道有人上来时的习惯，如果不是熟人就是想知道是谁来了，如果是朋友就想说句欢迎的话，而现在无须用眼睛就知道谁来了，请进，请进，不要客气。一层的老太婆听到脚步声，走到门边窥探，以为又是一伙人来睡觉，她没有想错，问了一声，谁来了；戴墨镜的姑娘从上边回答说，是我的那伙人；老人一下子糊涂了，姑娘怎么到了楼上的楼道里呢，但她立刻明白了，对自己气恼起来，当初竟然忘了找一找正门的钥匙，把它们收起来，仿佛失去了几个月来作为这栋楼唯一的居民而取得的对该楼的产权。她找不到别的办法抵偿这突如其来的失望，只好把门打开，说了一声，喂，你们必须给我食物，不要假装把这件事忘了。但是，医生的妻子和戴墨镜的姑娘都在忙着，一个正领着伙伴们进屋，另一个正迎接他们，谁也没有回答，老太婆扯着嗓子喊道，你们听见了吗，这样做可不太好。因为这时舔泪水的狗恰恰从她面前经过，跳向她，疯了似的叫起来，狗吠声在楼梯间发出雷鸣般的回响，简直是神人相助，老太婆吓得大吼一声，跌跌撞撞地缩进屋里，咣当一声把门关上了。这个巫婆是谁呀，戴黑眼罩的老人问。我们没有自知之明的时候才说得出这种话，如果让他像老太婆那样生活下去，我们倒想看看他的文明举止能持续多久。

食物只有他们用塑料袋带来的那一些，水必须一滴一滴地节省，他们在照明方面运气很好，在厨房的柜子里找到了两支蜡烛，是放在那里供偶尔断电时急用的，但医生的妻子点上以后也只对她

213

本人有用，其他人不需要，他们脑袋里有光亮，亮度强到把他们的眼睛都晃瞎了。伙伴们只有这点儿东西，却成就了一次家庭式的聚会，成就了那种罕见的一个人的东西归大家所有的聚会。围着桌子坐下来之前，戴墨镜的姑娘和医生的妻子到楼下去履行诺言，更恰当的说法是满足对方的要求，用食物交付经过她家的买路钱。老太婆接过食物，嘴里嘟嘟囔囔地抱怨说，那条可恶的狗差一点儿把她给吃了，你们养这么一头猛兽，大概有许多食物吧，她转弯抹角地暗示说，仿佛指望通过这番加罪于人的话让两个女使者产生我们称之为良心歉疚的东西，确实，她们两个中有人会说，在一只凶猛的动物吃得饱足的时候，让一个可怜的老太婆饿死不够人道。两个女人没有再回去取食物，如果我们想到当前困难的生活环境，她们送去的那一份已经相当多了。但就在这时，老太婆出人意料地明白过来，原来她并不像看起来那么凶恶，她走进屋，拿出后门的钥匙，对戴墨镜的姑娘说，这是你的钥匙，拿去吧，仿佛这还不够，关门的时候还咕咕哝哝地说，非常感谢。两个女人心花怒放，原来女巫也有感情。她这个人原来并不坏，是因为长时间独自生活才变得疯疯癫癫了，戴墨镜的姑娘说，但似乎没有考虑，脱口而出。医生的妻子没有回答，决定留待以后再谈。其他人都躺下了，几个人已经睡着，她们两个像母亲和女儿一样坐在厨房里，准备休息一下后再收拾房间，这时医生的妻子才说，你呢，你打算怎么办；没有什么打算，留在这里，等着我父母回来；你独自一个人，并且失明了；失明我已经习惯了；那么孤独呢；我也必须习惯，下边的邻居老太婆也是一个人生活；你想变成她那样的人吗，吃圆白菜，吃生肉，这一带的楼房里好像没有其他人住，时间长了，你们两个会因为食物匮乏而互相仇恨，每撕一片圆白菜叶子另一个人都认为是从她嘴里抢的，你没有看见那个可怜的女人，只闻到了她屋里的气味，我告诉你，我们原来住的地方也没有那么让人恶心；迟早所有人都要像她那样，然后我们就完了，再也没有生命了；我们暂时还活着；你听我说，你懂得比我多得多，在你面前我是个无知的人，可是我认为我们都已经死了，我们瞎了是因为我们死了，如果你想让我换一种说法，可以说我们死了是因为我们瞎了，其实是一回事；我还看得见；你幸运，你丈夫幸运，我幸运，其他人也幸运，但你不知道你将来是不是仍然看得见，如果你也失明了，那我们都一样了，都像楼下的邻居老太婆一样了；今天是今天，明天是明天，今天我有责任，如果明天我失明，就没有责任了；什么责任呢；在别人失明的情况下尽有眼睛看得见的人的责任；你不能领着世界上所有的盲人，不能给他们所有人饭吃；本应当那样做；但你做不到；在我力所能及的范围内帮助他们；我清楚地知道你会那样做，要不是有你在，我也许已经不在人世了；现在我不愿意让你死去；我应当留下来，这是我的义务，我的家在这里，我想让父母回来的时候能发现我；如果他们能回来，你自己也说过，你不知道他们是否还是你的父母；我听不明白；你说过，楼下的邻居原来是个好人；她太可怜了，你父母也可怜，你也可怜，到你们相遇的时候，你们的眼睛都失明了，感情也丧失了，因为我们赖以生活的感情，使我们像以前那样生活的感情，是由于我们与生俱来的眼睛，没有眼睛，我们的感情就会变样，我们不知道如何变，不知道变成什么样子，你说我们死了是因为我们失明了，说得对；你爱你的丈夫；对，像爱我自己一样，可是，如果我失明了，如果失明以后不是原来的我了，那么那个能继续爱他的我是个什么样的人呢，又用什么样的爱去爱他呢；从前，我们还看得见的时候，也有盲人呀；相比之下要少，而且通常是具有看得见的人的情感，因此，盲人们以别人的感情去感觉，不像真正的盲人，现在则不同，现在出现的是真正的盲人的感情，我们还处于起始阶段，暂时还靠着对从前感觉的记忆生活，无须有眼睛就能知道今天的生活成了什么样子，如果那时有人对我说我有一天会杀人，我会认为那是对我的侮辱，但我现在却杀了人；那么，你想让我怎么办呢；和我一起走，到我家去；他们呢；对你怎样就对他们怎样，我尤其想让你去；为什么；我也自问过这是为什么，也许因为我把你当作自己的妹妹，也许因为我丈夫曾经和你睡过觉；原谅我吧；这不是什么需要原谅的罪恶；我们会成为寄生虫，吸干你的血；我们还看得见的时候就有不少寄生虫，至于血，除支撑负载它的躯体之外，它总要服务于某种东西，好了，我们睡觉吧，明天会是另一种生活。

　　另一种生活，或者同样的生活。斜眼小男孩醒来以后想去厕所，他正在腹泻，身体本来就虚弱，难免生病，但人们马上发现厕所没法进去了，看来楼下的老太婆用过了这栋楼里所有的厕所，直到全部不能用才罢休。出于极为偶然的原因，昨天睡觉前七个人当中谁也没有满足大肠排泄的急切需要，否则他们早就知道了。现在所有人都感到了这种需要，以小男孩为甚，他已经憋不住了，确实，不论我们多么不愿意承认，但生活中这些肮脏的事实在任何小说中都必须加以考虑。如果肠子平平静静，任何一个人都有种种想法，如争论眼睛和感情之间是否存在直接关系，责任感是否是良好视力的必然结果，但是，当焦急折磨我们的时候，当肉体由于疼

216

痛和痛苦不肯听从我们指挥的时候，就能看到我们自己渺小的兽性了。后院，医生的妻子喊了一声。她说得对，要不是天还这么早，他们会遇到楼下的女邻居，现在到了不再称她为老太婆的时候了，那个称呼有贬义，我们可以说，她蹲在那里，被母鸡团团围住，为什么呢，提出这个问题的人肯定不了解母鸡是怎样的家禽。斜眼小男孩紧紧按着肚子，由医生的妻子扶着急匆匆地沿楼梯往下跑，能忍到这里已经不容易，太可怜了，不要再强求他吧，到了最后几级台阶，括约肌再也抵挡不住肚子里的压力，其后果可想而知。另外五个人尽量摸索着从防火梯往下走，这是名副其实的救生楼梯，如果说隔离检疫时期尚残留一点儿廉耻感，现在也该丧失殆尽了。他们散布在后院，使劲发出呻吟，为最后一点儿无用的知耻之心而难过，一个个做了不得不做的事，医生的妻子也不例外，但她哭了，望着他们哭了，为他们所有人哭了，似乎他们都已哭不出来。她的丈夫，第一个失明者和他的妻子，戴墨镜的姑娘，戴黑眼罩的老人，斜眼小男孩，她看见他们蹲在草丛里，蹲在圆白菜多节的茎秆中间，母鸡在四周窥视，舔泪水的狗也下来了，又是一个。他们各自设法潦草地擦了擦，用几把草，或几片碎砖块，凡是伸出胳膊能够到的东西，但有的时候擦了比不擦还要糟。他们又从防火梯上楼，一路上谁也没有开口，楼下的女邻居没有出来问他们是谁，从哪里来，到哪里去，大概头一天的夜宵吃饱了，还在睡觉。当他们进到屋里，一开始谁都不知道该说什么，后来戴墨镜的姑娘说这样下去不行，没有水，不能洗，可惜没有像昨天那样下倾盆大雨，否则就可以再到后院，赤裸着身子，不顾廉耻，任凭天上慷慨落下的水浇在头上和肩膀上，沿着前胸后背和双腿往下流，还可以用两只终于冲干净的手接雨水，权当杯子让干渴的人用，至于此人是谁无关紧要，偶尔嘴唇轻轻挨到皮肤上，如果非常渴，那人会贪婪地把手中的最后一滴也喝光，这说不定能唤起另一种渴望。人们已多次发现，戴墨镜的姑娘缺乏想象力，但在这种悲惨可笑又绝望的情况下，她能想到什么呢。尽管如此，她不缺少某种务实的感知力，有事实为证，她到自己卧室，后来又到父母的卧室，打开橱柜，拿来了一些毛巾和床单，我们用这个擦擦吧，她说，总比什么都没有强。无疑，这是个很好的主意，坐下来吃饭的时候，他们都感到自己与擦之前大不相同了。

医生的妻子在餐桌上谈了她的想法，现在到了我们决定下一步应当怎样做的时候，我相信所有的人都失明了，至少到现在为止我看到的人的举止都像盲人，没有水，没有电，没有任何必需品供应，我们处在混乱之中，真正的混乱大概就是这个样子；政府还在吗，第一个失明者说；我不相信还有什么政府，即使有的话也是个想统治盲人的盲人政府，也就是说，虚无企图把虚无组织起来；这么说就没有未来了，戴黑眼罩的老人说；我不知道是不是有未来，现在要解决的是，在目前情况下我们怎样才能活下去；没有未来，现在就毫无用处，就是没有现在；也许人类以后能在没有眼睛的情况下生活，但那时候他们将不再是人类，其后果显而易见，我们当中谁还会认为自己像以前以为的那样有人情味呢，拿我来说，我杀死了一个人；你杀死了一个人，第一个失明者大吃一惊；对，杀死了另一翼的头目，用一把剪刀刺穿了他的喉咙；你杀人是为了替我们报仇，为女人们报仇，非女人不可，戴墨镜的姑娘说，正义的报复是人道主义的举动，如果受害者没有向残忍的家伙报复的权利，那就没有正义可言了；也就没有人类可言了，第一个失明者的妻子补充说；让我们回到正题上来吧，医生的妻子说，如果继续在一起，也许我们能活下去，如果我们各奔东西，会被人群吞噬，死去；你曾经说过，有一些组织起来的盲人团伙，医生说，这表明已经产生了新的生活方式，我们不一定像你预见的那样必死无疑；我不知道他们真的组织到了什么程度，只看见他们在外边走来走去寻找食物和睡觉的地方，对别的就一无所知了；我们回到了原始部落时代，戴黑眼罩的老人说，区别在于我们不是区区几千男女生活在广袤的原始大自然中，而是百万千万的男男女女生活在一个贫瘠干涸的世界中；一个失明的世界，医生的妻子补充说，等到难以找到水和食物的时候，可以确信那些团伙必将解散，每个人都以为自己能更好地活下去，没有必要和别人平分，找到的东西都归自己所有，绝不肯给别人；那些现存的团伙大概都有首领，有人指挥和组织，第一个失明者说；也许有吧，不过，在这种情况下指挥的人和被指挥的人同样瞎；你没有失明，戴墨镜的姑娘说，所以必须由你来指挥和组织；我不指挥，只能尽量组织，我仅仅是你们失去了的眼睛；一种自然形成的首领，在盲人的国度里有个长眼睛的国王，戴黑眼罩的老人说；如果这样，在我还有眼睛的时候就让我的眼睛领着你们吧，所以，我建议我们不要分开，不要她在她家，你们在你们家，你在你家，我们还是在一起生活吧；我们可以留在这里，戴墨镜的姑娘说；我们家更大一些；要是没有被别人占了的话，第一个失明者的妻子提醒说，到了那里以后我们就知道了，如果确实被占了，我们就回到这里来，或者到你们家去，或者到你家去，她最后这句话是朝戴黑眼罩的老人说的；老人回答说，我没有自己的家，独身一人住在一个房间里；你没有家庭吗，戴墨镜的姑娘问；没有；也没有妻子，没有儿女，没有兄弟吗；都没有；要是我父母不回来，我就和你一样孤单了；我会和你在一起，斜眼小男孩说，但他没有加上一句，如果我妈妈没有来找我的话，他没有加上这个条件，奇怪的举动，也许并不那样奇怪，小孩子适应得快，他前面还有一辈子的路要走。你们决定怎么做，医生的妻子问；我和你们一起走，戴墨镜的姑娘说，我只求你每星期至少陪我到这里来一趟，也许我父母能回来呢；你会把钥匙留给楼下的女邻居吗；我没有别的办法，再说，能拿的她都已经拿走了；她会把一切都毁了的；我来过这里以后，也许她就不那样做了；我们也跟你们一起走，第一个失明者说，只是希望尽早到我们家去一趟，好知道出了什么事；当然，我们会去；至于我家，没有必要去，我已经说过我那个家是怎么回事了；你和我们一起走吧；好，但有一个条件，他说，乍看起来似乎荒唐，别人向他施恩惠，他却事先提条件，不过有些老人就是这样，所剩的时间越短，傲气就越大；什么条件呀，医生问；当我变成难以承受的负担的时候，请你们告诉我，如果你们出于友情或者怜悯不肯吱声，我希望我头脑里有足够的理智做我应该做的事；什么事呀，可以让人们知道吗，戴墨镜的姑娘问；离开，走开，死去，就如同从前的大象那样，我听说近来不这样了，没有一头大象能活到老年；确切地说，你不是大象；确切地说，我已经不是个人了；尤其是当你开始像孩子似的回答问题的时候，戴墨镜的姑娘反驳说。谈话到此为止。

塑料袋比来的时候轻得多，也难怪，一楼的女邻居也吃了里边的食物，吃了两次，第一次是昨天晚上，今天他们请她在房子的法定主人回来之前代为保管钥匙时又给了她一些，只是为了堵住她的嘴。因为我们对她的品格已有充分了解，还有，舔泪水的狗也来吃了，面对它那双乞求的眼睛，只有铁石心肠的人才能装作无动于衷，提到狗，它到哪里去了呢，不在屋里，也没有从前门出去，只能在后院，医生的妻子去看了看，可不是嘛，舔泪水的狗正在大口大口地吞吃一只母鸡，它攻击的动作极快，母鸡来不及发出报警信号，但是，如果一楼的老太婆有眼睛，对有多少只母鸡心中有数，不知道她一怒之下会怎样处置戴墨镜的姑娘的钥匙呢。舔泪水的狗既意识到犯了过错，又发现它保护的人要走，只迟疑了一瞬间，便立即开始在松软的地上刨坑，抢在一楼的老太婆在屋里听到响动来防火梯平台上闻闻是怎么回事之前，把母鸡的骨架埋上了，暂时把罪恶掩饰过去，歉疚留待以后再说。它偷偷溜上楼梯，像一阵风吹动了老太婆的裙子，她没有发现刚刚在身边经过的危险，狗到了医生的妻子身边才向着空中大声宣告了它刚才的壮举。听到如此凶恶的吠叫声，一楼老太婆害怕了。我们知道，已为时太晚，为了她贮藏的那点食物的安全，她伸长脖子朝上面喊道，必须把这条狗拴牢，不要让它去吃我的母鸡；您放心吧，医生的妻子回答，这条狗已经吃了东西，不饿，我们现在就要走了；现在吗，老太婆重复了一句，声音微弱，仿佛有点舍不得，好像想让对方以完全不同的另一种方式理解她这句话，例如，你们要把我一个人留在这里吗，但她没有多说一个字，只说了那句现在吗，并不要求回答，铁石心肠的人也有痛苦，这个女人的痛苦到了这种程度，使她后来甚至没有打开门向这些忘恩负义的人告别，而她曾允许他们随便穿过她的家。她听见他们走下楼梯，一边走一边相互交谈，小心点，别摔跛，把手放在我肩上，扶着扶手。都是些简简单单的话，但现在，在这个盲人的世界里，这些话用得最为普遍，令她感到诧异的是，其中一个女人说，这里太暗了，我什么也看不见，看来这女人患的不是白色失明症，这一点已经让人吃惊，因为太暗看不见，这是什么意思呢。她本打算思考一下，也确实尽了力气，但脑袋空空，不听使唤，不一会儿，又自言自语说，我没有听清楚，对，是这么回事。到了街上，医生的妻子想到刚才说的话，决定以后说话时应当更加注意，动作和长眼睛的人一样倒还可以，但说话必须跟盲人一样，她想。

大家都聚集到人行道上，她让伙伴们排成两行，每行三个人，第一行是她的丈夫和戴墨镜的姑娘，他们中间是斜眼小男孩，第二行是戴黑眼罩的老人和第一个失明者，他们中间是第一个失明者的妻子。她想让所有人都在自己身边，不像印第安人一样排成一列，那样随时可能被冲散，只要在路上与人数更多横冲直撞的一伙人相遇，就会像一艘邮轮把一只碰巧拦住它去路的帆船拦腰截断一样。这类事故的后果尽人皆知，小船沉没，水面漂着船的残骸，船上的人落水，在无边无际的海上徒劳无益地呼救，邮轮早已开走，似乎没有发现这起撞船事件。她这伙人也将一样，一个盲人在这里，另一个在那里，迷失在别的盲人组成的混乱的人潮中，像大海中不停涌动的不知道往哪里去的浪涛，医生的妻子那时也不知道先帮助谁好，拉住丈夫，也许拉住斜眼小男孩，但丢了戴墨镜的姑娘，丢了另外两个人，更远处，戴黑眼罩的老人正像一头老象一样朝坟墓走去。夜里其他人睡觉的时候，她用布条拧成了一根绳子，现在她把所有人和她自己圈起来。你们不要抓着我，她说，而是要紧紧抓住

绳子，用力抓紧，无论发生什么情况都不要松开，走路的时候不要
靠得太近，以免互相磕碰绊倒，但必须能感觉到旁边的人，如果可
能的话相互摸一摸。只有一个人无须为前进的新战术操心，他就是
斜眼小男孩，他走在中间，四面都有人保护。我们的这些盲人当中
谁也没有想到问一问，其他一群一伙的盲人是怎样在这大海中航
行的，是不是也拴在一起，使用这种或别的办法。但是，从我们所
观察到的情况来看，这个问题不难回答，除个别群体由于我们不知
道的特殊原因牢牢聚合在一起之外，一般来讲，其他的团体每天都
会失去一些人，又有一些人加入进去，总是有个盲人走散了，走失
了，另一个人被吸引过去，跟在后面，至于那伙人是接纳他还是把
他赶走，就要根据他随身带的东西而定了。一楼的老太太慢慢打开
窗户，她不想让别人知道这种感情的脆弱，但街上没有传来任何嘈
杂声，他们已经走了，离开了这个几乎没有人经过的地方，她本该
感到高兴，因为这样一来他们就不会分享她的母鸡和兔子了，但本
该高兴时她却高兴不起来，失明的眼睛里流出了两滴泪水，她有生
以来头一次问自己，是不是还有理由继续活下去。没有答案，答案
在最需要的时候总是不肯出现，而很多时候唯一可能的答案却是，
你必须耐心等待。

路上，他们经过的一处地方离戴黑眼罩的老人的单身房间只
有两个街区，但他们早已决定继续向前，那里没有食物，有衣服却
不需要，有书也不能读。一条条街上到处是寻找食物的盲人，他们
从商店里进进出出，两手空空地进去，出来的时候也几乎都是两手
空空，接着他们就开始争论是否应当离开这个街区到城市的其他地
方碰碰运气，权衡着这样做的利弊。一个大问题是，在这种情况下

无法做饭，没有自来水，没有电，煤气罐空了，还有，在屋里生火又很危险；假如想做几种还有点当年风味的菜肴，就要考虑到哪里去找盐油和作料；其实，要是有蔬菜，用水煮一煮我们就会心满意足了；至于吃肉，同样也遇到问题，除了过去常吃的兔子和母鸡，逮到狗和猫也能下肚，不过，经验是生活的导师，此话不假，就连这些过去家养的动物现在也学会了提防人们的抚摩，成群结伙地觅食，成群结伙地防备被猎取；感谢上帝，它们还长着眼睛，所以现在更善于躲避，如果有必要还善于进攻。所有这些情况和原因都使人们得出结论，人类最好的食物是罐头，这不仅因为大都是熟食，打开之后立即就能吃，还因为携带方便，食用也方便。当然，无论是洋铁皮罐头，还是玻璃瓶罐头还是其他包装的罐头，上面都标明有效期，过了这个日期不宜食用，甚至在某些情况下还会发生危险，不过人们的智慧无穷，一句无可辩驳的谚语很快流传开来，它与另一句早已不用的谚语类似。老谚语说，眼不见，心不烦。现在则说，眼不见，胃麻木，照样享受，因此，胃里才装进了那么多肮脏的东西。医生的妻子走在这伙人前头，她正在计算他们现有的食物，最多够吃一顿，还不把狗包括在内，但是，狗自有办法，它不是灵巧地掐住母鸡的脖子，咬断它的喉咙，结果了它的性命吗。如果她记得没错，并且假设没有任何人曾闯进他们的家，家里贮藏着数量不少的罐头，就他们夫妇二人而言是足够了，但现在是七个人，即便实行严格的配给制度也支撑不了多久。明天，或者这几天之内，她必须再去一趟那个超市的地下仓库，看看是独自一个人去还是请丈夫陪她一起去，要么请第一个失明者一起去，他年轻，动作敏捷，选择的标准是能找到更多的食物而且行动迅速，还要考虑到撤退时的困难。街上，垃圾似乎比昨天增加了一倍，原来的人粪被大雨浇成了糊状，和他们一样在街上走动的男男女女刚刚拉的屎有的黏稠，有的清稀，空气中弥漫着臭味，像浓浓的烟雾，必须竭尽全力才能穿行。一个绿树环绕的广场中间有座塑像，一群狗正在贪婪地吞噬一个男人的尸体。此人大概死去时间不长，四肢还未僵硬，这从狗用牙齿撕扯骨头上的肉时尸体的四肢还在随之晃动这一点可以看得出来。一只乌鸦在旁边蹦来跳去，寻找机会钻进去分享这美味佳肴。医生的妻子转过脸去，但为时已晚，一阵恶心从五脏六腑涌上喉头，接着是第二次，第三次，她难以忍住呕吐，仿佛自己尚活着的躯体也在被另一些饿狗摇晃撕扯，这群疯狂的饿狗，现在轮到我了，她难受得恨不得立刻死在这里。丈夫问，你不舒服吗；绳圈里的其他人也一阵惊慌，往一起挤了挤，怎么回事；吃得不合适吗；莫非吃了坏东西；我一点儿感觉都没有；我也没感到什么。他们情况还好，只能听见动物的骚动，忽然传来一阵乌鸦异样的呱呱声，原来是一条狗在混乱之中不经意咬到了乌鸦的翅膀，只是轻轻一咬，并非蓄意作恶。医生的妻子说，我实在忍不住，请原谅，是几条狗在吃另一条狗；它们在吃我们那条狗吗，斜眼小男孩问；没有，怎么会呢，我们的狗还活着，它正在那些狗周围转圈，但没有靠近它们；吃了那只母鸡以后，它大概不会很饿，第一个失明者说；你现在好一点儿了吗，医生问；已经好些了，我们走吧；那，我们的狗呢，斜眼小男孩又问道；那条狗不是我们的，只是一直跟着我们，也许它会留在这里，它本来就跟这些狗在一起嘛，现在又遇到它的老朋友们了；我想拉屎；在这里拉屎吗；我憋不住了，肚子疼，小男孩急不可耐地说。他就地方便了，也只能在这里

225

方便，医生的妻子又呕吐了一次，但是出于别的原因。后来，他们穿过宽阔的广场，来到树荫下，医生的妻子朝后看了看。那里的狗又多了一些，已经开始争夺尸体上的残肉。舔泪水的狗正朝这边走来，鼻子紧贴着地面，仿佛在循着气味的踪迹，这是习惯使然，因为这一次只要抬头望一望就能看见它要找的那个女人。

他们接着前行，戴黑眼罩的老人的家已经被甩在后面，现在他们走在一条长长的大马路上，两旁是一座座豪华的高楼。这里的汽车都昂贵宽敞且舒适，所以才有许多盲人来这里，在汽车里睡觉，看来一辆巨大的老式汽车真的变成了常住的居所，可能因为回到一辆汽车里比回到一所房子里更加容易，住在车里的人大概像住在检疫所里的人找自己的床位一样，从街角开始摸索着数汽车，第二十七辆，右侧，好，我到家了。老式汽车停在一座银行大楼前面，是送银行董事长来参加每周例行的董事会全体会议的，这是宣布白色眼疾流行以来的第一次全会，汽车还没有来得及开进地下停车场，它本应在那里等到会议结束。董事长按习惯从正门走进大楼的时候，司机失明了，还大喊了一声，我们说的是司机大喊了一声，但是他，我们说的是董事长，他没有听见。不过，会议并没有像其名称那样成为全体会议，近几天来已经有几位董事先后失明。董事长也未能宣布会议开始，其议题之一正是讨论一旦董事会正式成员和候补成员全部失明时应采取何种对策，董事长甚至没有能走进会议室，因为电梯本应把他送到十五楼，但升到九楼和十楼之间时断了电，电梯再也不动了。常言道祸不单行，就在此刻负责维修内部电力系统的电工们失明了，因此，早该更换的老式非自动发电机也没有启动，其结果，正如前面所说，电梯停在了九层和十层之间。董事长亲眼看着送他上楼的电梯工失明了，一个小时以后他本人也丧失了视力。由于没有恢复供电，由于这一天银行职员中失明者人数倍增，最可能的是他们俩死在了电梯里边，尸骨到现在还在那里，无须说，由于封闭在一个钢铁坟墓之中，有幸未遭饿狗吞噬。

　　既然没有证人，即使有，他们也显然不曾被叫到这些小汽车跟前来为我们讲讲发生的事情，如果有人问起我们怎么会知道事情是这样而不是以那样的方式发生的，这完全可以理解，若是如此，就可以回答说，所有的故事都像《创世记》一样，当时没有任何人在场，没有任何人目睹了一切，但人人都知道发生了什么事。医生的妻子曾经问过，银行里出了什么事呢，虽然她在其中一个银行有些存款，但对银行的事并不是很关心，之所以发问仅仅出于好奇，仅仅因为想到了银行，仅此而已，她也不指望人们回答，比如像这样的回答，起初，神创造天地，地是空虚混沌，渊面黑暗，神的灵运行在水面上。倒是戴黑眼罩的老人在沿着大马路前行的时候说了这样的话，据我在眼睛还看得见的时候得知，一开始便一片混乱，人们害怕失明以后一无所有，纷纷跑到银行取钱，认为应当早为未来打算。这无可厚非，如果某人知道不能再工作，唯一的办法就是求助于在衣食无忧的时期因眼光长远而积攒下的钱财，假设人们确实都有此远虑，一点一滴节约，有了点积蓄，那么突然间都去取款的结果是一些大银行在二十四小时内倒闭，于是政府出面干预，要求人们镇静，呼吁公民表现出爱国精神。政府的声明最后庄严宣布，它将为当前面临的灾难承担全部责任和义务，但这番话未能缓解危机，这不仅是因为越来越多的人失明，还因为仍看得见的人一心想挽救自己宝贵的金钱，其必然结果是所有银行，无论是已经破产还是尚未破产的，全都关门停业，请求警方保护，但这也毫无用处，聚集在各家银行门前大喊大叫的人群当中也有些便衣警察，他们同样要求取出辛辛苦苦挣来的钱。为了不受拘束地表达自己的愿望，其中几个甚至通知警察局说他们已经失明，退出现役，另外一些还身着制服的现役警察举起武器瞄准了发泄不满的群众，但突然间看不清准星，眼前一片白色。这些人如果在银行有存款的话，不仅失去了一切希望，还被指控与当局狼狈为奸。不过最糟糕的还在后面，所有银行都遭到已经失明或尚未失明但同样疯狂的人群袭击，人们不像平常那样走到柜台前，心平气和地递上支票，对银行职员说，我想把钱取出来，而是不顾一切地见钱就抢。当天的现金，放在抽屉里的钱，由于粗心没有关上的保险柜，老一辈祖母们装零钱的那种古老的小口袋，通通被洗劫。当时的情景实难想象，无论是带天井的豪华总行还是街区的小储蓄所，无一例外地目睹了这些确实让人胆战心惊的场面，不能忘记那些自动取款机上出现的小小插曲，机器被砸开之后，最后一张钞票也被抢走，有的自动取款机的提示板上还莫名其妙地显示出这样的话，感谢你选择本银行。如果说这些机器背叛了其主人不够确切，至少应当说它们愚蠢透顶。总之，整个银行系统像纸牌搭成的城堡一样顷刻间坍塌了。这倒不是因为拥有金钱不再受到重视，有钱的人不肯放弃财富这一点就是证明，他们说谁也无法预料明天会怎样。同样，在各银行的地下室里住下的盲人们肯定也这样想，他们在等待着里边的大保险柜那笨重的镀镍钢门奇迹般地敞开，因为与巨额的财富仅一门之隔，他们盘踞在地下室，只有寻找食物和水或者满足肉体其他需要的时候才肯出去，并且很快返回，回来时使用口令和手势作暗号，不让任何陌生人进入营垒，当然，他们生活在一片黑暗之中，但这无关紧要，这种失明症患者眼中一切都是白色。戴黑眼罩的老人讲述银行和金融界这些骇人听闻的事件时，他们慢慢穿过这座城市，偶尔停下来，让斜眼小男孩减轻一下肠子里难以忍受的痛苦。虽然老人讲得兴致勃勃，有声有色，但人们有理由怀疑他的话语中有某些夸张的成分，例如，在地下室生活的盲人们的故事他是怎样知道的呢，他既没有掌握通行的口令也不会用手指打暗号呀，尽管如此，我们还是有了个大致的概念。

来到医生和他的妻子居住的街道时天色已晚。这条街与其他街道没有什么区别，到处一片狼藉，一群群盲人漫无目的地游荡。在这里，他们头一次遇到大老鼠，此前不曾遇到纯属偶然，大老鼠有两只，在街上游荡的猫也不敢与它们较量，因为它们几乎和猫一样大小，可以肯定比猫更凶狠。舔泪水的狗看看猫，又看看老鼠，一副漠不关心的样子，似乎兴趣不在这里，或者说它已经不是一条狗，而是成为属于人类的动物了。看到这些熟悉的地方，医生的妻子没有感到在这种情况下应有的忧伤，她本来会想，时间过得太快了，仿佛昨天我们还在这里生活，那时多么幸福。而令她吃惊的是心头涌上一阵绝望，原来下意识地以为这是她的街道，应当干净整洁，虽然邻居们的眼睛失明了，但相互之间的理解还在。我太傻了，她大声说；为什么，出了什么事，丈夫问；没有什么，是我在胡思乱想；时间过得太快了，家里会是什么样子呢，他说；我们马上就知道了。力气已经耗尽，他们上楼梯时走得很慢，在每层平台上都要停一停，他们的家在五楼，医生的妻子早就说过。每个人都尽力往上爬，舔泪水的狗时而跑到前头，时而回到后面，仿佛生来具有牧羊犬的天赋，得到命令不让任何一只羊走失。有的门敞开着，里边传来说话声，涌出阵阵令人作呕的气味，对这种气味他们早已司空见惯，两次遇到有盲人站在门槛上用空漠漠的眼睛向外张望，来的是谁呀，他们问；医生的妻子认出了其中的一个，另一个不是这栋楼里的人，我们原来住在这里，她只回答了这么一句。邻居的脸上闪过一丝认出熟人的表情，但没有再问一声是医生先生的太太吧，也许回到屋里以后会说，五楼的人回来了。爬最后一层楼梯的时候，脚还没有踏上平台，医生的妻子就大声说，门关着。看得出，有企图撞开门留下的痕迹，但门很结实，顶住了。医生把手伸进新外衣里边的口袋，掏出钥匙，但拿在手中，等待着什么，妻子轻轻地扶着他的手，把钥匙插进锁孔。

15

家里的尘土趁主人不在的时候轻轻落下来，模糊了家具的表面，顺便说一句，这是它们安安静静地休息一些日子的唯一机会，没有掸子或者吸尘器骚扰，没有孩子们奔跑时在空气中搅起涡流。除此之外，家里还算干净，如果说有些不整齐之处，也是由于匆匆忙忙出门，在意料之中。尽管如此，那一天，等着卫生部和医院的人来叫他们的时候，医生的妻子表现出了智者的远见卓识，这些人在生前把一切都安排妥当，以免死后给别人留下整理乱摊子的繁重负担。她把餐具洗干净，把床收拾好，把洗手间的东西放整齐，虽然算不上无可挑剔，但当时她双手颤抖，眼泪汪汪，如果人们还要求她做得更好，那就近乎残酷了。因此，这七个跋涉者好像来到了天堂，这种感觉极为强烈，我们称之为石破天惊，也不会对这个词的确切含义构成亵渎。他们在门口停下来，仿佛被突如其来的家庭气味惊呆了，其实不过是关门闭户的屋子里的气味，若是在往常，我们会跑过去把所有窗户全打开，说一声，通通风，但今天还是关得严严实实为好，不让腐臭钻进来。第一个失明者的妻子说，我们会把一切弄脏。她说得对，如果他们穿着那些沾满泥巴和粪便的鞋进去，顷刻间天堂就会变成第二个地狱，据权威人士说，在地狱里，罪恶的灵魂最难以忍受的不是烧得通红的钳子，滚烫的油锅和其他火烧油烫的工具，而是腐臭瘟疫等令人作呕的气味。自古以来，家庭主妇们习惯这样说，进来吧，进来吧，没关系，弄脏了擦干净就是了，但这位主妇和她的客人们一样，知道他们从哪里来，知道他们所生活的世界只要弄脏便会更脏，所以请人们把鞋子脱在楼道里，当然，他们的脚也不太干净，不过与鞋子相比还是大不一样，戴墨镜的姑娘家的毛巾和床单起了一些作用，把大部分脏东西擦掉了。于是他们光着脚走进屋里，医生的妻子找到了一个大塑料袋，把所有的鞋全都塞到里面，打算洗一洗，她不知道怎样洗，什么时候洗，后来她把塑料袋拿到阳台上，外面的空气不会因此而更加污浊。天开始暗下来，乌云密布，但愿能下一场雨，她想。她清楚地知道现在该做什么，转身看着伙伴们，他们正一声不响地站在客厅里，尽管已经筋疲力尽，但谁也不敢找地方坐下，只有医生随手在家具上摸索，留下一些手印，这算是开始了第一次清扫，一些尘土已经沾在了他的指尖上。医生的妻子说，所有人都把衣服脱下来，我们不能像现在这样待下去，衣服和鞋子一样脏；脱衣服，第一个失明者问，在这里脱，当面脱，我觉得不合适；如果你们愿意，我可以把每个人单独领到家里的一个地方，医生的妻子以讥讽的口气说，那样就不会难为情了；我就在这里脱，第一个失明者的妻子回答说，只有你一个人看得见我，即使不这样我也不会忘记，你曾看到过我比赤身裸体更难堪的样子，不过我丈夫太健忘了；我不明白重提过去那些不愉快的事有什么意思，第一个失明者嘟嘟囔囔地说；如果你是个女人，曾有我们的遭遇，就不会这样想了，戴墨镜的姑娘说，她开始给斜眼小男孩脱衣服。医生和戴黑眼罩的老人从腰部以上已经脱光，现在正解裤子，戴黑眼罩的老人对身边的医生说，让我扶着你，把裤子脱下来。这两个人蹦蹦跳跳，既可笑又可怜，简直让人想落泪。医生打了个趔趄，两个人一起摔倒了，幸好他们没有在意，都笑了。看着他们那副模样，身上一块一块的各种污垢，阴部成了糊状，白色阴毛，黑色阴毛，让人顿生怜爱之心，一个是长者，另一个从事备受崇敬的职业，但两个人的尊严和体面都已丧失殆尽。医生的妻子走过去把他们扶起来，不一会儿天完全黑了，谁也没有再感到难为情。家里有蜡烛吗，她问自己，这时想起家里有两件照明用的古董，一个是带三个喷嘴的老式油灯，另一个是老式煤油灯，就是上面带玻璃灯罩的那种，今天用油灯，家里有橄榄油，灯芯可以临时做，明天到附近的杂货店去找找有没有煤油，找煤油比找食品罐头容易得多。更何况我不是到杂货店里去找，她想，此时她对自己的想法感到惊讶，在这种情况下还有心思开玩笑。戴墨镜的姑娘正在脱衣服，动作很慢，使人觉得她一直在脱，但身上总是留着一件遮羞，她自己也难以解释此刻哪来的羞怯，但是，如果医生的妻子离得更近一些，就会发现姑娘的脸虽然肮脏，但泛起了红晕。尽量理解女人们吧，其中一个与不大相识的男人们睡过不知多少次之后突然产生了羞耻之心，而另一个，我们已经知道，她非常可能凑到前者耳边以世界上最平静不过的口气说，你用不着害臊，他看不见你，显然，她指的是她本人的丈夫。我们不会忘记，那个不知羞耻的姑娘怎样把他勾引到床上，确实如此，女人们，只有不了解女人的男人才去花钱购买。但是，她脸红也许出于别的原因，这里还有另外两个赤身裸体的男人，其中一个曾在床上接待过她。

医生的妻子把丢在地上的衣服拢到一起，裤子，衬衣，一件西服外套，背心，女衬衫，一件内衣脏得发黏，即使用洗涤剂泡上一个月也难以洗净，她把这些衣服通通卷成一团，抱起来，你们留在这里，她说，我马上回来。像刚才收拾鞋子一样，她把衣服也送到阳台上，在那里她脱下自己的衣服，望着阴沉的天空下漆黑一片的城市。一扇扇窗户没有一丝微弱的灯光，房屋正面不见半点反射出的光亮，眼前不是一座城市，更像沥青熔化了，冷却之后在硕大无朋的模子里铸成了楼房屋顶和烟囱的形状，一切都死气沉沉，寂无声息。舔泪水的狗来到阳台，显得心神不安，但现在没有人哭泣，没有泪水可舔，眼睛已经哭干，一切绝望和疯狂都埋在心里。医生的妻子感到有些寒冷，想到伙伴们，想到他们赤条条地站在客厅中央，不知道在等待什么。她走进屋里。他们都成了没有性别的轮廓，成了边缘模糊的污渍，成了隐没在黑暗中的阴影。但是，对他们来说并不是这样，她想，他们溶解在自己周围的光亮里，正因为这光亮他们才失明。我来点上灯吧，她说，现在我几乎和你们一样瞎；已经有电了吗，斜眼小男孩问；没有，我要点上一盏油灯；什么是油灯，小男孩又问；过一会儿我告诉你。她从一个塑料袋里掏出一盒火柴，走到厨房里，她知道橄榄油放在什么地方，找出来不用费事，把一块洗餐具的抹布撕成条作灯芯，然后她返回客厅，油灯就放在那里，自从人们造出这盏油灯以来，它将头一次派上用场，一开始这似乎不该是它的宿命，不过，我们当中任何一个，包括油灯，狗和人在内，一开始谁也不知道为了什么来到这个世界上。油灯的喷嘴一个个点着了，摇摇曳曳，像三个发光的杏仁，有时伸得长长的，仿佛尖尖的火苗要消失在空气中，随后又蜷缩回来，仿佛变得浓密结实，成了光亮的小石块。医生的妻子说，现在我看得见了，我去给你们找干净衣服；可是，我们都很脏，戴墨镜的姑娘提醒说，她和第一个失明者的妻子都用手捂着乳房和阴部。这不是因为我在这里，医生的妻子想，是由于油灯的光亮在看着她们。随后，她说，脏身体穿上干净衣服总比干净身体穿上脏衣服好。她端起油灯，到里边的衣柜抽屉和衣架上翻了一通，几分钟以后拿来了睡衣，白大褂，半裙，女衬衫，连衣裙，裤子，背心，足够七个人穿戴整齐，当然，他们高矮不同，但瘦弱方面却像孪生兄弟姐妹。医生的妻子帮助他们穿上衣服，斜眼小男孩穿的是医生的短裤，就是去海滨或者乡间时穿的那种，任何人穿上它都会变成孩子。现在我们可以坐下了，医生的妻子叹了口气说；请扶我们一下，我们不知道坐在哪里。

客厅和所有客厅一样，中间放张小桌子，周围有几个沙发，足够大家坐下，医生和他的妻子以及戴黑眼罩的老人坐在这个沙发上，戴墨镜的姑娘和斜眼小男孩坐那一个，第一个失明者的妻子和第一个失明者坐另一个。人人都筋疲力尽了。小男孩把头偎在戴墨镜的姑娘怀里，很快便睡着了，再也没有想起油灯的事。就这样，一个小时过去了，这也是一种幸福，在极为柔和的灯光下，一张张肮脏的脸也仿佛已经洗过，没有睡着的人眼睛闪闪发光，第一个失明者摸到妻子的手，紧紧攥住，从这个动作上可以看出，消除肉体疲劳对精神的和谐起着多么大的作用。这时，医生的妻子说，过一会儿我们就吃点东西，但吃饭之前我们最好就如何在这里生活下去达成一致意见。请放心，我不会重复扩音器里的那个通告，睡觉的地方够用，我们有两间卧室，两对夫妇各住一间，其他人在这个客厅的沙发上睡觉，每人一个。明天我必须去寻找食物，现有的东西快吃完了，你们当中要有一个人跟我一起去，帮助我拿食物，不过也是为了让你们学会辨认道路和拐角，知道怎样回到家里来，说不定哪一天我会生病，或者失明，我一直等待着出现这种情况，那时我必须向你们学习。还有一件事，谁需要方便的话就到阳台上去，那里有一只桶，我知道，外边一直在下雨，很冷，到阳台上去方便不是件惬意的事，不过总比把屋里弄得臭气熏天要好。我们不该忘记，在精神病院的时候我们过的是什么生活，我们，所有的人，各种凌辱都忍受过，甚至干了那么下贱的事，同样的事也可能在这里发生，当然形式不同，在那里，我们还能以其他人的下贱行为为自己开脱，而现在则不然，现在我们在恶与善面前人人平等。请你们不要问我什么是善，什么是恶，在失明症还是例外的时代我们从每个行为中都认识到了这一点，所谓正确与错误，只不过是对我们与他人关系的着眼点不同而已，这里不是指我们之间的关系，这一点不容置疑，请你们原谅我这番伦理道德方面的说教，你们不知道，也不可能知道在盲人世界里有眼睛是什么滋味，我不是女王，绝对不是，只是个生来注定目睹这悲惨场面的人，你们能感受，而我既能感受又能看到，好了，我的高谈阔论到此结束，吃饭吧。谁也没有提出什么问题，只有医生说，如果我恢复了视力，我就要真正地看看别人的眼睛，就像看他们的灵魂一样；灵魂，戴黑眼罩的老人问；或者说精神，名称无关紧要；奇怪的是，戴墨镜的姑娘开口了，此人从来不曾研究过高深的学问，她说，我们当中有件没有名称的东西，这东西就是我们。

医生的妻子把所剩无几的食物拿出一些放在桌子上，然后帮助他们坐下，她说，你们都细嚼慢咽，这样能欺骗肠胃。舔泪水的狗没有来乞求施舍，它已经对挨饿习以为常，再说，大概它以为自己吃了那顿丰盛的早餐之后，没有权利再从先前那个流泪的女人嘴里抢一丁点儿东西，对其他人它倒似乎不大在意。桌子中间有三个喷嘴的油灯正等着医生的妻子讲一讲它是什么样子，这是她许下的诺言，但直到吃完饭她才开口。把你的两只手伸过来，医生的妻子对斜眼小男孩说，然后她拉着小男孩的手慢慢摸油灯，一边摸一边说，这是灯座，圆圆的，感觉到了吧，这是灯柱，支撑着上面的贮油碗，这里，小心，不要烧着你，这里是喷嘴，一个，两个，三个，灯芯从喷嘴里伸出来，这些缠在一起的细布条把油从里边吸上来，划根火柴就点着了，只要还有油它们就一直亮着，灯光很弱，但有它我们就能看得见；我看不见；总有一天你会看得见，那时候我把这盏油灯送给你；油灯是什么颜色的呀；你从来没有见过洋铁皮做的物件吗；不知道，记不得了，什么是洋铁皮呢；洋铁皮是黄色的；啊，斜眼小男孩考虑了一会儿，叹了一声；现在该打听他妈妈了，医生的妻子想，但她想错了，小男孩只说他非常渴，要喝水；只能等到明天了，我们家里没有水，就在此刻，她想起来了，有水，对，有水，水箱里的水还没有动呢，大概有五升，也许更多，这宝贵的水不会比检疫期内喝的水差。屋里漆黑一片，她走进洗手间，摸索着掀起水箱盖，看不清里边是否真的有水，但手指告诉她，有，她找来一个杯子，按进水里，小心翼翼地灌满，文明回到了原始洪荒时代。她走进客厅的时候，所有的人都还坐在各自原来的地方。油灯照着一张张脸，仿佛在对他们说，我在这里，看着我吧，不要错过机会，我不会永远亮着。医生的妻子把水杯送到斜眼小男孩唇边说，喝水吧，慢慢喝，慢慢喝，仔细品尝品尝。一杯水就是珍宝，她不是在对小男孩说，不是在对任何人说，仅仅是在告诉整个世界，区区一杯水成了珍宝。你在哪里找到的，是雨水吗，她丈夫问；不是，从水箱里舀来的；我们离开这里的时候不是还有一大瓶水吗，丈夫又问；妻子喊道，对呀，我怎么没有想起来呢，一个瓶里还有半瓶，另外一瓶还没有开封，啊，真让人高兴，你不要喝了，不要再喝了，这话是对小男孩说的，我们大家都喝纯净水吧，我把家里最好的杯子拿出来，要喝纯净水，这一回她端起油灯，走进厨房，提着大水瓶回来了，灯光照进大瓶里，里面的珍宝闪闪烁烁。她把大水瓶放在桌子上，转身去取杯子，家里最好的杯子，精致的水晶杯，然后一杯杯斟满，动作缓慢，仿佛在进行某种宗教仪式。最后她说，干杯。一只只盲人的手摸索着找到了各自的杯子，颤抖着举起手。干杯，医生的妻子又说了一遍。桌子中间的油灯如同被群星围绕着的太阳一样。众人放下杯子，戴墨镜的姑娘和戴黑眼罩的老人哭了。

这是个不平静的夜晚。一个个起初空泛模糊的梦在客厅里游荡，带着从这里或那里搜罗来的新回忆新秘密和新愿望从这个沉睡的人心里走到那个沉睡的人心里，所以他们不时叹息一声，嘟嘟囔囔地说，这个梦不是我的；但梦回答说，那是因为你还不认识你自己的梦，这样，戴墨镜的姑娘知道了在离她只有两步远的地方睡觉的戴黑眼罩的老人是什么人，同样，老人猜想他也知道了姑娘是什么人，当然，这仅仅是猜想，因为那些梦还没有达到相互交融完全一致的地步。天刚刚亮，开始下起雨来。狂风卷着倾盆大雨敲打着窗户，像甩起了一千条鞭子，发出呼呼的声响。医生的妻子醒来了，睁开眼睛，低声说，好大的雨呀，接着又把眼睛闭上了，卧室里还是深夜呢，可以接着睡。没有过一分钟，她又猛地醒来，想到该做什么事情，但一时弄不明白究竟要做什么，雨对她说，起床吧。这雨想干什么呢。为了不吵醒丈夫，她慢慢走出卧室，穿过客厅的时候停下脚步，看了看睡在沙发上的人们，然后沿走廊走进厨房，建筑的这一部分迎着风头，雨势也最猛。她用身上穿的白大褂的袖子擦了擦门上灰暗的玻璃，朝外边望望。天空乌云密布，大雨如注。阳台的地上堆着他们脱下的脏衣服，塑料袋里装着应该洗的鞋子。洗。梦境的最后一层面纱突然揭开，该做的就是这件事。她打开门，朝前迈了一步，就像到了瀑布下边一样，马上被雨水从头到脚淋成了落汤鸡。必须利用这雨水，她想。她返回厨房，尽量不发出响动，把盆锅等一切能盛点水的器皿都放到一起，如注的大雨形成的水帘在风中晃动，风像一把巨大的发出嘈杂声的扫帚，把雨水从城市的一个个屋顶上扫下来。接着她把器皿搬到外面，沿阳台的栏杆排好，现在该用雨水洗肮脏的衣服和令人作呕的鞋子了。但愿不要停，这雨不要停，到厨房去拿肥皂洗涤剂和抹布的时候她嘟囔道，把一切能用来擦洗的东西都拿去，洗一洗灵魂中难以忍受的污垢，哪怕洗去一点点。洗去身上的污垢，她说，仿佛在纠正刚才抽象的想法，又说，其实两者是一样的。于是，好像这是最自然不过的结论，即所想和所说和谐统一，她猛地扯下湿漉漉的白大褂，把衣服脱光，任凭身体让雨水时而轻轻抚摩，时而像鞭子似的抽打，她一边洗衣服，一边洗自己。周围尽是雨声和水声，她没有发现这里早已不止她一个人。戴墨镜的姑娘和第一个失明者的妻子站在门口，至于是什么样的预感直觉或内心的声音将她们唤醒的，人们不得而知，更不知道她们如何找到了来这里的道路，不过现在无须对此探究，人们不妨随意推测。你们帮着我做吧，医生的妻子看到她们说；我们看不见，怎样帮呢，第一个失明者的妻子问；先把身上穿的衣服脱下来，需要晾干的衣服越少越好；可是，我们看不见呀，第一个失明者的妻子重复了一句；没关系，戴墨镜的姑娘说，我们尽量做嘛；我马上洗完，医生的妻子说，然后继续洗还脏着的东西，好，干活吧，我们是世界上独一无二的有两只眼睛六只手的女人。也许，在对面楼房紧紧关闭着的窗户后面，几个被不休的暴雨惊醒的盲人男女正把额头贴在冰凉的玻璃上，口中哈出的气使夜晚更加模糊不清，他们正回忆着往日这种天气，那时也像现在这样，但能看到天上哗哗落下的雨水。他们不会想到，那里有三个赤身裸体的女人，像来到这个世界的时候那样一丝不挂，像是疯子，大概真的疯了，精神正常的人不会这样在阳台上洗衣服，任凭邻居们窥视，即使所有人都已失明，她们也不会这样做，不应当这样做。我的上帝呀，雨水从她们身上往下流，从两个乳房中间往下流，在黑乎乎的阴部停留一下，消失了，后来又沿大腿倾泻下来，也许我们这样想象她们有失体统，行为不端，也许我们看不见本市有史以来这最美好最壮观的景象，从阳台地板上落下一帘白毛巾似的泡沫，但愿我和泡沫一起落下去，无尽地下落，干净，纯洁，一丝不挂。只有上帝看得见我们，第一个失明者的妻子说，尽管历经了一次次绝望和不快，她依然坚信上帝没有失明；医生的妻子反驳说，不仅上帝失明了，天空也被乌云遮住了，只有我能看见你们；我长得丑吗，戴墨镜的姑娘问；你瘦，你脏，但你绝对不丑；我呢，第一个失明者的妻子问；你和她一样瘦，一样脏，不如她漂亮，但比我好看；你很漂亮，戴墨镜的姑娘说；你从来没有看见过我，怎么知道呢；我梦见过你两次；什么时候；第二次在昨天夜里；你梦见的是这所房子，因为，我们经历了那一切之后，你感到了安全安宁，当然是这样，你梦中的我是这个家，要是看见了我，你总得让我有个长相，臆造出我的长相；我看你也长得很漂亮，可我从来没有梦见过你，第一个失明者的妻子说；这只能表明失明症是丑陋的人的幸事；可你并不丑；不丑，我长得确实不算丑，就我的年纪来说；你多大岁数了，戴墨镜的姑娘问；快五十岁了；像我母亲一样；她呢；她，她什么；还漂亮吗；原来更漂亮；我们所有人都一样，总不如当年漂亮；你不是这样，第一个失明者的妻子说。就这样，话语中有许多言不由衷的成分，你一句，我一句，信马由缰，不知道到哪里为止，突然，因为两个三个或者四个词同时涌现，它们本身意义简单，一个代词，一个副词，一个动词，一个形容词，会使我们难以抗拒的激情涌上皮肤，涌出眼睛，抑制不住的情感突然爆发，有时是神经像身着甲胄一样，一再经受打击，一切都承受住了，但现在再也无法承受，都说医生的妻子有钢铁般的神经，但她现在也在一个代词，一个副词，一个动词，一个形容词的作用下泣涕涟涟，尽管它们只是区区的语法现象，只是符号，同样，那两个女人，另外两个女人，两个不定代词，也哭哭啼啼地和她拥抱在一起，三个赤身裸体的淑女立在瓢泼大雨中。她们在阳台上站了一个多小时，这种时刻不能永远持续下去，该感到寒冷了。

我觉得有些冷，戴墨镜的姑娘说。衣服，只能洗到这种程度了，鞋子上的大部分脏东西已经洗去了，现在该这些女人洗澡了，在头发上打肥皂，互相搓背，像没有失明的时候一样，像女孩子们在花园里玩捉迷藏那样咯咯地笑。天完全亮了，第一缕阳光从世界的肩膀上朝这里窥视，一会儿又被乌云遮住。雨还在下，但比原来小多了。三个洗衣妇走进厨房，用医生的妻子从浴室取来的毛巾擦干身子，皮肤散发出洗涤剂的气味，不过，这就是生活，没有狗的人就带猫去打猎，香皂转眼之间就用完了，尽管如此，这个家里好像还是一应俱全，也许是因为她们善于利用一切现有的东西，最后，她们穿上衣服，要说天堂，还是在外面，在阳台上，医生的妻子的白大褂早已湿透，现在她穿上了一件有树枝和花朵图案的连衣裙，这件衣服已弃置多年，但这时却使她显得比另外两个女人更美。

她们走进客厅，医生的妻子看见戴黑眼罩的老人坐在他睡觉的沙发上，双手抱着头，手指插进双鬓和后脑勺稀稀落落的白发里，僵挺着身子，一动不动，仿佛要留住思绪，或者相反，阻止大脑继续思考。他听见女人们进来了，知道她们从哪里来，知道她们刚才在干什么，知道她们那时赤条条的，知道这一切并非由于他突然恢复了视力，像其他老人那样蹑手蹑脚地去偷看某个女人洗澡，而这回是三个女人，他早已失明，现在依然失明，只是走到厨房门口，听见了她们在阳台上说的话，听见了笑声雨声和水声，呼吸到了带肥皂味的空气，然后回到了他的沙发上，正在想世界上还存在生活，正在问这生活是否还有他的一份。医生的妻子说，女人们已经洗过了，现在轮到男人们了；戴黑眼罩的老人问，还下雨吗；下，还在下，阳台上的盆里有水；这样的话，我想到洗手间去洗，在澡盆里洗，说这个词的时候好像在出示他的年龄证书，好像在说，我是另一个时代的人，那时人们说澡盆而不说浴缸，他又补充一句，如果你不介意的话，当然，我不想把洗手间弄脏，保证不把水溅到地上，我是说，尽量这样做；当然可以；既然这样，我把盆端到洗手间里去；我帮你端；我自己端得动，我还没有残废，一定要做点事；好，来吧。在阳台上，医生的妻子把几乎满满一桶水往屋里拖；抓住这里，她拉着戴黑眼罩的老人的手攥住桶的那一边；好，我们把桶提起来了；幸亏你来帮助，我一个人还提不动呢；有一个谚语，你听说过吗；什么谚语；老人干活不多，但轻视他的人是疯子；那个谚语不是这样说的；我当然知道，我把孩子两个字换成了老人，把讨厌两个字换成了轻视，不过，所有谚语都一样，要想继续流传下去，又要保持原来的意思，必须随着时间加以修改；你是位哲学家；过奖了，我只不过是个老头子。他们把桶里的水倒进浴缸，后来医生的妻子想起来还有一块没用过的香皂，便打开抽屉，把香皂放在戴黑眼罩的老人手里，你会浑身散发香气，比我们还香，随便用吧，不用担心，我们会缺食物，但不会缺香皂，大概附近的超市里还多着呢；谢谢；必须小心，不要滑倒，如果需要，我去叫我丈夫来帮你；不用，我愿意自己洗；随便吧，注意，伸出手来，这是刮脸刀和须刷，要想刮胡子的话就用吧；谢谢。医生的妻子出去了。戴黑眼罩的老人脱下分配衣服时穿上的那件睡袍，小心谨慎地走进浴缸。水很凉，也很少，不到一拃深，三个女人笑着在水龙头似的雨水下冲洗和他这样用脚搅动这个可怜的小水洼有天壤之别。他跪在浴缸底，深深吸了一口气，两手捧起水，第一捧浇在前胸上，他几乎停止了呼吸，然后他很快把全身浇湿，为的是来不及打寒战，接着开始按部就班地打香皂，用力搓肩膀，四肢，胸部，腹部，阴部和大腿根部，我比畜生还脏，他想，后来又往大腿甚至有 层泥的脚上打上香皂。他没有马上冲洗，他要让香皂沫在身上尽量多停留一些时间，完全发挥作用，去除泥污，这时他说，我应当洗洗头，他把手举到脑后，解开眼罩的扣，你也该洗个澡了，扣子解开了，眼罩掉进水里，现在他感到身子暖和了，先把头发浇湿，然后打上香皂，现在他浑身泡沫，成了白色眼疾患者眼里一片广袤的白色中的白色泡沫人，谁也看不见他，但是，如果他这样想，那就错了，这时候他感到有两只手摸了摸他的脊背，又从他的胳膊以及胸部收集起泡沫，慢慢抹到他的背上，仿佛此人看不见自己干的活，但干得非常认真。老人本想问一声，你是谁呀，但舌头不听使唤，说不出话来，老人打了个寒战，这次不是因为感到冷，那两只手还在轻轻地为他搓洗。那女人没有说，我是医生的妻子，或者，我是第一个失明者的妻子，或者，我是戴墨镜的姑娘，洗完以后，两只手离开了，在寂静中老人只听见洗手间的门轻轻关上的声音，现在这里只剩下他独自一人，跪在浴缸里，浑身不停地颤抖，仿佛在乞求上苍的仁慈和怜悯。她是谁呢，老人心里暗想，理智告诉他，只能是医生的妻子，她看得见，她一直在保护我们，照顾我们，给我们食物吃，现在又悄悄地关心我，毫不奇怪，这是理智告诉他的，但他不相信理智。他还在浑身颤抖，不知道是因为激动还是由于寒冷。他从浴缸底部摸到眼罩，用力揉搓了一阵，拧干，套在头上，有了眼罩他觉得不像原来那样一丝不挂了。他擦干身子，带着一股香气走进客厅，医生的妻子说，我们当中有个刮过脸干干净净的男子汉了，但马上又想起了什么该做而没有做的事，遗憾地说，真可惜，你的背还没有洗呢。戴黑眼罩的老人没有回答，只是心里想，我刚才没有相信理智，看来是对了。

食物所剩无几，他们给了斜眼小男孩，其他人必须等待医生的妻子再找来食物后才能吃。家里只贮存着几个水果罐头，一些水果干，白糖，吃剩的饼干，烤面包片，把这些和其他能保存的食品凑到一起，以备不时之需，但食物必须每天去找，如果命运不济，出去的人空手而归，那么就每人分两块饼干，一小勺水果罐头。有草莓的和桃子的，不知道你们都爱吃什么，还可以要三瓣核桃和一杯水，但不知道这奢华生活还能维持多久。第一个失明者的妻子说她也想去找食物，三个人不算多，虽然其中两个是盲人，但可以拿东西，还有，她家离这里不太远，如果可能的话她想去看看，是不是被占用了，占用者是不是熟人，比方说哪个楼里的邻居有亲戚从乡下来了，家里住不下，瘟疫袭击了村庄，逃到这里来躲避，人们都知道城里条件总会好一些。三个人穿上家里余下的干衣服走了，洗过的衣服要等天气好了才能晾干。天仍然阴沉沉的，但看样子不会再下雨。垃圾被雨水冲走了，尤其是在有坡度的街道上，堆成一座座小山丘，宽阔的柏油路面一段段被冲洗得干干净净。但愿能继续下雨，不停地下，在这种状况下，最倒霉的莫过于出太阳，医生的妻子说，我们这里腐烂和恶臭已经绰绰有余了；因为我们洗过澡，所以能更强烈地感觉到这些气味，第一个失明者的妻子说；丈夫虽然怀疑自己因为洗凉水澡患了感冒，但还是同意妻子刚才说的话。街上，一群群盲人利用雨停的间隙出来寻找食物和满足排泄的需要，虽然吃得少，喝得少，但排泄还是必不可少的。一条条狗这里闻闻，那里闻闻，刨刨垃圾堆，其中一条嘴里叼着只淹死的大老鼠，这种情况极为罕见，唯一可能的解释是最近几场雨大得出奇，这个善于游泳的动物在很不利的地方被洪水堵住，无计可施。舔泪水的狗没有加入旧时的伙伴们的队伍，而是独自猎取食物，看来它决心已定，但又不肯等人们喂养，嘴里一直在咀嚼着什么，那些垃圾山里埋着难以想象的宝物，只要肯找，肯刨，就能找到。一旦机会出现，第一个失明者和他的妻子也要在记忆中找，在记忆中刨，现在他们已经熟悉了四个转角，这里说的不是他们现在居住的房子，那里的转角不止四个，而是指他们居住的街道，四个街角将成为他们的坐标，盲人们关心的不是哪边东哪边西，哪边南哪边北，他们只想让触觉灵敏的手告诉他们走的路是否正确，从前，盲人还很少的时候，他们往往拄一根白色手杖，不停地在地上和墙上敲打，这声音是一种密码，凭着它辨认路线，但现在不同，所有人都失明了，这种手杖淹没在一片嗒嗒声中，几乎毫无用处，还有，周围白茫茫一片，盲人甚至会怀疑手中是否拿着什么东西。而说到狗，尽人皆知，它们除有我们称之为本能的东西之外，还有其他辨别方向的手段，当然，它们的眼睛近视，不大相信视力，但鼻子长在眼睛前面，总能到达想去的地方，这种情况下，以防万一，舔泪水的狗在主要地标旁都抬起一条后腿，如果某一天迷了路，微风会负责把它领回家里。他们一边走，医生的妻子一边往街道这边看看，那边看看，设法补充少得可怜的食品贮备。那些老式食品店还没有被洗劫一空，只是因为库房里还有些菜豆或者鹰嘴豆，这些豆科食物煮起来颇费时间，而时间就是水，时间就是燃料，所以直至现在豆类声誉还如此不佳。医生的妻子对谚语并无特别的癖好，不过这古老学问中的某些东西大概早已刻在脑子里，她带来的塑料袋中有两个装满了菜豆和鹰嘴豆就是证明。保存无用的东西就能找到需要的东西，祖母对她这样说过，并且，浸泡豆类的水也能用来煮，煮后就不再是水，而成了汤。有时候并非一切都消失净尽，总会留下一些东西可供利用，这种事不仅在自然界存在。

既然现在离第一个失明者和他妻子原来居住的街道还很远，那么他们为什么还带着装满菜豆鹰嘴豆和其他捡到的东西的塑料袋呢，这样的问题只能出自一生从未经历过匮乏日子的人之口。医生妻子的祖母说过，即使是块石头也要拿回家，老人只是没有想到补充一句，就是拿着它绕地球一周也在所不辞，这正是他们现在进行的壮举，绕最远的路往家里走。我们现在在哪里呢，第一个失明者问；医生的妻子有眼睛，马上告诉了他；他说，我是在这里失明的，就在有红绿灯的路口；现在我们正好在这个路口；就是这里吗；对，正是这里；我不愿意回想当时的经历，关在汽车里，什么也看不见，外边的人们大声吼叫，我歇斯底里地喊叫说，我失明了，后来那个人来了，才把我送回家里；可怜的人，第一个失明者的妻子说，他再也不会偷汽车了；我们多么难以接受总有一天要死的想法呀，医生的妻子说，所以我们总是设法为死者开脱，仿佛是提前请求别人在轮到我们死的那一天原谅我们；我仍然觉得这一切是一场梦，第一个失明者的妻子说，好像梦见我失明了；我在家里等你回去的时候也这样想过，丈夫说。离开了遭遇那场祸事的十字路口，他们沿着几条迷宫似的窄小街道前行，医生的妻子不熟悉这些地方，但第一个失明者没有迷路，为大家指明方向，医生的妻子说出街道名称，他就说，往左拐，往右拐，最后他说，这就是我们那条街，我们的楼房在左侧，差不多在街的中间；门牌号是多少，医生的妻子问；他想不起来了，真是岂有此理，并非我想不起来，而是我头脑里的东西全被清除干净了，他说，这是个凶兆，连我们自己住的地方也不知道，梦境取代了记忆，我们该在哪里停下来呢；事情并不严重，接着往前走吧，幸亏第一个失明者的妻子自告奋勇地参加了这次短途旅行，她报出了门牌号，这样就免得使用第一个失明者建议的方法，他自以为是地说靠触觉也能认出自己所住楼房的门，仿佛他手里拿着根神奇的魔术师的小棍，点一下，出来金属，再点一下，出来木头，点三下或者四下，出来一个完整的画面，毫无疑问，就是这里。医生的妻子领着他们走进去，第几层，她问；第三层，第一个失明者回答，他的记忆力并不像表面看起来的那样衰弱，忘了一些事，这在生活中屡见不鲜，有些事还记得，比如他想起了失明以后从这扇门进去的时候，后来偷了他汽车的那个人曾问他，您住第几层，他也是这样回答的，不同的是他们现在不是乘电梯上去，而是沿着看不见的楼梯一个台阶一个台阶往上爬，这楼梯既黑暗又光芒耀眼，只有没有失明的人才需要电，需要阳光或者一截蜡烛。现在医生的妻子的眼睛已经适应了楼梯里的半明半暗，半路上，往上爬的人碰到了两个往下走的女人，她们是上层的盲人，也许就是第三层的，但谁也没有问一声，确实，邻居们都不像原来的邻居了。

门关着。怎么办，医生的妻子问；我来，第一个失明者说。他们开始敲门，一次，两次，三次；里边没有人，第一个失明者说，就在这时，门打开了，耽误这么长时间无须诧异，在屋子最里边的盲人听到有人敲门也不能跑过来应门；谁呀，需要什么东西吗，从屋里出来的男人问，他表情严肃，显得颇有教养，平易近人。第一个失明者说，我们原来住在这所房子里；啊，那人惊叹了一声，接着问道，有别人和您在一起吗；我的妻子和我们的一位女友；我怎么能知道这所房子是您的呢；这很容易，第一个失明者的妻子说，我告诉您里边都有什么东西。对方沉默了几秒钟以后才说，进来吧。医生的妻子故意留在后面，第一个失明者和他妻子谁也不需要人带领。那盲人说，我自己一个人在家，他们出去寻找食物了，也许我应当用她们二字，不过我不相信这样说一定正确，他停顿了一下，补充了一句，尽管我本应当知道；这话是什么意思，医生的妻子问；她们是指我的妻子和两个女儿；那么您还说本应当知道是否该用女她的她们呢；我是作家，作家应当知道该用哪个词。第一个失明者感到受宠若惊，想想看，一位作家住在我家里，他随即产生了一个疑问，问对方的名字是否显得没有教养呢，他也许听说过这个作家，甚至可能曾读过他写的书呢，他还在好奇和谨慎之间犹豫不定的时候，妻子直截了当地把问题提出来了，您叫什么名字；盲人们无须有姓名，我只是我说话的声音，其他都无关紧要；可是，您写过书，书上都有您的名字呀，医生的妻子说；现在谁也不能看那些书了，所以它们就像不存在一样。第一个失明者觉得谈话的内容离他最关心的问题越来越远，便问道，您是怎样来我家住的呢；就像许多已经不住在原来地方的人一样，我回到家里，发现家被一些人占了，他们不肯听我讲理，可以说我们是被人家推下楼梯的；您的家离这里远吗；不远；后来您又设法去要过房子吗，医生的妻子问，现在人们常常从一所房子搬到另一所房子；后来我又试过两次；他们仍然留在那里吗；对；那么，您知道这是我们的房子之后打算怎么办呢，第一个失明者问，像他们对待您一样，把我们赶走吗；我年岁大了，没有力气那样干，即便年轻有力气，我也不相信能采取那种简单粗暴的手段，一位作家到头来在生活中也养成了写作所需要的忍受力和耐心；这么说，您要把房子留给我们了；如果我们找不到别的解决办法，就只能那么办了；我看您找不到别的解决办法。医生的妻子已经猜到了作家会怎样回答；您和您的妻子，还有与你们一起来的女友，住在一所房子里，我猜是这样，对吧；对，完全正确，就住在她家；离这里远吗；不能说很远；那么，如果您允许，我想向你们提个建议；说吧；我们仍然像目前这样，现在我们两人都有家可住，我继续注意我的房子那边的变化，如果有一天发现房子腾空了，我立即搬过去，先生您也同样，定期到这里来看看，如果发现房子腾空了，就搬回来；我不相信我会喜欢这个主意；我也没有指望您会喜欢，但我怀疑您会更喜欢除此之外唯一的另一个办法；什么办法；此时此刻你们收回属于你们的房子；可是，这样的话；对，这样的话我们到外面去住；不行，这种事连想都不要想，第一个失明者的妻子插嘴说，就像现在这样吧，以后再说；我又想出了另一个办法，作家说；什么办法，第一个失明者问；我们作为客人住在这里，这所房子不小，住得下我们所有人；不，第一个失明者的妻子说，仍然维持现状吧，我们住在这位女友家里，我无须问你是不是同意了，她对医生的妻子说；我也无须回答你了；非常感谢你们大家，作家说，实际上，这段时间我一直等着你们来要这所房子；在众人都失明的情况下，最顺理成章的做法是满足现状，医生的妻子说；自从瘟疫开始以来，你们是怎样生活的呢；我们三天前刚刚从监禁地出来；啊，你们是被关进隔离检疫区的吧；对；很苦吧；说得太轻了；令人毛骨悚然；先生是位作家，正如刚才所说，作家必须善用各种词汇，所以应当知道形容词对我们来说无济于事，如果一个人杀死了另一个人，最好直截了当地说出来，作家应当相信，杀人这个令人毛骨悚然的行为本身就令人毛骨悚然，无须再说什么毛骨悚然；您的意思是说，我们的词汇太多了；我是说我们的感情太少了；或者是我们还有感情，但已经不再用词汇表达它；所以我们丧失了感情；我想请你们说说在隔离检疫区是怎样活过来的；为什么；我是作家；必须在那里边住过才能知道；作家和其他任何人一样，既不能知道一切，也不能亲历一切，他必须问，必须想象；也许有一天我会向您讲讲那里的情况，然后您可以写一本书；我正在写；您失明了，怎样写书呢；盲人也能写作；这就是说您曾有时间学会盲文；我不懂盲文；那么您怎么写作呢，第一个失明者问；现在让你们看看吧。他从椅子上站起来，走出去，一分钟以后，拿来一张纸和一支圆珠笔，这是我刚写满的一页纸；我们看不见呀，第一个失明者的妻子说；我也看不见，作家说；那么您怎么写得了呢，医生的妻子问道，她看着那张纸，在半明半暗的客厅里，她看到一行行挨得很紧，有时候两行字擦在了一起；靠触觉，作家笑着回答，其实并不难，把纸放在一个稍软一点的平面上，例如放在另外几张纸上，然后就可以写了；可是，您看不见，第一个失明者说；对盲人作家来说，圆珠笔是个很好的工具，虽然不能让他阅读所写的东西，但可以让他知道什么地方已经写了字，为此，只要用手指摸到最后一行字的压痕就可以，写到头以后估计一下与下一行应有的行距，再接着写下去，非常方便；我发现有些行与行重叠在一起了，医生的妻子轻轻地从他手中拿过那张纸，对他说；您怎么知道的；我看得见；看得见，恢复了视力吗，怎样恢复的，什么时候恢复的，作家激动地问道；我估计我是唯一一个从来没有丧失视力的人；为什么，您如何解释呢；无法解释，可能根本就没有解释可言；这意味着发生的一切您都看到了；我看到了我所看到的，我没有别的办法；隔离检疫区里有多少人呢；大约三百个；从什么时候起被隔离的；从流行病刚开始时，我刚才说过，三天前我们才出来；我想我是第一个失明的，第一个失明者说；那里的情形大概让人毛骨悚然吧；又是这个词，医生的妻子说；请原谅，我突然觉得，我们失明之后我写的　切都很可笑，我是指我和我的家人失明之后；关于什么呢；关于我们所受的苦难，关于我们的生活；每个人应当说出他所知道的，那些不知道的事只能靠询问了；所以我才问您；我会回答的，但不知道什么时候，也许某一天。医生的妻子摸了摸那张纸说，我想看看您工作的地方，以及您写的东西，您不会介意吧；哪里的话，请跟我来；我们也可以去吗，第一个失明者的妻子问；这是你们的家，作家说，我只是临时在这里住一住。卧室里有一张小桌子，桌子上放着一盏没有点着的油灯。借着窗户里漾进的微弱光线能够看到，左边有几张白纸，右边是写了字的纸，其中一张写了一半。油灯旁边有两支新圆珠笔。就在这里，作家说；医生的妻子问，我可以看看吗，不等对方回答，她便拿起写了字的纸，有二十来页，她的眼睛扫过小小的手写字体，扫过歪歪扭扭忽上忽下的字行，扫过写在白白的纸上镌刻在失明中的词语；作家说过，我只是临时在这里住一住，这些书稿是他临时住一住留下的痕迹。医生的妻子把手搭在作家的肩上，作家伸出两只手，摸到她的手，慢慢拉到自己唇边，您不要迷失，千万不要迷失，他说，这句话出人意料，寓意难明，好像是不经意说出来的。

　　他们带着足够三天吃的食物回到家里，医生的妻子讲了他们遇到的事，第一个失明者和他的妻子不时激动地插上几句嘴。晚上，她从书房里找来一本书，给大家读了几页，当然她会这样做。斜眼小男孩对书的内容不感兴趣，躺在戴墨镜的姑娘怀里，把脚放在戴黑眼罩的老人腿上，迷迷糊糊睡着了。

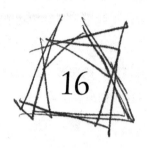

16

　　过了两天，医生说，我想知道诊所成什么样子了，这时候，我们一点儿用处也没有了，诊所没有用处，我也没有用处，但是，说不定有一天人们会再有眼睛可用，器械应当留在那里，等待那一天来到；你什么时候想去我们就去，妻子说，现在去也行；如果你们觉得没有什么不方便，我们能利用这个机会到我家去一下吗，戴墨镜的姑娘说，这倒不是因为我觉得父母回去了，只是想尽尽义务；我们也一块儿到你家里去，医生的妻子说。没有别人想参加探望住所的队伍，第一个失明者和他的妻子已经知道会遇到什么情况，戴黑眼罩的老人同样也知道，虽然原因不同，而斜眼小男孩还没有回忆起原来所住街道的名称。天放晴了，看起来雨已止住，太阳虽然还苍白暗淡，但人们的皮肤已经感觉到它的温度了。如果暑气逼来，不知道我们怎样活下去，医生说，到处是腐烂的垃圾，死去的动物，也许还有死人，大概还有人死在家里，糟糕的是我们没有组织起来，每栋楼房每个街道和每个街区都应当有个组织；有个政府，妻子说；是组织，人体就是个有组织的系统，只要人体继续保持有组织状态，人就活着，而死亡只不过是人体处于无组织状态的后果；那么，一个盲人的社会如何组织起来以便于活下去呢；只有组织起来，从一定意义上说，组织起来就是开始有眼睛了；你说得对，也许对，但是，这场失明症的经历给我们带来的只有死亡和悲惨，我的眼睛和你的诊所一样，不再有任何用处；多亏有你的眼睛我们才活到今天，戴墨镜的姑娘说；即使我失明，我们今天也会活着，世界上到处是活着的盲人；我觉得我们将来都要死去，只是个时间问题；死亡从来就是个时间问题，医生说；但是，仅仅因为双目失明而死，大概没有比这更糟糕的死法了；我们会因为疾病，因为事故和偶然事件死亡；而现在我们也会因为失明死亡，我是说，因为失明症和癌症，因为失明症和结核病，因为失明症和艾滋病，因为失明症和心肌梗死，病症会因人而异，但现在正置我们于死地的是失明症；我们不是长生不老的神仙，无法逃避死亡，但至少不该成为盲人，医生的妻子说；既然这失明症如此具体，如此真实，那怎么可能呢，医生说；我不敢肯定，妻子说；我也一样，戴墨镜的姑娘说。

他们无须砸门，就顺利地把门打开了，钥匙在医生的钥匙链上，被带去隔离检疫的时候留在了家里。这里是候诊室，医生的妻子说；我到这里来过，戴墨镜的姑娘说，我仍然在做梦，但不知道是梦见我自己在这里失明的那天，还是梦见我早就是盲人，却到这诊所来，梦想治疗没有任何失明危险的眼部炎症；隔离检疫不是梦境，医生的妻子说；说得对，不是，正如我们曾遭受凌辱不是梦境一样；我用剪刀杀死了一个男人也不是梦境；把我领到诊室去吧，我自己也能去，不过，还是你带我去吧，医生说。门开着。医生的妻子说，所有的东西都被翻乱了，满地都是纸，病历柜的抽屉被拿走了；大概是卫生部的人十的，不肯费时间查找；可能吧；器械呢；看样子还好；但愿至少还有点儿用处，医生说。他伸出两只胳膊，独自朝前走去，摸摸镜片匣，摸摸检眼镜，摸摸办公桌，后来对戴墨镜的姑娘说，我现在明白你说的生活在梦中是什么意思了。他在办公桌后面坐下，把手放在积了一层尘土的玻璃板上，然后面带凄凉和讥讽的微笑，对仿佛坐在面前的什么人说，就这样，医生先生，我感到非常遗憾，但您的病无可救药，如果想听听我最后的忠告，那我就告诉您，按照那个古老的谚语去做吧，人们常说，耐心有益于视力，他们说得对；不要让我们伤心了吧，妻子说；请原谅，也请你原谅，我们所在的地方从前曾创造过一个个奇迹，但现在连证明这些奇迹的证据都没有了，都被他们拿走了；我们现在唯一能够创造的奇迹是继续活下去，妻子说，日复一日地维持脆弱的生命，仿佛生命也失明了，不知道走向何方，也许就是这样，也许生命真的不知道走向何方，于是，它使我们变得聪明之后又落入我们手中，任凭我们处置，而这就是我们能做的一切了；听你说话的口气，好像你也失明了似的，戴墨镜的姑娘说；在一定意义上确实如此，我因为你们的失明症也失明了，如果我们当中有更多的人看得见，我也许会看得更清楚一些；我担心你像正寻找法庭的证人一样，既不知道谁传讯你，也不知道该陈述什么证言，医生说；时间正在完结，腐烂四处蔓延，疾病摸索到敞开的大门，水源正在干涸，食物成了毒药，这将是我的第一个陈述，医生的妻子说；第二个呢，戴墨镜的姑娘问；让我们睁开眼睛；我们失明了，睁不开，医生说；不想看见的盲人是最糟的盲人，这是个伟大的真理；但是，我想看见，戴墨镜的姑娘说；你并不会因此就能看见，唯一的区别是你不再是最糟的盲人，好啦，我们走吧，这里没有什么可看的了，医生说。

去戴墨镜的姑娘家的路上经过一个大广场，那里一群一伙的盲人正在听另一些盲人演讲，第一眼看去前者和后者都不像盲人，演讲的人面向听众，情绪激昂，满脸通红，而听众们聚精会神地面向演讲者。他们在宣告世界末日到来，灵魂因忏悔得救，创世第七日的景象，天使降临，星体撞击，太阳湮灭，部落的精神，曼德拉草的汁液，猛虎的脂膏，星空的美德，风的纪律，月亮的芳香，黑暗的辩护，符咒的威力，脚后跟的印记，玫瑰的十字架，水的纯净，黑猫的血，阴影的睡眠，海潮的暴乱，食人肉的逻辑，无痛阉割，神圣的文身，自愿失明，凸形思维，凹形思维，平面思维，垂直思维，倾斜思维，集中思维，分散思维，逃逸思维，声带切除，词汇死亡；这里没有一个人谈到要组织起来，医生的妻子对丈夫说；也许在别的广场会谈吧，丈夫回答说。他们继续往前，没有走多远，医生的妻子说，这里路上的死人比往常多；因为我们的抵抗力正在达到极限，时间到了尽头，水分已经耗光，疾病有增无减，正如你说的那样，食物成了毒药，丈夫说；说不定我的父母就在这些死人当中呢，戴墨镜的姑娘说，我从他们身边经过，却看不见他们；这是人类的习惯，古已有之，从死人旁边经过，却看不见他们，医生的妻子说。

这是戴墨镜的姑娘原来居住的街道，现在显得更加荒凉，楼门前躺着一具女人的尸体。女人死后被游来荡去的动物吞吃过，幸亏舔泪水的狗今天不想跟着出来，否则，他们必须阻止它去啃那尚有一些残肉的骨架了。是一楼的邻居老太太，医生的妻子说；谁，在哪里，丈夫问；就在这里，一楼的那个邻居老太太，闻得见气味吧；可怜的老太太，戴墨镜的姑娘说，她从不出门，怎么到街上来了呢；也许她发现死神正在逼近，也许想到自己会独自在家里腐烂，忍受不住了，医生说；而现在我们进不了家门了，我没有钥匙；说不定你的父母亲已经回来，正在家里等着你呢，医生说；我想不会；你想得对，医生的妻子说，钥匙在这里。死者的手平放在地上，半张着，手心里有几把闪闪发光的钥匙。也许是她自己的钥匙，戴墨镜的姑娘说；我想不会，她没有任何理由把自己的钥匙拿到她以为要死去的地方；可是，我双目失明，看不见她手里的钥匙，不知道她是不是真那样想的，把钥匙还给我，让我能进家；确实，我们不知道她决定把这些钥匙带出来的时候是怎么想的，也许想象你会恢复视力，也许她对我们在这里时的行动自如产生了怀疑，觉得不大正常，也许她听见我说楼梯里太暗，我看不清楚，也许根本不是这么回事，只不过是精神错乱，昏头昏脑，失去了理智，产生了个固执的念头，一心想把钥匙交给你，现在我们只知道，她刚刚迈出楼门就丧了命。医生的妻子拿起钥匙，交给戴墨镜的姑娘，然后问道，现在我们怎么办，把她丢在这里吗；在街上无法掩埋，我们总不能把石板地挖开吧；还有后院呢；那就要把她抬到二楼，然后沿救生梯抬下去，这是唯一的办法；我们抬得动吗，戴墨镜的姑娘问；问题不在于抬得动还是抬不动，而在于我们能不能把这个女人丢在这里；不能这样，医生说，那么我们必须想办法抬。确实，他们把尸体抬起来了，抬着尸体上楼非常艰难，倒不是因为太沉，她原来就不重，被动物吞噬一番之后就更轻了，而是由于身体已经僵硬，在窄窄的楼梯上转弯颇费周折，因此在爬楼梯的过程中不得不停下来休息四次。脚步声说话声和腐臭气味都没有使这栋楼里的其他居民来到楼道里观看；不出我所料，我父母没有在家，戴墨镜的姑娘说。终于到了门口，人人筋疲力尽，但还要穿过房间，到后面沿着救生梯下去，不过，往下走有诸神相助，负重更轻了，由于救生梯是露天的，所以转弯方便得多，只是必须小心，不让可怜的老太太的尸体从手中滑下去，否则她就真的会粉身碎骨，痛苦不堪不说，据说人死后的痛苦更难忍受。

后院像从来不曾有人开垦过的荒野，最近的几场雨让野草猛长，还有风吹来的植物种子也生根发芽，欢蹦乱跳的兔子不缺少新鲜食物，母鸡依然到处觅食，过着半饥半饱的日子。人们坐在地上，力气用尽，气喘吁吁，死尸躺在他们旁边，像他们一样休息，医生的妻子保护着她的安全，不时驱赶凑过来的母鸡和兔子，兔子的鼻子颤抖着，只是出于好奇，而母鸡则伸着像刺刀一样尖利的喙，时刻准备干伤天害理的事情。医生的妻子说，在离开家到街上去以前，她还想到了把兔笼的门打开，不想让兔子们饿死；完全可以肯定，与人们一起生活并不难，难的是了解他们，医生说。戴墨镜的姑娘拔了一把草，把手擦干净，她的手太脏了，这是她本人的过错，在抬死尸的时候，她抓的是不该抓的部位，没有眼睛的人常常干这类事。医生说，现在我们需要的是一把锄头或者铁锹，从这里可以看出，真正永远轮回的是人们所说的话，现在这些曾出于同样原因说过的话又回来了，第一次是为了掩埋偷汽车的人，现在是为了掩埋送还钥匙的老太太，在掩埋之后。人们发现两者之间没有什么区别，只是给人们留下的印象不同罢了。医生的妻子上了楼，到戴墨镜的姑娘家里去找干净床单，她只能在不太脏的床单中挑选，下来的时候看见那些母鸡像过节一样，但兔子只吃青草。把尸体裹好盖上之后，医生的妻子又去找锄头或者铁锹，在一间小小的工具室里找到了，既有锄头又有铁锹。这事我来干，她说，地很潮湿，挖起来不难，你们休息休息吧。她选了块没有一连几锄头才能砍断的树根草根的地方，请不要以为这是个轻而易举的任务，根是诡计多端的家伙，它们善于利用松软的土质，以逃避锄头的攻击，或者缓解割草机的致命伤害。

医生的妻子正忙着干活，她的丈夫和戴墨镜的姑娘眼睛看不见，所以他们当中谁也没有发现附近的阳台上出现了一些盲人，人数不多，而且不是每个阳台上都有，大概是被锄头发出的声音吸引出来的，土地固然松软，但不要忘记，一锄头下去，难免碰到藏在里面的小石块，发出响声。那些男男女女像是浮动的鬼魂，确实，像幽灵一样好奇地观看葬礼，只是为了回忆他们自己被埋葬时的情景。医生的妻子终于挖完坟坑，直起又酸又痛的腰，抬起胳膊擦擦额上的汗水，这时候她看到了他们，顿时感到一股难以抑制的冲动，连想都没有想便对那些盲人和世界上的所有盲人高喊了一声，一定会再生，请注意，她没有用复活一词，但这一点并不很要紧，虽然字典载明规定或者暗指两者是完全绝对的同义词。盲人们大吃一惊，赶紧躲进屋里，他们不明白为什么她会说出这个词来，另外，他们对这类天启毫无准备，可以看出，他们不是那种常到广场上听神奇的说教的人，如果在那些说教中加上螳螂头和蝎子自杀就应有尽有了。医生问，你为什么说再生呢，是对谁说的；对一些出现在阳台上的盲人，我吃了一惊，大概也把他们吓了一跳；为什么用那个词呢；我也不知道为什么，脑子里出现了这个词，随口就喊出来了；你应该到我们经过的广场上去布道；对，念一通关于兔子牙齿和母鸡喙的布道词，好了，现在来帮帮忙吧，在这里，对了，抓住她的两只脚，我抬她这一边，小心，不要滑到坟坑里去，对，就这样，慢慢往下放，再往下，再往下，我把坑挖得稍微深了一些，那些母鸡刨地的时候就永远不会找到她，好，现在好了。她用锄头把坟坑填平踩实，余下的土堆成一个小坟头，动作娴熟，好像是干这个活计的行家里手。最后，她拔下一株长在后院一个角落的玫瑰，栽到坟墓上死者脑袋所在的一侧。她会再生吗，戴墨镜的姑娘问；她不会，医生的妻子回答说，但活着的人们需要再生，从本身再生，而他们不肯；我们已经半死了，医生说；我们还半活着，妻子回答说。她把锄头和铁锹送回小房间，收藏好，又扫了后院一眼，证实一切都井井有条；什么井井有条呢，她问自己，接着又回答说，死者和活人各得其所，这就是井井有条，而母鸡和兔子供一些人吃，同时它们又靠其他生物活着。我想给父母亲留下个记号，戴墨镜的姑娘说，只是为了让他们知道我还活着；我不想让你失望，医生说，但是，首先他们必须能找到这个家，而这不大可能，你想想，如果没有个有眼睛的人领着，我们永远到不了这里；说得对，连我自己也不知道他们是不是还活着，不过，要是不给他们留下个记号，留下点什么东西，我会感到像是抛弃了他们一样；那么，留下什么呢，医生的妻子问；一件他们能用触觉认出来的东西，戴墨镜的姑娘说，糟糕的是从前的东西我一件也没有带着。医生的妻子望着姑娘，只见她坐在防火梯的最后一级台阶上，两只手搭到膝盖上，美丽的脸庞充满痛苦的表情，长长的头发披散在肩头。我已经知道你该留下什么了，她说。说完，她快步爬上楼梯，回到家里，拿着一把剪刀和一截绳子回来了；你这是什么主意呀，戴墨镜的姑娘惴惴不安地问，她听到了剪刀剪她头发的声音；如果你的父母能回来，他们就会摸到门把手上挂着的一束头发，除了女儿，这束头发还能是谁的呢，医生的妻子说道；听了你这句话我真想大哭一场，戴墨镜的姑娘说，她怎么说的就很快怎么做了，头伏到交叉放在膝盖上的胳膊间，立刻发泄出心中的悲伤，心中的怀念，还有对医生的妻子这个主意的感激，后来她又发现，不知道因为何种感情，她也在为一楼老太太痛哭，那个吃生肉的可怕的女巫死后亲手把钥匙还给了她。这时，医生的妻子说，这是个什么时代呀，一切事情都颠倒了，几乎总是表示死亡的象征变成了生命的标志，有一些手能够制造这样的或者更大的奇迹，医生说；亲爱的，人的需要无所不能，妻子说，好了，现在不要再谈哲学和幻术了，让我们携起手来，走向生活吧。戴墨镜的姑娘亲自把那束头发挂在门把手上，你相信我的父母会发现它吗，她问；门把手是住宅伸出来的手，医生的妻子回答，可以说，这句话实际上宣布了这次探访到此结束。

那天晚上，又是一个人读书，其他人听，没有别的消遣方法，可惜医生不是业余演奏家，比如说小提琴手，否则五楼就能听到优美的小夜曲，邻居们会满怀忌妒地说，他们要么生活得不错，要么麻木不仁，以为能通过嘲笑别人的不幸而逃过自己的不幸。现在，除词汇的音乐之外没有其他音乐，而词汇，尤其是书上的词汇，悄然无声，即使这栋楼里有人出于好奇来到门口侧耳细听，也只能听到一个孤独的声音在窃窃私语，这声音也许像一条无限延长的细线，因为世界上所有的书合在一起，正如人们所说，便构成了整个无边无际的宇宙。读过书之后已是深夜，戴黑眼罩的老人说，我们竟然落到了这般地步，只能听别人读书；我倒不抱怨什么，可以永远这样，戴墨镜的姑娘说；我并非在抱怨，只是说我们现在仅仅有这么点儿用处，仅仅能听别人读在我们之前就存在的人类的故事，靠这里唯一一双还明亮的眼睛，这是个偶然现象，仅存这么一双明亮的眼睛了，如果有一天这双眼睛也失去光泽，我甚至连想也不愿意想会出现这种情况，那么，把我们与人类联结在一起的那根线就断了，我们与其他人在空间上就会永远隔绝，因为他们和我们一样，都是盲人；只要可能，戴墨镜的姑娘说，我就怀着希望，希望找到我的父母，希望这个小男孩的母亲出现；你忘了说大家的希望；什么希望；恢复视力的希望；有些希望是痴心妄想；因此，我告诉你，要不是有这些希望，我早就不想活了；你给我举个例子；重见光明；这个例子我们早已经知道，再举一个；我不说；为什么；你不会感兴趣；你怎么知道我不感兴趣呢，你以为你很了解我，你自己就能决定我对什么感兴趣，对什么不感兴趣吗；你不要生气，我无意惹你不高兴；所有男人都一个样子，他们以为从一个女人肚子里生出来就知道女人们的一切事情；对女人我知道得很少，对你更是一无所知，至于男人，现在我越来越意识到我是个老人，独眼老人，并且双目失明；你再也没有别的自责的话可说了吧；多得很，你想象不到，随着一年年过去，我自责的事越来越多，或者说，自责的黑名单越来越长；我还年轻，但已经完蛋了，你还没有做过什么真正意义上的坏事；既然你从来不曾和我一起生活过，你怎么会知道呢；对，我从来不曾和你一起生活过；你为什么以这种口气重复我的话呢；什么口气；就是这种口气，我只说了从来不曾和你一起生活过呀；口气，我说的是口气，你不要佯装听不懂；不要追问了，我求求你；非追问不可，我必须知道；我们接着谈希望吧；好，接着谈；刚才我拒绝举出的那个关于希望的例子是；是什么；我自责的黑名单上最后一项；请你解释清楚，你这些谜语我猜不出来；一个荒唐古怪的愿望，就是我们不要恢复视力；为什么呢；为了我们继续这样生活下去；你是想让我们所有人还是只和我一起生活下去呢；请你不要逼着我回答；如果你仅仅是个普通的男人，倒也可以逃避回答，大家都这样做嘛，但你亲口说过，你是个老人，既然是老人，活了那么多年，总不该闭口不说实话，回答吧；我和你；那么你为什么愿意和我一起生活呢；你想让我当着他们所有人的面说吗；我们这些人当着彼此的面曾做过最肮脏最丑陋最令人恶心的事，可以肯定，你要说的不至于比那些事更糟糕吧；既然你愿意，那我就说吧，因为我还是个男人，喜欢你这个女人；表示爱情竟然这么难吗；到我这个年岁，最怕别人笑话；你并不可笑；忘掉这件事吧，我求求你；我不想忘掉，也不想让你忘掉；岂有此理，你逼着我说了那些话，现在却；现在轮到我说了；你不要说以后会后悔的话吧，想想我刚才说的黑名单；如果今天我真心实意，明天后不后悔又有什么关系呢；住口；你愿意和我一起生活，我也愿意和你一起生活；你疯了；从此我和你就像一对夫妇一样一起生活，如果不得不离开我们的朋友们，我们也仍然一起生活，两个盲人会比一个盲人看得清楚；荒唐，你并不喜欢我；喜不喜欢算得了什么，我从来没有喜欢过任何人，只是和男人们睡过觉；你这句话证明我说得对；不对；刚才你说真心实意，那么你回答我，你真喜欢我吗；喜欢，喜欢到足以想和你一起生活的程度，这还是我头一次对人说这句话呢；假如你在这之前遇到我就不会说这句话了吧，我是个上了年纪的人，半谢顶，头发白了，一只眼上戴着眼罩，另一只患了白内障；如果我还是原来那个女人，就不会，这我承认，但说这句话的是今天的我，是今天这个女人；我们等着看明天你这个女人说什么吧；这么说你是要考验我；哪里话，我算什么人，怎能考验你呢，这些事要由生活决定；其中一件它已经决定了。

他们这些话是面对面说的，一个人那双失明的眼睛盯着另一个人那双失明的眼睛，两张脸都激情洋溢，涨得通红，一个人把话挑明，另一个人表示愿意，于是两人都同意他们开始一起生活的决定，这时，戴墨镜的姑娘伸出两只手，但仅仅是把手伸出去了，不知道伸往哪里，结果碰到了戴黑眼罩的老人的手，老人轻轻地把她的手拉到自己身边，这样，两个人坐在了一起，当然，对他们来说这不是头一次，然而现在这次是在他们都表示同意之后。别人谁也没有评论一句，谁也没有道声祝贺，谁也没有祝愿他们永远幸福，确实，现在不是举行什么庆祝活动或者憧憬未来的时候，他们做出决定的时刻显得如此庄重，如果有人以为只有失明的人才能有这样的举止，那么他的想法不会令人吃惊，另外，沉默是最好的欢呼。这时，医生的妻子用几个沙发垫在走廊上搭起一张相当舒适的临时床铺，然后把斜眼小男孩领到那里，对他说，从今天开始你就在这里睡觉。至于客厅里发生的事情，一切迹象表明，在这头一个晚上，那天上午一只神秘的手为戴黑眼罩的老人洗背的事件一定会真相大白，当时有那么多水从他身上流过，滴滴都是圣水。

17

第二天还躺在床上的时候，医生的妻子对丈夫说，家里的食物不多了，必须出去转一趟，我想今天去头一天去过的那个超市的地下仓库看看，如果到现在谁也没有发现那个地方，我们就能备足一两个星期的食物；我和你一起去，再叫上他们当中的一两个人；我想最好是只我们两个人去，更方便一些，并且也不至于有走失的危险；你负担这六个不能自理的人，能支撑到什么时候呢；只要我还挺得住就能支撑下去，不过，确实觉得力不从心了，有时候我甚至想失明，和其他人一样，不比他们承担更多的义务；我们已经习惯于依赖你，一旦没有了你，我们真的要第二次失明，多亏有了你的眼睛，我们才稍好一点，没有完全失明；只要还能做这些事，我就尽力而为，我只能许诺这一点；如果有一天我们知道已经不能为世界做任何善事和有用的事，那么我们应当有勇气像他说的那样，干干脆脆地离开人世；他，指的谁呢；昨天那个幸福的人，我想他今天不会再那样说，改变主意最好的理由莫过于坚定的希望了；他已经满怀希望了，但愿这希望持续下去；听你的口气似乎有点儿不高兴；不高兴；为什么；好像有人拿走了属于你的东西；你是指我们在那个可怕的地方时我与那姑娘之间的事吧；对；你该记得，是她去找我的；你记错了，是你去找她的；你敢肯定吗；我没有失明；我可以发誓；发誓也是假的；奇怪，我们的记忆力怎能这样不中用呢；这不难证明，主动送上门来的东西比我们争取来的东西更加属于我们所有；她后来也没有再找过我，我也没有再找过她；你们如果愿意可以在回忆中相会，记忆的用途正在于此；你这是忌妒；我并不忌妒，即使在那一天我也没有忌妒，只是可怜你，可怜她，也可怜我自己，因为我不能帮助你们；我们还有多少水；情况不妙。

两个人草草吃了几口东西，权作早饭，不过心情倒也愉快，因为他们用谨慎的笑吟吟的暗语谈论着头一天晚上发生的事情，只是用词隐晦，提防在场的小男孩听懂，想到在检疫隔离期间小男孩亲历过的难堪场面，这防范措施显得古怪多余，后来医生的妻子和丈夫出了门，这一回只有舔泪水的狗陪伴，因为它不愿意留在家里。

街道的状况时时都在恶化。垃圾似乎在夜间的几个小时里成倍地增加，仿佛人们从外国，从尚过着正常生活的某个国度偷偷运来集装箱在这里倾倒，如果我们不是身在盲人的国度里，就会看到在这白色的黑暗中有幽灵似的马车和卡车来往，装满了废物，渣滓，残骸，化学废料，灰烬，燃烧过的石油，骨头，瓶子，内脏，旧电池，塑料，成堆的废纸，只是没有送来残余的食物，甚至连果皮都没有，不然，在等待好日子到来的时候我们还可以用果皮充饥。上午刚刚开始，但人们已经感到炎热。从巨大的垃圾堆里散发出的臭味像一团毒气云。用不了多久就会出现多种瘟疫，医生又说，谁也不能幸免，我们都束手无策；我们是一边遭雨打，一边挨风吹，妻子说；还不如下雨刮风呢，下雨还能让我们解渴，刮风会吹走我们身边一部分臭气。舔泪水的狗不肯安生，这里闻闻，那里闻闻，在一堆垃圾旁停下来研究了一番，可能里边藏着大量美食，一时找不到，若是它独自到了这里，肯定不会离开，但曾哭过的那个女人走到前边去了，它有义务跟上，谁也不知道是不是需要它再次舔干泪水。路很难走。在一些街道上，尤其是坡度较大的街道上，雨水曾汇成洪流，卷起汽车撞到其他汽车上，撞到建筑物上，撞开大门，撞碎橱窗，地上到处是厚玻璃的碎片。一个男人的尸体夹在两辆汽车中间，正在腐烂。医生的妻子转过眼去。舔泪水的狗走过去，但也被死神吓呆了，不过还是往前走了两步，这时它突然毛发直竖，嗓子里发出一声令人肝胆俱裂的吠叫，这条狗的毛病在于和人类过于亲近，最终变得要和人类承受同样的痛苦。他们穿过一个广场，一群一伙的盲人停在那里听另一些盲人演讲，以此为乐，第一眼看上去他们都不像盲人，演讲者面向听众，说得情绪激动，听众面对演讲者，听得聚精会神。他们正在那里宣扬有组织的伟大制度的基本原则，私有财产，自由兑换，市场，交易所，税率，利息，占用，剥夺，生产，分配，消费，供给，匮乏，富有，贫困，传播，镇压，违法，彩票，监狱，刑法典，民法典，公路法典，字典，电话簿，卖淫网络，军火工厂，武装力量，墓地，警察，走私，毒品，获准的非法交易，药物研究，赌博，治疗和葬礼的价格，公理，借贷，政党，选举，议会，政府，凸形思维，凹形思维，平面思维，垂直思维，倾斜思维，集中思维，分散思维，逃逸思维，声带切除，词汇死亡。这里在谈论组织起来的事呢，医生的妻子对丈夫说；我已经发现了，丈夫回答了一句，不再张口。他们继续往前走，到了一个路口，医生的妻子去查看一个像十字架似的竖在那里的本市地图。超市很近了，就在这一带，那天她迷了路，疲惫地背负着那些因为运气好而装得满满的塑料袋，终于倒在地上哭起来，一条狗前来帮助她，安慰她，让她辨明方向，摆脱痛苦，现在这条狗就在这里，朝着靠得过近的几群狗低声吠叫，仿佛在告诉它们，你们骗不了我，赶快给我走开。沿一条街往左，再沿另一条街往右，看到超市的门了。只是门，也就是说，看到了门，看到了整个建筑物，但看不到人们进进出出，往常这些市场里时时刻刻都有蚁堆似的人群，这些市场就是靠巨大的人群生存的。医生的妻子担心发生了最坏的事情，对丈夫说，我们来得太晚了，恐怕里边连块饼干都没有了；你为什么这样说呢；我看不到有人进去，也看不到有人出来；可能因为他们还没有发现那个地下室；我也希望这样。他们俩是站在超市对面的人行道上说这几句话的，当时旁边有三个盲人，仿佛在等待信号灯变成绿色。医生的妻子没有发现他们脸上浮现的惊愕不安迷惑恐惧的表情，没有看见他们当中一个人张开嘴要说什么但马上又合上了，没有注意到他迅速地耸了耸肩膀；你马上就能知道了，估计这个盲人心里这样想。医生和妻子横穿马路，走到马路中间的时候，已经听不见第二个盲人说的话了。他说，那个女人为什么说她没有看见；没有看见有人出来进去呢，第三个盲人回答说；这只不过是一种说法，刚才我绊了一跤的时候，你问我是不是没有看见踩在什么地方了，她也一样，我们都没有失去看得见的时候的习惯；我的上帝，这种话我们说过多少遍了，第三个盲人叹了一声。

阳光把宽敞的超市最里边也照得亮亮堂堂。几乎所有的玻璃货架都倒了，地上除垃圾破瓶子和空包装箱之外一无所有；奇怪，医生的妻子说，这里一点儿食物都没有倒也罢了，我不明白怎么没有活人呢。医生说，确实，好像不大正常。舔泪水的狗低声嗷嗷叫着，皮毛又竖起来。医生的妻子说，这里有气味；到处有臭味，医生说；不是臭味，是另一种气味，腐臭气味；莫非那里有死尸吗；我没有看见；那么大概是你的印象了。狗又呻吟起来。这狗怎么了，医生问；它神情紧张；我们怎么办；看看再说，要是有死尸我们就绕过去，这种时候已经不怕死人了；对我来说更方便一些，我看不见。他们穿过超市，来到一个走廊的门口，沿走廊就能到地下室仓库。舔泪水的狗跟在后面，但不时停下来吠叫几声，呼唤他们，然后又接着往前走，这是它的义务。妻子把门打开了，气味更加呛人；这气味确实很不好，丈夫说；你留在这里，我马上回来。她沿着走廊往前，里边越来越暗，舔泪水的狗跟在后面，好像被人拖着往里走。充满腐臭味，空气好像变得黏稠了。半路上，医生的妻子一阵阵作呕，在干呕的间隙，她想，这里究竟出了什么事呀，离通往地下室的金属门越来越近，她嘟嘟囔囔地重复着同样的话。恶心让她头昏脑胀，刚才没有发现最里边模模糊糊闪着火光。现在她知道是怎么回事了。小小的火苗在两扇门的缝隙中跳跃，就是楼梯门和运货电梯门。又一阵呕吐，这一次十分厉害，她胃中翻江倒海，难以支撑，摔倒在地。舔泪水的狗发出一声长嚎，接着吠叫起来，凄凉的叫声仿佛永远不会停歇，在走廊里回荡，似乎是地下室的死者们最后的哀鸣。丈夫听到了呕吐声，干呕声和咳嗽声，竭尽全力跑过去，绊倒了，爬起来，又绊倒了，最后总算抓住妻子的胳膊，出了什么事，他哆哆嗦嗦地问；妻子只是说，把我带走，快，让我离开这里；自从失明症出现以来，这是头一次由他领着妻子，领着妻子，不知道领到哪里，只想领着她远远离开这两扇门，远远离开他看不见的火苗。两个人走出走廊，妻子的神经一下子崩溃了，抽泣变成了号啕大哭，这样的泪水是无法擦干的，只有时间和疲劳能使它渐渐减少，因此，那条狗没有靠近她，仅仅舔了舔她的一只手。出了什么事，医生又问，你看到什么了，他们死了，妻子一边抽泣着一边说；到底谁死了呢；他们，她再也说不下去了；安静一下，等能说话的时候再说吧。过了几分钟，妻子说，他们死了；你看到什么东西了吗，打开门了吗，丈夫问；没有，我只看到门缝里有冥火，一闪一闪的，紧攥着门缝在那里跳舞，不肯松开；那是腐尸产生的磷化氢在燃烧；我想是这样；究竟出了什么事呢；大概他们发现了地下仓库，沿楼梯涌到下面去找食物，我还记得，在楼梯那些台阶上容易滑倒，一个人滑倒以后所有人都跟着滑倒，可能他们没有走到想去的地方，或者走进去了，但楼梯被后去的人堵塞，他们回不来了；可是，刚才你说门关着；肯定是其他盲人关上的，把地下室变成了巨大的坟墓，而我对这件事负有罪责，我拿着那些塑料袋快步离开这里的时候，他们怀疑我带的是食物，于是就去里边找；在一定意义上说，我们吃的一切食物都是从其他人嘴里抢来的，我们抢得太多了，就导致了他们的死亡，从根本上看，我们所有人差不多都是杀人凶手；这是苍白无力的自我安慰；我实在不想让你在艰难养活这六张实实在在而又无用的嘴的时候还因想象中的罪过自责；要是没有你这张无用的嘴，我怎能活下去呢；你会为了养活家里那另外五张嘴而继续活下去；问题是还能养活多久；不会很久了，到一切都用完的时候，我们就不得不到田野里去寻找食物，从树上摘各种果实，杀死所有能捉到的动物，当然，要在这里的狗和猫吞噬我们之前。舔泪水的狗没有作任何表示，此事与它无关，这是近来它变成了舔泪水的狗使然。

医生的妻子几乎已经拖不动两只沉重的脚，刚才的刺激耗尽了她的力气。走出超市以后，妻子极度虚弱，丈夫双目失明，谁也说不清两个人是谁搀扶着谁。也许因为阳光太强，医生的妻子感到一阵眩晕，以为要丧失视力，但她没有害怕，只不过是头晕，没有摔倒，也没有完全失去知觉。她必须躺下，合上眼睛，喘一口气，如果可能的话安安静静地休息几分钟，镇定下来，肯定能恢复体力，必须恢复体力，塑料袋还空着呢。她不肯躺在肮脏的人行道上，宁肯死去也不返回超市。她望望四周。马路对面不远的地方有座教堂。里面一定有人，正如所有地方一样，不过，大概是个休息的好去处，至少从前是这样。她对丈夫说，我要恢复一下体力，你把我送到那边去吧；那边，什么地方；对不起，你搀着我，我告诉你怎样走；那是什么地方；教堂，只要躺一会儿，我就可以完全换个人了；好，走吧。进教堂要上六级台阶，请注意，六级台阶，医生的妻子费了很大力气才上去，还要给丈夫指路。教堂的大门敞开着，这帮了他们的忙，即便有一扇普普通通的门关着，在这种情况下也是一道难以逾越的障碍。到了门槛前，舔泪水的狗停下来，不知道该怎样做才好。这是因为，尽管近几个月来犬类行动自由，但在头脑中一代复一代遗传下来一个远古的禁令，这项禁令不准犬类进入教堂，可能这要怪古代流传下来的另一部基因法典，它规定，狗无论走到哪里，都要划定它们的势力范围。在一些圣徒被宣布成为圣徒之前，舔泪水的狗的先辈们曾为他们舔舐肮脏的伤口，出于仁慈，出于最大公无私的仁慈，但先辈们的这些善举和忠诚的效力没有起任何作用，因为我们清楚地知道，没有哪一个乞丐能成为圣徒，不论他身上和灵魂上有多少伤口，不论这些伤口狗的舌头是不是能够触到。现在，舔泪水的狗闯进了这块圣地，门开着，没有看门人，更加强有力的理由是，流眼泪的女人已经进去了，我不知道她是怎样拖着沉重的脚步进去的，一边走一边对丈夫重复同一句话，扶着我。教堂里挤满了人，几乎找不到一块空地方，甚至可以说，这里没有一块石头能让她的脑袋在上面歇息，舔泪水的狗又一次帮了忙，它吠叫了两声，向前冲了两次，这样做全无恶意，但总算使人们让出了一块空地方，医生的妻子再也支撑不住，倒在那里，终于完全闭上了眼睛。丈夫摸了摸她的脉搏，跳动正常，只是稍稍微弱一些，随后他又试图让妻子坐起来，现在的姿势不好，必须使血液迅速向大脑回流，增加脑部血液补给，最好的办法是坐起来，把头伏在两个膝盖之间，应当相信大自然，相信重力的作用。几次努力失败之后，他最后终于把她扶起来了。过了几分钟，医生的妻子深深地叹了口气，又稍稍动了动，开始恢复知觉。现在还不要站起来，丈夫对她说，再这样低着头休息一会儿。但是，她觉得自己好了，不再眩晕，眼睛已经隐隐约约看见铺在地上的石板，在此之前，舔泪水的狗为了让她卧下，用力在地上刨了三下，所以那几块石板还算干净。医生的妻子抬起头，望望细细的柱子，望望高高的拱顶，证明血液循环稳定可靠，然后才说，现在我感觉很好，不过在那一瞬间她以为自己疯了，或者是眩晕过后产生了幻觉，她的眼睛看到的不会是真的。钉在十字架上的那个男人的眼睛被一块白布捂住了，旁边一个女人的心被七把宝剑刺穿，眼睛上也捂着一块白布，不仅这个男人和这个女人如此，教堂里所有的偶像都被捂住了眼睛，塑像被一块白布缠住头部，画像则用白色颜料重重地涂抹。那边有个女人正在教女儿读书，她们的眼睛都被捂住了；一个男人拿着一本打开的书，书上坐着一个小男孩，他们的眼睛都被捂住了，一个蓄着长长胡须的老人手里拿着三把钥匙，他的眼睛被捂住了，另一个男人被无数支箭射中，他的眼睛被捂住了；一个女人拿着一盏燃着的灯笼，她的眼睛被捂住了；一个男人的手部脚部和胸部受伤，他的眼睛被捂住了；另一个男人与一头狮子在一起，他们的眼睛都被捂住了；另一个男人和一只绵羊在一起，他们的眼睛都被捂住了；另一个男人与一只雄鹰在一起，他们的眼睛都被捂住了；另一个男人手持长矛，制伏了一个倒在地上，头上长角，脚上长羊蹄子的男人，他们的眼睛都被捂住了；另一个男人手中拿着一个天平，他的眼睛被捂住了；一个谢顶的老人手中拿着一朵白色百合花，他的眼睛被捂住了；另一个老人挂着一把出鞘的宝剑，他的眼睛被捂住了；一个女人与一只鸽子在一起，他们的眼睛都被捂住了；一个男人与两只乌鸦在一起，他们的眼睛都被捂住了；只有一个女人的眼睛没有被捂住，因为早已经被剜下来放在她手中的银盘子里了。医生的妻子对丈夫说，要是我告诉你我看到了什么，你一定不肯相信，教堂里所有偶像的眼睛都被捂住了；太离奇了，这是为什么；我怎么知道呢，可能是某个教徒知道自己要和其他人一样失明，对信仰感到绝望，干出了这种事，也可能是这里的神父干的，也许他正是这样想的，既然盲人看不见偶像，那么偶像们就该看不见盲人；偶像看不见；你错了，偶像们用看他们的那些眼睛看，只不过现在所有的人都失明了；但你仍然看得见；我会越来越看不清，即使不丧失视力，我也会一天比一天瞎，因为没有人看我；如果是神父捂上了偶像们的眼睛呢；这只是我的一个想法；这是唯一一个真正有意义的假设，唯一一个能使我们这悲惨处境具有某种尊严的假设。我想象那个人从盲人世界走进这里之后，觉得自己也要失明并回到那个世界中去；我想象这里有一扇扇关着的门，一个被遗弃的教堂，一片寂静，我想象一尊尊塑像，一幅幅画像，我似乎看到他从这个跟前走到那个跟前，之后爬上神龛，用布条裹住他们的眼睛，再打两个结，以免布条松开或者坠落，用两只蘸上颜料的手在画像上涂抹，使它们所在的白色黑夜夜色更浓。这位神父大概是所有时代所有宗教中最大的亵渎圣物者，最公正最激进的人类，他来到这里是为了最后宣布，上帝不值得一看。医生的妻子还没有来得及回答，旁边便有个人说，这是什么话，你们是什么人；和你一样，是盲人，她说；可是，我听见你说你看得见；这是说话的习惯，难以改变，以后不知道还要说多少次；你说偶像们的眼睛都被捂上了，这是怎么回事；确实如此；既然是盲人，你怎么知道的；如果你和我一样做，也会知道，用手去摸摸吧，手是盲人的眼睛；你为什么那样做呢；我想，我们已经落到这般地步，一定还有人会失明；你说是这座教堂的神父捂上了偶像们的眼睛，这又是怎么回事，对于他，我非常了解，他不会干出这等事来；永远不能事先知道人们能够干出什么事来，必须等待，耐心等待，时间决定一切，时间是坐在牌桌对面的伙伴，他手中有各种牌，我们必须想办法打出与生命同样的牌，我指的是我们的生活；在教堂里谈打牌是罪孽；如果怀疑我的话，你就站起来，用手去摸摸；你敢发誓说偶像们的眼睛真的都被捂上了吗；你觉得发什么誓才行呢；以你的眼睛发誓；好，我以我的眼睛和你的眼睛发两次誓，真的吗；真的。这番谈话被离他们最近的盲人们听到了，无须说，不等刚才的誓言得到证实，消息便传开了，从一张嘴到另一张嘴，低语声渐渐变了口气，先是狐疑，然后是不安，接着又是狐疑，糟糕的是人群当中有许多人迷信并且善于幻想，圣像们都失明了，他们那仁慈而屡屡忍受痛苦的目光只能看见自己的失明。这个想法很快变得难以忍受，无异于有人来告诉他们诸神像被活着的死人包围，只要听到一声喊叫，立即喊声四起，所有人都吓得站起来，被恐惧推向教堂门口，我们知道的混乱状况在这里重演了，由于恐惧比吓得屁滚尿流的人那两条腿快得多，所以逃命者的两条腿总会相互绊在一起，盲人更是如此，于是突然倒在地上，恐惧对他说，站起来，快跑，他们要来踩死你，他很想站起来，很想快跑，但别的人已经跑过来，也跌倒了，身体与身体擦在一起，个个想多长几只胳膊好挣脱出来，多长几只脚赶紧逃命，面对这种极端混乱的局面，只有意志坚强的人才能不笑出声来。外面那六层台阶成了悬崖峭壁，但毕竟摔得不厉害，常常跌跤的人腰板硬，落地本身就是种安慰，我不再离开这里了，这是第一个念头，在致命的情况下也是最后一个。同样一成不变的是，一些人利用了另一些人的不幸，这一点早已清清楚楚，从世界开端的那天起，继承人与继承人的继承人之间就是如此。这些人不顾一切地争相逃命时把所带的东西丢在了身后，等需要战胜了胆怯，再回到这里，将无法以令人满意的方法分清哪是我的，哪是你的，除了这个难题，我们还将看到，原来那点食物中有一部分不见了，莫非这一切是那个说神像的眼睛都被捂住了的女人所施的诡计，某些人过于卑劣，竟然编造出这样的谎言来抢劫可怜的人们仅余的一点儿食物。啊，这是舔泪水的狗的过错，看到院子里空了，它东闻闻，西闻闻，这番努力没有白费，收获颇丰，这理所当然，无可非议，但也可以说，它指明了矿藏的入口，结果医生的妻子和医生离开教堂时手中的塑料袋一半已经装满了，并且对其偷窃行为毫无歉疚。如果能利用上捡来的东西的一半，他们就心满意足了，而对另外一半，他们会说，我不明白，人们怎么能吃这些东西，即使灾难降临在所有人头上，总是有一些人比另一些人生活得更糟。

两个人以各自的方式讲述这些事的时候，伙伴们既害怕又悲伤，但值得注意的是，也许因为一时找不到合适的词汇，医生的妻子没能告诉他们她在地下室门前经历的前所未有的恐惧，矩形门里惨白色的火苗在摇曳，沿楼梯下去就是另一个世界。偶像被捂住眼睛强烈地震撼着所有人的想象力，尽管方式各不相同，以第一个失明者和他的妻子为例，从他们脸上看到的是气恼，他们认为，这是不可原谅的不恭之举。他们全都失明了，这里指人类，完全是命中注定，他们本人没有过错，谁也不能逃过这场灾难，但是，他们觉得，仅仅因为这一点就捂上圣像的眼睛，那就成为不能饶恕的罪行了，假如是教堂的神父所为，则更是如此。戴黑眼罩的老人所发的议论大不相同，我知道你会感到惊讶，但我想到了博物馆里的展廊，所有塑像的眼睛都被捂住了。这倒不是因为雕塑家不想雕刻石头上该有眼睛的地方，而是被捂住了，就像你刚才说的，用布捂住了，好像只有一种失明症还不够似的，有时候这会让人增加浪漫的风度，奇怪的是，我戴的这个眼罩却没有产生任何效果，说完，他笑了，仿佛在嘲笑刚才那番话，嘲笑自己。至于戴墨镜的姑娘，她只是说不希望在梦中看到那倒霉的展廊，她做的噩梦已经够多了。他们吃了饭，饭很糟糕，但这还是现有食物中最好的，医生的妻子说，找食物越来越难，也许应当离开城市，到农村去生活，那里的食物至少新鲜，大概有无人看管的奶牛和绵羊到处游荡，我们可以挤奶喝，还有井水，我们想做什么饭就做什么饭，问题是找个好地方。后来每个人都发表了意见，意见的热情程度不同，但大家都明白，形势所迫，不得不这样做，毫无保留地对此表示高兴的是斜眼小男孩，可能外出度假给他留下的美好回忆还在。吃过饭就躺下睡觉，早在隔离检疫的时候就一直这样，经验告诉他们，身体呈躺卧姿势确实能忍受饥饿。晚上没有吃饭，只有斜眼小男孩得到了一点儿让嘴消磨时间和欺骗食欲的东西，其他人坐起来听医生的妻子读书，至少精神不会抱怨缺乏营养，糟糕的是身体的虚弱有时让头脑心不在焉，这倒不是由于对知识不感兴趣，绝对不是，而是大脑不知不觉滑向半昏睡状态，就像动物准备进入冬眠，再见吧，世界。因此，听众们轻轻合上眼皮的情况屡屡发生，他们开始用灵魂的眼睛伴随书中的情节跌宕，直到某个强有力的情节，而非仅仅是硬皮书合上时发出的声响，把他们从昏昏沉沉的状态中唤醒。医生的妻子就是如此温文尔雅，不想让他们发现她知道听众没有沉思遐想，而是睡着了。

第一个失明者似乎是悠悠然进入梦乡的，其实不然。不错，他合上了眼睛，模模糊糊地听到医生的妻子的读书声，但是，大家都到农村生活的主意使他不能入睡，他认为远离自己的家是个严重的错误，不论那位作家多么和蔼可亲，还是应该偶尔到那里看看，提防他一点为好。所以，第一个失明者非常清醒，如果还需要别的证据说明，那就是他眼睛里令人头晕目眩的白色，可能只有在睡着的时候才变成黑色，而没有任何人能够同时既醒着又睡着。第一个失明者以为终于消除了这个疑团，而就在这时，眼皮里面突然变得漆黑一片，我睡着了，他想，可是，不对，没有睡着，仍然听得见医生的妻子的声音，斜眼小男孩咳嗽了一声，于是，他心中大为惊骇，以为从一种失明症转到了另一种失明症，经历了光明型失明症之后现在要经历黑暗型失明症，在恐慌之中他呻吟了一声；你怎么了，妻子问；他连眼睛都没有睁开就糊里糊涂地回答说，我失明了，仿佛这是世界上的一条新闻；妻子亲切地搂住他说，算了，要说失明，我们早已都是盲人了，有什么办法呢；我眼前一片漆黑，以为睡着了，但又没有睡着，醒着呢；你本来就该睡觉，睡觉吧，不要想这些事了。妻子的劝告让他满心不快，一个男人正痛苦不堪，只有他自己知道多么难过，而妻子却没有任何话好说，只会劝他睡觉。他十分气恼，一句气愤的话就要脱口而出，就在这时他睁开了眼睛，竟然看得见了。他看得见了，于是大喊起来，我看得见了。这第一声的口气里还有点将信将疑，但第二声，第三声，一连几声，口气越来越肯定，斩钉截铁，我看得见了，看得见了。他疯了似的拥抱妻子，随后又跑过去拥抱医生的妻子，这是他第一次看到她，但早已知道哪个人是她，接着又拥抱医生，戴墨镜的姑娘，还有戴黑眼罩的老人，他不会把老人与别人混淆，还有斜眼小男孩，妻子跟在后边，不肯离开他一步，他转过身来，重新拥抱妻子，现在又走到医生跟前，医生先生，我看得见了，看得见了，他没有再以你称呼医生，在这个群体中，用你称呼几乎成了规矩。你们谁能解释解释，这突然的变化是什么原因呢，医生问，你真的像以前一样看得清楚，一点儿白色的痕迹也没有了吗；没有了，一点儿也没有了，我甚至觉得比原来看得更加清楚，说实话，我从来没有戴过眼镜。这时，医生说出了大家想说但没有胆量大声说出来的话，这场失明症可能到了尽头，我们大家可能开始恢复视力了；听到这句话，医生的妻子哭起来，喜极而泣，人们的反应太奇特了，她当然高兴，我的上帝，这不难理解，之所以哭泣是因为精神上的耐力突然用尽，她像个刚刚出生的婴儿，发出了尚无意识的第一声啼哭。舔泪水的狗走到她跟前，这条狗总是知道人们什么时候需要它，所以医生的妻子把它搂住，这倒不是她不再爱丈夫，也不是她不再喜欢所有这些人，而是由于此时此刻她产生了强烈的孤独感，只有这条如饥似渴地舔她的泪水的狗才能减轻她难以忍受的孤独。

大家的欢乐情绪已经被紧张和激动取代。现在我们该怎么办呢，戴墨镜的姑娘问，发生了这种事以后我再也睡不着了；谁也睡不着，我觉得我们应该继续留下来，戴黑眼罩的老人说到这里停下来，仿佛还有所怀疑，过了一会儿才把话说完，等一等吧。他们等了一会儿。油灯上的三个喷嘴照耀着围成一圈的那一张张脸。开始时他们还谈得热火朝天，询问究竟是怎么回事，只是眼睛发生了变化呢，还是头脑也感觉到了什么，渐渐地，话越来越少，这时第一个失明者想起了一件事，对妻子说，我们明天回家去吧；可是，我还看不见呢，她回答说；没有关系，我领着你；如果他们旁边有谁亲耳听到了这些话，就能发现这几个简单的词语中包含着各种各样的情感，如保护，自豪和权威。第二个人恢复视力时已是深夜，油灯里的橄榄油将尽，微弱的灯光忽明忽暗，是戴墨镜的姑娘恢复视力了。她一直睁着眼睛，仿佛视力是从眼睛钻进去而不是从里面再生，她突然说，我好像看得见了，不过还是谨慎一些为好，并非所有人的病症都完全一样，常言说，没有失明症，只有盲人，而近来的经验却又告诉我们，没有盲人，只有失明症。这里已经有三个看得见的人，再增加一个就构成多数，尽管重见光明的幸福还没有降临到其他人头上，但这些人的生活变得方便多了。而在今天之前他们只有痛苦，请看看那个女人到了什么地步吧，像一根绷断了的绳子，像一个长期承受压力之后再也支撑不住的弹簧，也许正因为如此，戴墨镜的姑娘第一个拥抱她，这时舔泪水的狗就不知道该照顾谁好了，这个在哭，那个也在哭。她拥抱的第二个人是戴黑眼罩的老人，现在我们将知道说过的话是否真的算数，那次这两个人要生活在一起的美好许诺使我们感动，但现在情况变了，戴墨镜的姑娘已经能看见眼前是个老头子，理想化的激情不复存在，荒岛上虚幻的和谐不复存在，皱纹就是皱纹，秃顶就是秃顶，黑眼罩与瞎了的眼睛之间没有区别。老人以另外的方式对她说出了这些话，你好好看看我，我就是你说要一起生活的那个人；她回答说，我认识你，你就是我愿意一起生活的那个人；毕竟还有比表面看起来更算数的语言，这次拥抱和那些话一样。天开始亮起来的时候第三个人恢复了视力，这一次是医生，现在已经无须怀疑，其他人恢复视力只是时间问题。对于可以预料的自然感情的流露，我们在前面这段欢快的记述中已经写明，即使涉及本故事的主角，现在也无须重复，此后医生才提出了早该提出的问题，外边的情况怎样了。答案来自他们所在的这栋楼里，楼下有个人一面喊着一面跑到楼道里，我看得见了，我看得见了，太阳从这一层楼升起来了，要照亮这座沉浸在节日中的城市了。

　　上午这顿饭是节日宴会。桌子上的东西不仅少，还会让任何正常人倒胃口，但像在许多激动人心的时刻那样，感情的力量战胜了饥饿，欢乐成了美味佳肴，没有一个人抱怨，仍然失明的人也在笑，仿佛已经看得见的人的眼睛就是他们的眼睛。吃过饭，戴墨镜的姑娘产生了一个念头，要是在我家门口贴张纸条就好了，说我在这里，我父母如果回到家里就会到这里来找我；你带我去吧，我想看看外面怎么样了，戴黑眼罩的老人说；我们也走吧，当初第一个失明的人对妻子说，那位作家可能已经看得见了，正想回到他自己家里去呢，路上我顺便找找有没有可吃的东西；我也这样做，戴墨镜的姑娘说。几分钟以后，单独在一起的时候，医生走过去坐到妻子旁边，斜眼小男孩躺在沙发一角上睡觉，舔泪水的狗卧在地上，嘴放在前爪上，偶尔张开又合上眼睛，表示它仍然警惕，虽然这层楼在高处，但变了调的声音还是从窗户里钻进屋里，街上大概挤满了人，人群中只发出同一个喊声，我看得见了，已经恢复视力的人们这样喊，突然恢复视力的人们这样喊，我看得见了，我看得见了，实际上，这倒很像另一个世界的故事，在那个故事里人们说，我失明了。斜眼小男孩正嘟嘟囔囔地说话，大概在做梦，也许见到了母亲，他问母亲，你看见我了吗，看见我了吗。医生的妻子问，他们会怎么样呢；医生说，这一个，很可能醒来以后就好了，其他人也一样，很可能此时此刻他们正在恢复视力，我们那位戴黑眼罩的老人会大吃一惊，他太可怜了；为什么；由于白内障，从上次我给他检查以后过去了这么长时间，他眼前大概像一片浑浊的云彩；他会失明吗；不会，一旦生活正常，一切都开始运转，我马上给他做手术，只是几个星期的问题；我们为什么失明了呢；不知道，也许有一天会查明原因；你想听听我的想法吗；说吧；我想我们没有失明，我想我们本来是盲人；能看得见的盲人；能看但又看不见的盲人。

医生的妻子站起身，走到窗前，看看下边，看看满是垃圾的街道，看看又喊又唱的人们。然后她抬起头望望天空，看见天空一片白色。现在轮到我了，她想。突如其来的恐惧吓得她垂下眼帘。城市还在那里。

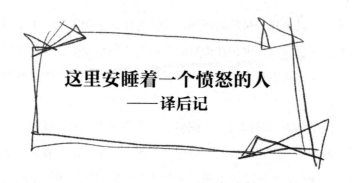

这里安睡着一个愤怒的人
——译后记

1

欣逢葡萄牙第一位诺贝尔文学奖获得者若泽·萨拉马戈百年华诞，读客文化陆续再版这位文学巨匠的三部作品：《失明症漫记》《复明症漫记》《修道院纪事》。作为这三部小说的译者，回忆起当年的大情小事，不禁感慨系之。

2

二〇一〇年六月十九日，葡萄牙新闻社北京分社社长贾东尼先生打来电话，告诉我诺贝尔文学奖得主若泽·萨拉马戈于日前逝世。虽然早已得知老作家几年来因病卧床，但这不幸的消息仍然让我震惊：像他这样不屈不挠与黑暗和丑恶搏斗的人，怎会轻易向死神屈服呢？

我当即发出唁电:

若泽·萨拉马戈作品的中文本译者和读者对大师的逝世表示沉痛哀悼,并永远铭记他对世界文坛的贡献。

我坐在写字台前沉思,此前的两封信清晰地在脑海中浮现。

一九九八年四月末,我以《修道院纪事》的中文译本获得中国第一届"鲁迅文学奖·全国优秀文学翻译彩虹奖"。五月一日,萨拉马戈从他在西班牙加那利群岛兰萨罗特岛的寓所用传真发来贺信:

亲爱的范维信教授:

得悉你获奖,表示祝贺和高兴。双重祝贺,双重高兴,这是因为,你翻译了《修道院纪事》一书,我得以怀着尊敬和友好之情分享你人生中这幸福的时刻。我相信,这不是最后一次,更多的幸福时刻在等待着你,这实为你杰出的工作使然。

短短几个月后,即同年十月,瑞典文学院宣布把该年度诺贝尔文学奖授予若泽·萨拉马戈。一位新闻界的朋友在第一时间打电话告诉我这一消息,我立即写信祝贺:

得悉你获奖,我并不感到意外,因为你当之无愧,你的《修道院纪事》当之无愧,你的全部作品当之无愧。

但是，若泽·萨拉马戈寓所的电话传真一直发出忙音，第二天还是这样。我想，大概全世界都在往他家里打电话或发传真。电话传真挤不进去，只得采取最古老、最传统的办法：通过邮局寄去。

3

常常有朋友问我：你是怎样开始翻译萨拉马戈作品的？

其实，在一九八七年之前，我对葡萄牙文学几乎一无所知，翻译出版的仅限于巴西作家的作品，例如若热·亚马多的《死海》和《老船长外传》，埃里科·维利希莫的《大使先生》和《安塔列斯事件》，以及贝纳多·吉马良斯的《女奴伊佐拉》等。凑巧的是，那一年，就在我赴葡萄牙里斯本大学文学院进修前不久，应我国文化部邀请，巴西"百万书翁"、文学院终身院士若热·亚马多偕夫人来华访问。一天晚上，他在香格里拉饭店设宴招待几位朋友。席间，有这样一段对话：

"范，听说你要去葡萄牙，是吗？"

"对。可是，你刚到北京才两天，这么快就知道了？"

"哈哈，我消息灵通得很哪。我问你，你了解哪些葡萄牙作家？"

"对于葡萄牙作家及其作品，如一句中国俗语所说，我是两眼一抹黑！"

"那么，我给你写一封介绍信，好吗？"

"那当然好啦！感谢，非常感谢！"

天上掉馅饼，求之不得的好事。

第二天，老作家就把"介绍信"交到我手中，上面列出了十几位葡萄牙作家和文学评论家的名字及其住址和电话，信的最后一行特别写道："请你们像接待我一样接待我这位朋友。"还在其中的阿尔瓦洛·萨莱马的名字后面注明：此人中午十二点起床，请勿在这个时间之前打电话。

名单中就有一九九八年诺贝尔文学奖得主、后来我翻译的《修道院纪事》《失明症漫记》《复明症漫记》的作者若泽·萨拉马戈。

到了里斯本，除在文学院听课之外，我如饥似渴地阅读文学方面的书籍和杂志。后来，我又开始根据亚马多的"介绍信"列出的名单访问作家和文学评论家。资助我进修的葡萄牙"古本江基金会"国际部主任，一位热心的文学博士，还主动帮助我与几位年轻作家建立联系。回想起来，我拜访过的"老师"们当中，印象最深的就是亚马多不让我在十二点前打电话的阿尔瓦洛·萨莱马。他年近八十，身体不好，走路颤颤巍巍，但我两次请教，他都像给学生上课一样，一讲就是两三个小时。第二次结束时，他嘱咐我说："记住，研究葡萄牙现代文学，要死死盯住两个人——一个是米格尔·托尔加，一个是若泽·萨拉马戈。"

若泽·萨拉马戈，我见过两次：一次在里斯本（他的寓所）；第二次在北京，他来华参加《修道院纪事》首发式的时候。这些，我在《修道院纪事》的《译后记》里都曾说到，不再赘述。

4

萨拉马戈说："作家和其他人一样，会梦想。"他正是从自己一次治疗眼疾的经历中梦想出了《失明症漫记》这个充满爱与恨、善良与邪恶、痛苦与欢乐的故事。

在这部小说里，作者用汽车、公寓、超市、手枪这些普普通通的道具和一个个没有姓名但又栩栩如生的男女，给我们呈现了一出震撼人心的现代悲喜剧。正如瑞典文学院指出的，《失明症漫记》"极大地提高了萨拉马戈的文学水准……其想象力之丰富，思想之尖锐，在这部怪诞离奇、引人入胜的作品中得到了至高的体现"。

我退休前一直在中国国际广播电台做新闻工作，文学翻译仅仅是业余爱好，只能利用业余时间来完成。翻译《修道院纪事》我用了两年，加上翻译之前的"思想准备"和一遍又一遍的阅读，一共用了近八年；而《失明症漫记》呢，从第一次阅读原文到交出中文译稿，只用了八个月！这不仅是因为翻译《修道院纪事》后习惯了萨拉马戈的风格，积累了经验，更重要的是《失明症漫记》讲的是现代生活，并且情节紧凑，扣人心弦，相对容易得多。还记得，在翻译过程中我把自己关在小小的书房里，随着故事的跌宕起伏，有时热泪盈眶，有时又笑出声来，有时还自言自语或拍案叫绝。如果有人在我的书房里安装了针孔摄像机，一定以为我这个译者精神出了什么毛病。

5

《失明症漫记》中文版问世后的这些年里，话题不断，风生水起。

中国国家话剧院排演了话剧《失明的城市》，以纪念中国话剧诞辰一百周年。

与国家话剧院合作，香港话剧团也排演了话剧《盲流感》。

两者都是根据《失明症漫记》改编的，编剧是中国国家话剧院的冯大庆女士，导演也是中国国家话剧院的王晓鹰博士。

甚至河南省信阳师范学院话剧团也排演了《失明的城市》，估计使用的也是冯大庆女士的本子。

中国国家话剧院和香港话剧团的海报上，都写着"文学顾问：范维信"。其实，我既没有顾，也没有问。两家几次邀请我去他们的排练场，我都谢绝了，仅仅去欣赏了中国国家话剧院在北京大学百周年纪念讲堂的一场演出。两部话剧的原材料都来自葡萄牙的萨拉马戈，制造商是中国国家话剧院和香港话剧团，我只不过用中文对原材料进行了包装。一个表演艺术的门外汉去"指导"顶尖的表演艺术家们，孔子门前卖《三字经》，岂不滑稽。

在国外，几乎同时，巴西、日本和加拿大联手将《失明症漫记》拍成电影，由巴西人费尔南多·梅里尔斯导演，主要演员来自美国。我看了电影的DVD，有中文字幕，电影名是《盲流感》。当然，话剧和电影的表现手段不同，我缺少艺术细胞，没有资格评论优劣，但凭着门外汉的直觉认为，就震撼力而言，国产话剧《失明的城市》或《盲流感》绝不亚于巴西、日本、加拿大、美国合作的电影《盲流感》——三者的原材料都是从葡萄牙进口的。

6

萨拉马戈生前希望在他的墓碑上镌刻这样的墓志铭：这里安睡

着一个愤怒的人。之所以愤怒，是因为他认为"虽然我活得很好，可是这个世界却不好""残忍是人类的发明""当权者专横，把一部分人排除在社会之外"。他写作不是为了让读者消遣，而是要把令人愤怒的社会现象写出来，让人们去思考。

现在，这位充满强烈社会责任感的作家已经离开了令他愤怒的世界，用留下的作品永远启迪后人。

但愿有更多萨拉马戈作品的中文版问世，让中国读者得以分享大师留下的财富。

范维信

二〇二二年于北京乐府江南小区

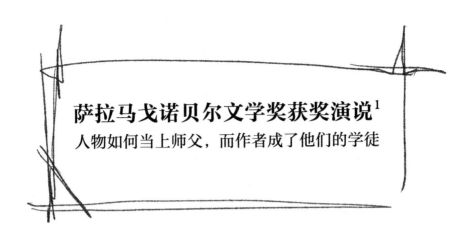

萨拉马戈诺贝尔文学奖获奖演说[1]
人物如何当上师父，而作者成了他们的学徒

　　我这一生中认识的最有智慧的人目不识丁。凌晨四点，当新一天的希望仍在这片法属的土地上磨蹭时，他从草垫子上翻身起床，走向田野，把六七头猪带到草场。猪的繁殖力养活了他和他的妻子。我的外公外婆生活拮据，靠着小规模的猪崽繁育谋生，猪崽断奶后卖给地处里巴特茹省[2]的阿济尼亚加村的邻居们。他们的名字分别叫杰罗尼莫·梅林霍和乔瑟法·柴辛哈，两人都是文盲。当冬夜的寒气足以让屋内罐子中的水结冰时，他们走进猪圈，把体弱的猪崽抱回屋里放在自己的床上。在粗毛毯子之下，人的体温帮助小动物们度过严寒，挽救了它们必死的命运。尽管他们俩都是和蔼可亲的人，但他们的作为并非出于一颗怜悯之心：他们没有多愁善感，也没有华丽辞藻，心之所系是保护他们的每日食粮。这对于他们而

1　© The Nobel Foundation 1998
2　葡萄牙历史上的一个省份，今属圣塔伦区。

言是自然而然的，为维持生计他们学会了不去思考无用的东西。多少次我帮助外公杰罗尼莫放牧猪群；多少次我在房屋附近的菜地里挖土，劈柴生火；多少次我一圈一圈地转动抽水泵的大铁轮，从公用水井中取水，肩挑回家。多少个凌晨，我同外婆带着耙子、麻袋和绳子，悄悄躲开守护玉米地的男人，去收集残莛碎叶给家畜当褥草。有时候，在炎热的夏天夜晚，晚饭后外公会对我说："若泽，我们俩，都去无花果树下睡觉。"村里还有其他两棵无花果树，但是那一棵，当然是历经了无数岁月，最高大，也最古老的那棵，才是家中的每个人心中所指的那棵无花果树——或多或少是修辞学中所谓的借代，一个我多年后才遇到并了解其定义的学术词语……在夜的沉静笼罩之下，在高高展开的树枝中间，一颗星出现在我的视野中，然后又慢慢躲进树叶背后，与此同时我把目光转向另一侧，看到蛋白色的银河渐渐呈现，像一条无声息流过空旷天际的河，我们村里仍然称其为"通往圣地亚哥之路"。睡意迟来，黑夜里走进了我外公讲了又讲的故事和事件中的人物：传奇、幽灵、恐怖、奇特片段、古老的死亡、棍石冲突、祖先的遗言，说不尽的记忆中的传言，让我不想入睡，同时又轻轻地牵我进入梦乡。我从来不知道我睡着时他是否陷入沉默，或者还在继续讲他的故事，以便不留下尚未给出的解答，因为在他讲述时故意留出的大多数停顿中，我必定会提出"接下来发生了什么"的问题。也许他为自己重复这些故事，为了不忘记它们，或者添入新的细节使之更加丰满。不用说，在那个年纪——我们每个人在某个时候都那样，我想象中的杰罗尼莫外公是掌握世界上所有知识的大师。当鸟鸣声伴随着第一道晨光将我唤醒时，他已不在我的身旁，赶着牲畜去了野地，留下我继续睡觉。接着我就起身，卷起粗毛毯子，光着脚——我在村里总是光脚行走，直到十四岁——头发上仍然沾着草叶，从院子耕种过的一边走到房子旁盖着猪圈的另一边。我的外婆在我外公之前早已起身，给我端上一大碗咖啡和几片面包，问我是否睡好。如果我告诉她听了外公的故事做的噩梦，她总会消除我的担忧："别当回事，梦里的东西都是假的。"当时我觉得，虽然外婆也是个非常聪明的女人，但还没能达到外公的高度，身旁陪伴着外孙若泽，躺在无花果树下的外公，是个用几句话就能让整个宇宙旋转起来的人。许多年之后，我外公已经离开人世，我也已长大成人，那时我才意识到，其实我外婆也是相信梦的，不然的话就很难解释她说的话。一天晚上她坐在现已独居的小屋门口，盯着头上最大和最小的星星，说道："世界真美好，可惜我要死了。"她没有说她害怕死去，而是说死去很可惜，就好像她那劳碌无度、备尝艰辛的一生，几乎在最后的时刻获得了至高无上的临终告别的恩宠，获得了向她揭示的美的慰藉。她坐在小屋门前，与我能想象的整个世界中的所有其他人都不同，因为他们是可以与猪崽共享床铺，视其为自家孩子的人，也因为他们为离开人世感到悲伤，觉得世界很美。这个杰罗尼莫，我的外公，养猪人和讲故事的人，感觉到死神即将前来将他带走时，向院子里的树木一一告别，流着眼泪与它们拥抱，因为他知道自己再也无法见到它们了。

很多年以后，我第一次提笔将我的外公杰罗尼莫和外婆乔瑟法写入作品中（至此我尚未提及，据许多认识她的人说，外婆年轻时是个相貌出众的女子），当时我才终于意识到，我正在将普通人转化为文学人物：这也许是我不让他们从记忆中淡去的方法。我用铅笔一遍一遍地描绘他们的面容，不断改变记忆，不断为单调乏味且无休无止的日常劳作添加色彩和光亮，就好像在不稳定的记忆的地图上创造栖居生存于此的那些人，表现这个国家超自然的非现实。同样的心理态度，在记忆中唤起某个北非柏柏尔人祖父迷人而神秘的形象之后，引导着我用差不多如下的文字描述一张我父母的老照片（已有近八十年的历史）："两人都站着，漂亮而年轻，面对着摄影师，脸上显露出隆重而严肃的神情，也许是镜头即将捕捉他们不再会拥有的形象的那一片刻在照相机面前的恐慌，因为随后而来的一天不可改变的将是另外一天……我母亲将她的右手肘倚靠在高高的柱子上，右手拿着一朵花，缩向身体。我父亲用手臂搭着我母亲的背，长茧的手出现在她的肩膀上方，像只翅膀。他们在一条树枝花纹的地毯上腼腆地站立着。撑开的帆布假背景上是模糊不清的新古典主义建筑，显得格格不入。"我这样结束："会有一天我将讲述这些事情。这些事情无足轻重，但对我则不然。一个北非柏柏尔人的老祖父，一个养猪的老外公，一个异常漂亮的外婆；严肃但不失英俊的父母，照片中的一朵花——我还在乎什么家族谱系？还有什么更好的大树我可以倚靠？"

这些文字是我大约三十年之前写下的，没有其他目的，仅仅为了重建和记录那些造就了我、与我最亲近的人的生活的瞬间，相信不用对那些人做任何其他解释，便可让人知道我来自何处，是何种材料制成，又一点一点地变成了什么。但我的想法终究是错误的。生物学并不决定一切，至于遗传基因，它进行如此长途旅行的路径一定非常神秘……我的家族谱系（原谅我妄自尊大使用这样一个字眼，而实质上却是如此微不足道）不仅缺少时间和人生连续遭遇促成的从主干衍生的那些枝条，还缺少帮助其根系深深扎入地下土层的人，缺少能够辨清其连贯性和果实风味的人，也缺少展开和加固树冠使之成为候鸟栖居与筑巢之地的人。当我试图用文学的颜料对我的父辈和祖父辈进行描绘，用新的、不同的方式表现我人生的建筑者，把他们从有血有肉的普通人转化为人物时，我并没有意识到走进了一条小道。在这条小道上，我后来塑造的人物，还有其他真正的文学人物，将会建构，将会带给我材料和工具。这些东西最终，不管是好是坏，够与不够，是获益还是受损，总体而言太匮缺，但某些方面又太丰盈，造就了我现在认为是自己的那个人：那些人物的创造者，同时又是他们自己所创造的。在某种意义上甚至可以这么说，一个字母接一个字母，一个词接一个词，一页接一页，一本书接一本书，我成功地在我自己身上植入了我塑造的人物。我相信没有他们，我不可能成为今天的我；没有他们，我的人生也许不会成功超越一张蹩脚的草图。或者像一个众人憧憬却无法兑现的许诺；或者是一场前程可观但到头来一事无成的人生。

现在我清晰地认识到那些人是我人生的师父，他们是最真诚地教会我以艰辛劳作来面对生活的人。我看到我的小说和剧本中的几十个人物跃出纸面，此时正从我眼前大步走过。我相信自己作为故事叙述者，那些笔墨创造的男人和女人，是按我的心念导出的，服从我作为作者的意愿，像会说话的木偶，而他们的行为，就如我操控他们时施加的力量和牵动绳索那样对我全无影响。这些师父中的第一位无疑是个平庸的肖像画师，我姑且简单地称其为H，是一则标题为《油画与书法手册》的故事中的主要人物。我觉得这一则故事可以合理地称作双重成长小说（小说人物的成长，但从某个层面说也是作者的成长故事）。这个人物教会我简单的诚实，即看到、认识到自己的不足而不带愤怒或挫折感：由于我不能，也无意，跨出自己耕作的小片田地，留下的可能性只有朝下，挖下去，直到根部，直到我自己的同时也是世界的根源。请原谅我如此大言不惭。当然，努力产生的结果价值如何，不是由我来做出评定的。但是今天我认为，自那以后我的所有作品都遵循了那个目标与原则，这一点显而易见。

接着走过来的是阿兰特乔的男人和女人，与我外公杰罗尼莫和外婆乔瑟法同属被诅咒的土地上的兄弟。这些原始的农民家贫如洗，在只配得上被称作恶劣的工作条件下劳作，不得不出卖自己手臂的力量，以换取一份工资，其生活与我们自豪而满足地称为——依情况而定——有教养或文明的人们精致、神圣、高贵的生活相比不啻天渊。他们是我熟知的普通人，那些受到教会——既是政权和地主的同谋也是受惠者——蒙骗的人，那些永远是警察关注对象的人，那些无数次武断的虚假正义的无辜受害者。在书名为《从地上站起来》（*Levantado do Châo*）的小说中，农民贝德韦瑟一家三代人经历了从二十世纪初到1974年推翻了独裁统治的四月革命。这些从地上站起的男人和女人，开始是真实的人，后来成了小说形象。我学会了耐心，相信时间，信任时间，让时间同时建构并摧毁我们，以便为再一次摧毁而重新建构。我唯一无法确信是否能欣然接受的，是艰辛的人生经历转化成了那些男人和女人的善德：一种对待生活的自然节制态度。二十余年之后，那些从生活中学得的教益在记忆中依然栩栩如生，在头脑中完好保存，每天都能感到它在我精神上的存在，像持续不断的召唤：我没有失败，至少还没有，阿兰特乔广袤无际的平原催我多多进取，给我接近崇高荣耀的榜样的希望。时间将会作证。

　　我能从一个生活在十六世纪的葡萄牙人身上得到什么教益呢？此人出版了《诗韵集》（*Rimas*），在《卢济塔尼亚人之歌》（*Os Lusíadas*）中描述了荣耀之争，船难和民族的幻灭，绝对是我们文学中最伟大的诗歌天才，不管这样的评价会给自诩为"超级卡蒙斯"的费尔南多·佩索阿带来多少悲痛。所有我能从中学习并得到适合于我的教益的，简简单单就是路易斯·瓦·德·卡蒙斯纯粹的人性。比如说一个作者以不乏自尊的谦卑，一家一家去敲门，寻找愿意出版他书写之作的人，在此过程中遭受到抱有身份和种族偏见的不学无术之人的轻视，受到一个国王和他有权势的随从轻蔑的冷落，受到这个世界款待来访诗人、空想家和傻瓜同样的一如既往的嘲讽。每个作者的人生中至少曾经有过一次，或将会遭遇，尽管他没有写过诗作《流逝河水的岸边》（*Sôbolos rios*），路易斯·德·卡蒙斯的经历……踌躇于贵族、国王随从和宗教裁判所的审查中间，或昔日的爱恋和未老先衰的幻灭中间，或写作的痛苦和完成创作的喜悦之间。是这个病快快的男人，从众人前往寻求发迹的印度两手空空归来；是这个瞎了一只眼睛、灵魂受创的人，是这个与任何财富无缘、在王宫里博不到任何女士倾心的人，却把一部名为《这本书我该怎么办？》（*Que farei com este livro?*）的剧作搬上了舞台。该剧的结尾重复了另一个唯一真正重要的问题，一个我们无法知道是否最终会有充分答案的问题："这本书你们该怎么办？"他同样以这种不失自尊的谦卑，胳膊下夹着一部杰作的书稿，不公正地被全世界拒绝。不失自尊的谦卑也相当固执地等待着了解，到了明天，我们写的那些书的目的将是什么，同时马上怀疑它们是否会留存一段时间（多久）。等待着给予我们肯定的理由，或者自己给自己的理由。受骗最深的人是允许别人欺骗自己的人。

又有两个人朝我走来，那个男人在战争中失去了左手，那个女人来到这个世界时就携带着能够看透他人皮肤的神奇魔力。他的名字叫巴尔塔萨尔，绰号"七太阳"；她被人称为布里蒙达，后来也被叫作"七月亮"。因为书中这么写道，天上有个太阳，那么必须有个月亮，只有两者和谐地出现并通过爱两相结合，地球才能成为宜居之地。还来了一个名叫巴尔托洛梅乌·洛伦索的耶稣会传教士，此人发明了一台能够飞上天空的机器，助推飞行的不是任何燃料，而是人的意愿。人们说意愿可以成就任何事情，但意愿不能，或者不知如何，或者至今尚不愿意成为带来普惠或普遍尊重的太阳和月亮。这三位葡萄牙傻瓜来自十八世纪，彼时迷信泛滥，宗教审判之火熊熊燃烧，一个爱慕虚荣、妄自尊大的国王大兴土木，下令建造一座修道院、一座宫殿和一座大教堂，让世人惊叹不已。这一想法也基于一个非常小的可能性，那就是世界具有足够的眼力可以看到葡萄牙，有了布琳蒙达的眼睛，可以看到隐藏的东西……朝这里又走来了成千上万的男人，脏手上长满老茧，身体疲惫不堪，年复一年……又出现一块又一块的石材，工程浩大的修道院外墙，巨大的王宫厅堂，石柱与壁柱，高耸入云的钟塔，悬空的大教堂穹顶。此时音乐声悠悠传来，是意大利音乐家多美尼科·斯卡拉蒂拨弦的大键琴，他茫然不知此时应该表现欢乐还是悲泣……这就是《修道院纪事》的故事，得益于多年前同他外公杰罗尼莫和外婆乔瑟法一起生活时学到的东西，这位学徒作者在其中写下了一些类似的不乏诗意的话语："除妇人之谈外，梦是牵住世界在轨道上运行的力量，但梦也用月亮为世界加冕，这就是为什么男人头脑中的天空如此恢宏，除非男人的头脑就是唯一的天空。"诚心所愿吧。

关于诗歌，那个少年已经略有所知，他是从里斯本技术学校的课本中学得的。他在该校受训，为他的劳工生活做准备：当技工。他在公共图书馆度过长长的夜晚，与诗歌大师相遇。他随意阅读，从目录中翻寻，没有人提供指导，也没有人提出建议，全凭着水手的想象创造他发现的每个地方。《里卡尔多·雷耶斯离世那年》的创作始于技术学校的图书馆中……在那里，有一天年轻的技工（他将近十七岁）发现一本名为《雅典娜》的杂志，里面有里卡尔多·雷耶斯署名的诗歌。由于他对自己国家的文学地图知之甚少，他以为真有个名叫里卡尔多·雷耶斯的葡萄牙诗人。但是他很快发现这个诗人其实是费尔南多·诺各伊拉·佩索阿，他编造出子虚乌有的诗人姓名发表作品。他将其称为"异名者"，这个词在当时的词典中尚不存在，正因如此，那位文学学徒难以知晓它所指何物。他把不少里卡尔多·雷耶斯的诗歌熟记在心（"追求伟大，你需要／着眼于面前的细微"[1]）；但是尽管年少无知，不明事理，他仍然无法接受一个崇高的头脑真的能够不带悔恨写出如此残忍的诗行："智者安于世界现状。"后来，那位学徒已白发苍苍，自己也更加明智，斗胆写了一部小说向这位写颂歌的诗人展示1936年的世界现状，让他度过生命中的最后几天：纳粹军队占领了莱茵区，佛朗哥向西班牙共和政府发起战争，萨拉查政府建立葡萄牙法西斯组织。他以这种方法告知："我沉静悲悯、优雅多疑的诗人，这就是世界的现状。观赏吧，睁眼看吧，既然安坐是您的智慧……"

《里卡尔多·雷耶斯离世那年》以如下悲伤的描写作为结尾："在这里，海洋终止，陆地等待着。"就这样，葡萄牙不再有新的发现，命定永久地等待着甚至不可想象的未来；只有往常忧伤的思乡曲，同样古老的思愁，还有一点儿……那时，那个学徒有了新的想象，可能仍然有办法重新将航船送出海洋，比如说，移动一片陆地，将陆地送入海洋。作为历史上葡萄牙人对欧洲鄙视的集体愤怒的直接后果（更准确地说是我自己愤怒的结果），我当时创作了长篇小说——《石筏》——关于整个伊比利亚半岛摆脱了欧洲大陆，变成一块巨大的漂浮的岛屿，不用桨，不用帆，不用螺旋推进器，完全自行朝南向漂行，"石头和土地的巨块，满载着城市、村庄、河流、树林、工厂、灌木丛和田地，带着人和动物"驶向一个新的乌托邦：半岛的人们与大西洋另一边的人们举行文化会议，因此反

---

1 本文译文为译者新译。

抗——我的策略非常过分——美国在那个地区实施的令人窒息的统治……从一个双重乌托邦的视野，可以在这部政治小说中看到一个更加宽泛的人类的比喻：欧洲，整个欧洲应该移向南方以帮助平衡世界，作为对先前和当下的殖民主义伤害的补偿。也就是说，欧洲最终是个道德喻指。《石筏》中的人物——两个女人、三个男人和一条狗——在半岛漂行于大洋的过程中持续穿越旅行。世界正不断变化，他们知道必须找到自己将要充当的新角色（更不用提那条狗了，它与其他狗类不同……），对他们而言，这就够了。

那时，学徒想起在他创作生涯以前，他曾干过校对员的职业，也就是说，如果在《石筏》中他修订了未来，那么现在动手修正过去可能也不是个坏主意。这引向了一部名为《里斯本围城史》的长篇小说的创作，其中一名校对员正核对一本同名的书，但不是小说，而是一本真正的历史著作时，因看到"历史"如何越来越不足以让人惊奇，感到无聊，决定将书中的"非"改为"是"，以肯定取代否定的内容，从而颠覆"历史真理"的权威。雷蒙多·席尔瓦，那个校对员，一个简单的普通人，与大众的不同之处在于他相信所有事情都有看得见的一面和隐藏的一面，除非我们看得见事情的两面，不然就对事物一无所知。他同历史学家讨论了这一方面："我必须提醒您，校对员都是很严肃的人，在文学和生活上都有丰富的经验。请别忘了，我的书关系着历史。然而，由于我无意指出其他方面的矛盾，以鄙人之见，先生，所有不是文学的东西都是生活。历史也一样？历史尤其如此，这么说并没有冒犯之意。还有绘画和音乐，音乐自诞生以来就不断抗拒，反反复复，试图摆脱文字的羁绊。我认为这是出于嫉妒，但最终还是甘愿称臣。还有绘画。好吧，现在绘画只不过是用画笔描述的文学。我相信您没有忘记人类在学会书写很久之前，就已经开始绘画了。您熟悉'如果你没有狗，带着猫去打猎'这个谚语吗。换言之，一个人如果不会书写，那么就像个孩子那样去描，去涂。您试图说明什么，换句话说，文学在诞生之前就已经存在。是的，先生，就像人一样，可以这么说，到来之前已经存在了。您给我的印象好像找错了职业，您应该成为一个哲学家，或者历史学家，您具有这两个专业所需的天赋和气质。我缺少必要的训练，先生，一个没有经过专业训练的普通人能成就什么，我带着正常基因来到这个世界就已经算是幸运的了，但是现在处于夹缝生存的状况，而且没有受过小学之后的教育。您可以以自学者的身份标识自己，通过自己的刻苦努力取得成果，没有什么不光彩的地方，昔日的社会以自学成才者为荣。已经不一样了，社会进步让这种现象不再可能，现在人们对自学者不屑一顾，只有那些写娱乐诗和消遣故事的人才才有资格被称为自学成才，祝他们好运。至于我自己，我无须隐瞒自己对文学创作并无特殊专长的事实。当个哲学家，伙计。您真有幽默感，先生，具有出色的反讽天赋，我心中不解，您为何投身于历史研究，那可是一门严肃且深奥的科学。我只在真实生活中挖苦讽刺。我总认为历史不是真正的生活，文学是，其他都不是。但历史在还不能称其为历史的时候曾经是真实生活。所以您相信，先生，历史就是生活。当然，我相信。我的意思其实是历史曾经是真实生活。那是不容置疑的。如果没有删除键，我们会变成怎样，校对员叹了口气说。"说明这一点全无必要，那位学徒与雷蒙多·席尔瓦一起学会了质疑。时机将临。

也许学会质疑的课程帮助他度过了创作《耶稣基督眼中的福音书》的历程。的确如他所说，书名来自一个视觉上的幻象，但或许有人会提出这样的问题：新作是不是那位校对员清醒思考的范例，因为此人长期以来一直在打理着新小说得以冒芽的土壤。这一回情况有所不同，不是从《圣经·新约》的书页背后寻找对照，而是把强光投射到书页的表面，就像细察一幅油画那样，用低光凸显其油彩的起伏和交错的痕迹，观察低凹的阴影。这一次，在福音派人物的围观之下，那位学徒就是这样阅读的，就好像这是对无辜者进行大屠杀的第一次描述，而读过之后，他无法理解。他无法理解为什么在人们听到创始者最初宣告教派成立的前三十年，就已经有了该教的殉道者；他无法理解为什么唯一有能力作为的人不敢去拯救伯利恒的孩子们的性命；他无法理解约瑟与家人从埃及归来之后没有了最起码的责任感、自责和负罪感，甚至连好奇心也丧失殆尽，甚至无人能找到辩解的理由：伯利恒的孩子们有必要去死，以便拯救基督的性命。这里统领所有凡俗和神圣事务的简单常识都提醒我们，上帝不会派他儿子，尤其不会派他带着救赎人类罪孽的使命降临人间，在两岁那年面临被希律王的士兵砍下头颅而死的命运……由于情节跌宕，那位学徒带着崇高的敬意写下的那篇《福音》中，约瑟将意识到自己的罪责，接受自己犯下罪孽的惩罚，充满悔恨，几乎没有抵抗就被带去处死，就好像这是留下的最后可做的事情，与世界结清账目。结果是，那位学徒的《福音》并不是又一篇具有教化意义的圣人与天神的传奇，而是几个困于权力争斗却无法获胜的凡人的故事。耶稣将会继承他父亲曾穿着走过许许多多乡村道路的那双蒙着尘土的凉鞋，也会继承他父亲不幸的责任感和负罪感。

这种负罪感永远不会离他而去，甚至隐含在他的十字架上方大声说出的话中——"诸位，原谅他，因为他知道自己做了什么"，意指派他去往该处的上帝，但如果在最后的痛苦中他依然记得赐予他血肉之躯的生父，也许也是说给他听的。如你所见，当他在那部异端邪说的《福音》中写下耶稣与记录者之间于圣殿交谈的最后话语时，这位学徒已经完成了长距离的旅行："负罪感是一头吞食了父亲又吃幼崽的狼，接着很快会轮到你。你怎么样，以前被吞食过吗？不仅吞吃，还呕吐出来。"

如果查理大帝没有在德国北部建造修道院，如果那座修道院不是明斯特城的源头，如果明斯特城没有为其第十二个百年庆典安排一场关于恐怖的十六世纪中新教安曼教徒与天主教徒之间战争的戏剧演出，那么，那位学徒就不会去写他那部《以上帝的名义》的戏剧作品。又一次，在除了一丝理性之光没有任何其他帮助的情况下，那位学徒必须穿过能轻易挑起人类互相杀戮的、令人费解的宗教信仰迷宫。他又一次看到偏狭的丑陋面罩，那种偏狭在明斯特城疯狂发作，玷污了双方都声称誓死捍卫的事业。因为这不是以两个敌对上帝的名义进行战争的问题，而是在同一个上帝的名义下的战争。明斯特的安曼教徒与天主教徒都被自己的信仰蒙住了眼睛，无法理解所有证据中最显而易见的证据：待审判日到来之时，双方上前接受他们在人世间的所作所为应得的褒奖或惩罚，上帝——如果他裁决的尺度多少接近人类的逻辑——就不得不接受他们进入天堂，理由十分简单，因为他们都抱有对他的信仰。明斯特的恐怖屠杀让那位学徒得到教益：尽管给出了无数许诺，宗教从来不是用来把人们团结在一起的，所有战争中最荒诞的是宗教圣战，因为即便上帝希望如此，也不能向自己宣战……

失明症而已。那位学徒心想："我们患了失明症。"他坐下来开始写《失明症漫记》，希望提醒可能阅读该书的人，如果我们亵渎生活的尊严，我们也就扭曲了理智；而人的尊严每天都会受到我们世界中权势者的侮辱；普遍的谎言已经替代了多元的真理；人一旦失去来自其他成员的尊重，他也就不再尊重自己。接着，那位学徒就好像试图驱除理智蒙昧产出的怪兽，开始写所有故事中最简单的故事：一个人寻找另一个人，因为他意识到生活没有向人类提出任何其他重大要求。这本书就是《所有的名字》。虽然并未写出来，但是我们所有的名字都在那里。那些活着的人的名字和死去的人的名字。

我在此归总。希望阅读这些稿纸的声音成为我的人物共同呼声的回响。事实上我没有他们所发出的呼声之外的其他声音。如果对您来说仅为管窥蠡测，请原谅我，但对我而言则是所有。

1998年12月10日

（*虞建华　译*）

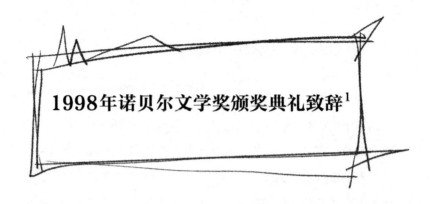

1998年诺贝尔文学奖颁奖典礼致辞[1]

国王陛下、殿下、女士们、先生们：

有一类作家犹如猛禽，在同一块领地上方不断盘旋，一本书接着一本书出版，为建构一幅合理清晰的世界图景持续推进。若泽·萨拉马戈属于相反类型的作家，他似乎不断想要创造出新的世界和新的风格。在长篇小说《石筏》中，他让伊比利亚半岛脱离大陆，漂浮着进入大西洋，打开的视野提供了对社会进行讽刺性描述的丰富的可能性。但在他的下一部作品《里斯本围城史》中，读者却看不到这一地理大灾难的任何痕迹。在小说《失明症漫记》中，夺走人们视力的流行病从头至尾弥漫在作品之中。而在后一部小说《所有的名字》中的人口登记办公室，人们从来没有听说过任何关于疯狂传播的失明症，而这个令人恐惧且无所不包的机构也不存

1　© The Nobel Foundation 1998

在于先前的任何作品之中。萨拉马戈志之所在，并非呈现合理清晰的宇宙图景。相反，他似乎每次都尝试用一种新方式去捕捉躲躲闪闪的现实，清醒地意识到，每一种表现模式都只是粗略的近似值，可以包容其他近似的价值，也彼此需要。他毫不掩饰地谴责任何自诩为"唯一版本"的东西，仅仅视其为"许多版本中的另一个版本"。没有超乎一切的真理。萨拉马戈描绘的显然自相矛盾的世界意象，必须互相并置才能提供它们自己替代性的对生存的描述，这种生存本质上是变幻无常的、深不可测的。

这些版本中无一例外的是，常识的规则被置之一边。这在当代小说中并不鲜见。但我们在此涉及的是叙事中的不同东西，一切皆有可能发生——而且也在不断发生。萨拉马戈采纳了一种具有挑战性的艺术原则，允许自然法则和常识的某一决定性领域遭到颠覆，但仅限于这单一领域，然后以逻辑的理性和精细的观察来跟踪、反映这种非理性的种种后果。在长篇小说《里卡尔多·雷耶斯离世那年》中，他将诗人佩索阿用作伪装仅存于想象世界的一个虚构名字，塑造成了有血有肉的人物形象，但这一奇思妙想却引出了对十九世纪三十年代里斯本的高超的现实主义描述。另一个例子，他把伊比利亚半岛切断，让它漂离大陆进入大西洋。这是对自然法则的一次违背，紧接而来的是对这种反常规现象后果的精确描述，令人捧腹。在《里斯本围城史》中，事物的现状也遭到颠覆，但处理更加谨慎。在一本关于反抗摩尔人的解放战争的书稿中，一名校对员在肯定的叙述前都添加一个否定词，从而更改了历史的走向。出于忏悔，他迫使自己勾勒一部虚拟历史，以反映他的修正带出的后果。在此，作家又一次推出自己的版本，用以否决任何唯一权威版本的声言。以同样的精神，萨拉马戈编写关于福音叙述的神奇新版本，在其中，读者看到上帝狭隘的权欲，耶稣被重新定义为一个反抗角色，期待中的秩序受到抵触。《修道院纪事》为非现实提供了也许最大限度的施展空间，在其中那位通灵的女主角收集了濒死者的遗嘱——其生成的能量使得故事中的空中旅行成为可能。但是她和她所爱之人被置于客观描述的历史进程之中，具体语境是建造给人类带来巨大苦难的马弗拉修道院的工程。

这部叙述视角不断转移、世界形象不断变更的丰富多彩的作品，由一名叙述者串联所有故事。此人的叙述声音一直与我们同在，他显然是一个老式的全知视角的讲述人，一个够格的司仪，与笔下塑造的人物一起站在舞台上，对他们进行评述，引领他们的脚步，有时在舞台脚灯中朝着我们暗使眼色。但是萨拉马戈又游戏式地与传统叙事技巧拉开距离。这位叙述者也擅长当代荒诞派的手法，在面对全知叙事反映事物实际状况的要求时，发展了一种现代怀疑主义，其结果是产生了一种特征鲜明的文学，同时展现睿智的反思和对睿智缺位的洞见；同时采用狂野的想象和精准的现实主义；同时表达审慎的同情和敏锐的批评；同时传递温情和讽刺。这就是萨拉马戈独一无二的文学合成体。

亲爱的若泽·萨拉马戈：

任何人若试图用几分钟时间介绍您的创作，最终呈现的难免只是一些悖论。您无意让您创造的文学天地成为清晰连贯的世界。您交给我们的独有的历史版本不容成为权力的俘虏。您将我们长期熟识的叙述者领上舞台——但赋予他您谙熟于心的反传统观念和对既定知识抱有怀疑主义的当代态度。伴以敏锐同情心的反讽和没有距离的距离感，是您独具特色的标签。我希望这一奖项能够将更多人吸引到您多彩复杂的世界中来。我谨代表瑞典学院向您表达热烈的祝贺，并请您从国王陛下手中接受今年的诺贝尔文学奖。

瑞典学院　柯杰尔·伊普斯马克教授

1998年12月10日

（虞建华　译）

扫描二维码，
即可免费畅听本书！